大师谈艺术

THE MASTER'S INTELLIGENT SERIES

曾雪梅◎编著

时代文艺出版社
SHIDAI WENYI CHUBANSHE

图书在版编目（CIP）数据

大师谈艺术 / 曾雪梅 编著.—长春：时代文艺出版社，2011.4（2023.7重印）

（大师智慧书系）

ISBN 978-7-5387-3561-1

Ⅰ.①大… Ⅱ.①曾… Ⅲ.①散文集—世界 Ⅳ.I16

中国版本图书馆CIP数据核字（2011）第054577号

出 品 人 陈 琛

选题策划 朱凤媛

责任编辑 苗欣宇 田 野

装帧设计 孙 俪

排版制作 郭亚蕊

大师谈艺术

曾雪梅 编著

出版发行 / 时代文艺出版社

地址 / 长春市福祉大路5788号 龙腾国际大厦A座15层 邮编 / 130118

总编办 / 0431-81629751 发行部 / 0431-81629758

官方微博 / weibo.com/tlapress

印刷 / 永清县晔盛亚胶印有限公司

开本 / 710×1000毫米 1 / 16 字数 / 235千字 印张 / 15

版次 / 2012年1月第1版 印次 / 2023年7月第3次印刷 定价 / 58.00元

目录

CONTENTS

达·芬奇	绘画论 / 001	
	艺术笔记 / 004	
培根	论美 / 009	
狄德罗	艺术评论家的自白 / 011	
	《逆子》 012	
	鲁特勃另一幅风景画 / 014	
温克尔曼	人体美 / 017	
康德	美和崇高 / 019	
歌德	对自然的简单模仿、虚拟、独特风格 / 021	
司汤达	音乐与爱 / 027	
昆西	知识的文学与力量的文学 / 029	
雪莱	诗辨（节选）/ 035	
卡莱尔	歌剧 / 041	
海涅	帕格尼尼音乐会 / 047	
德拉克洛瓦	关于绘画的一些想法 / 053	
巴尔扎克	谈谈艺术家 / 055	
雨果	美为真服务 / 061	

爱默生　　　　艺术的起源 / 077
　　　　　　　谈美 / 078
　　　　　　　论自然美 / 083

赫胥黎　　　　科学和艺术 / 085

佩特　　　　　《文艺复兴史研究》的引言和结语 / 087

罗丹　　　　　对于艺术家，自然中的一切都是美的（罗丹　葛赛尔 记）/ 095
　　　　　　　艺术家的贡献（罗丹　述　葛赛尔 记）/ 101
　　　　　　　艺术的神秘性（罗丹　述　葛赛尔 记）/ 109
　　　　　　　艺术的思想性（罗丹　述　葛赛尔 记）/ 114
　　　　　　　艺术中的运动（罗丹　述　葛赛尔 记）/ 123
　　　　　　　素描与色彩（罗丹　述　葛赛尔 记）/ 132
　　　　　　　女性美（罗丹　述　葛赛尔 记）/ 138

雷诺阿　　　　谈创作方法 / 143

法朗士　　　　苏珊 / 145

弗洛伊德　　　论非永恒性 / 147

柏格森　　　　艺术之目的 / 151

泰戈尔　　　　竹笛 / 155
　　　　　　　韵律琐谈 / 156

桑塔耶那　　　云雀 / 161

斯坦尼斯拉夫斯基　　艺术大众剧院开幕时的讲话 / 169

罗曼·罗兰　　音乐 / 173

厨川白村　　　缺陷之美 / 175

毕加索　　　　《亚威农少女》的诞生 / 179

纪伯伦　　　　论美 / 181
　　　　　　　旅美派诗人 / 183

莫迪格利阿尼　在佛罗伦萨咖啡馆的演讲 / 185

劳伦斯　　　　直觉与绘画——《D.H.劳伦斯绘画集》自序 / 187
　　　　　　　与音乐做爱 / 216
　　　　　　　地之灵 / 222
　　　　　　　咔，咔，凯列班 / 225

庞德　　　　　舞姿——为《加利利的卡纳的婚礼》而作 / 235

达·芬奇

达·芬奇（1452—1519），文艺复兴时期意大利画坛巨匠。

生于安基亚诺林，自幼和大自然接触，对自然景物深为钟爱。

一生致力于绘画艺术，留下了许多不朽之作。

同时，达·芬奇作为一位充满艺术气质的思想家，还遗留下了大批的画论笔记。

大部分的笔记写于1490—1513年间，正是他自己艺术和科学生涯最辉煌的时候，

也是文艺复兴的现实主义绘画艺术达到极峰的时候，

所以，他的画论既是对自身创作经验的总结，又是盛期文艺复兴时代绘画艺术经验的总结。

※ 绘画论

绘画是自然的一切肉眼可见的创造物的惟一摹仿者，如果你蔑视绘画，那么，你必然将蔑视微妙的虚构，这种虚构借助哲理的、敏锐的思辩来探讨各种形态的特征：大海、陆地、树林、动物、草木、花卉以及被光和影环绕的一切。事实上，绘画就是自然的科学，是自然的合法女儿，因为绘画是由自然所诞生。但是，为了把意思表达得更精确一些，我们说，绘画是自然的孙女，因为一切肉眼

可见的事物都是由自然所诞生，而绘画则是由这些事物所诞生。因此，我们可以公正地把绘画称作自然的孙女和上帝的亲属。

……

想象和现实之间的关系，好比影子和投下这阴影的物体之间的关系。同样的关系存在于诗歌与绘画之间。要知道，诗歌借助读者的想象来表现自己的对象，而绘画则把物体这样真实地展示在眼前，使眼睛所看到的这些物体的形象，仿佛就是真正的物体。诗歌反映各种事物的时候就缺少这样逼真的形象，它不能像绘画那样借助视力把物体摄入印象。

绘画以更真实、更可靠的方式，把自然的创造物展示给人的感官，语言或文字是无法做到这一点的；但是文字能够更真实地表达语言，而这是绘画所无能为力的。不过，我们可以说，绘画作为描绘自然的创造物的艺术，诗歌作为表现人的创造物即语言的艺术，还有其他借助人的语言的艺术，比较起来，前者是更为奇妙的艺术。

……

如果你，诗人，描叙一场血肉横飞的战斗：战场上天色昏暗，浑浊的飞尘笼罩大地，令人恐怖的战车在燃烧，可怜的人们在死亡的威胁下惊恐地四处逃窜；那么，画家在这方面将超过你，因为当你还没有来得及完全叙述出画家以他的艺术描叙出来的全部图景的时候，你的笔墨已经消耗殆尽，在你用语言描绘出画家顷刻之间表现出的题材以前，你已经疲劳不堪，口干舌燥，饥肠辘辘。……绘画异常概括、真实地描绘出战士的各种动作、身体各部分的姿势和他们的服饰，而对于诗歌来说，要再现这一切，那将是一件多么缓慢而讨厌的事情啊。诚然，绘画表达不出战车的轰鸣，骄横的胜利者的欢呼，战败者的哀叫和哭泣，但这些也同样是诗人无法提供给读者的听觉的。因此，我们可以说，诗歌是为盲人创作的艺术，绘画则是为聋子创作的艺术。但绘画仍然是更高贵的艺术，因为它是为高贵的感官服务的。

……

绘画是不说话的诗歌，诗歌是看不见的绘画。绘画与诗歌都力求竭尽自己的可能来摹仿自然，无论是前者，或是后者，都能够提供许多富于教益的东西，例如阿珀勒斯的《诬告》。

绘画既然服务于最高贵的感官——眼睛，因而能够产生匀称的和谐感，就像许多不同的声部在同一时间里交融为一体，组成一种协调、和谐的音乐，使听觉欣悦，听众为之倾倒。少女的天使般美丽、匀称的脸容，一旦在画家笔下描绘出来，就能够产生极为强烈的效果，导致一种和谐的意境，在映入眼帘的时候，就像音乐作用于听觉一样。如果把这种和谐的美展示给少女的恋人，他毫无疑问地会惊奇、赞叹，体验到一种任何情感无法比拟的欣喜。

至于说诗歌，它总是力求通过表现各个局部来反映完善的美。这些局部在绘画中能够构成上述的和谐，而在诗歌中产生的美，仅仅像音乐中许多不同的声部在不同的时间里各自独立发出的声音，不能导致任何和谐的意境，就仿佛我们展示一个人的脸孔的时候，并不一下子展示它的全貌，而只是分别地显露它的各个局部，这种印象的不连贯性阻碍了任何和谐的美的形成，因为眼睛无法同时摄取这些局部。诗人在描述某个事物的美的时候，也正是这种情形，他只能在不同的时间里分别地描述各个局部，记忆力阻碍了和谐的美的形成。

让劳作超越自己的思考，这是微不足道的画家；让思考超越自己的劳作，是走向艺术完美境地的画家。

……

不用说，画家在创作的过程中不应该拒绝任何一个人的意见，因为我们清楚地知道，即使一个不会作画的人，他对别人的形状也还是晓得的，他能够很好地判断，那个人是否驼背，或者是否一个肩膀偏高或偏低，他的嘴巴或者鼻子是否偏大，或者是否还有别的缺陷。人既然能够正确地判断自然的创造物，那么我们就更应该承认，他们能够判断我们的错误；要知道，人在创作时往往会犯错误，如果你不能在自己身上发现这些缺点，那就注意别人，从别人的错误中汲取益处。因此，你要耐心地听取别人的意见，很好地研究，很好地考虑，非难者对你的指摘是否有道理，如果你认为他是正确的，那就接受，修改自己的作品，如果你认为他是错误的，那就装出没有听懂他的话的样子，或者，如果你尊重这个人，那就举出恰当的理由，证明他是错误的。

……

　　我告诉画家们，任何时候任何人都不应该摹仿别人的风格，因为，如果那样，他在艺术上将只能称作自然的孙子，而不是自然的儿子。须知，自然界的事物是那么丰富多彩，所以最好还是诉诸自然，而不是求助于那些拜自然为师的画家。我这番话，不是讲给那些把艺术当作猎取财富的手段的人听的，而是对希求借助艺术获得荣誉和尊敬的人的忠告。

　　……

　　优秀的画家应该描写两件主要的东西：人和他的心灵。描写人，是容易的；描写人的心灵，则是艰难的，因为心灵应该通过人的肢体的姿态和动作去表现。在这方面需要向哑人学习，因为他们比其他人做得更好。

（吕同六 译）

※ 艺术笔记

　　能创造发明的和在自然与人类之间做翻译的人，比起那些只会背诵旁人的书本而大肆吹嘘的人，就如同一件对着镜子的东西比起它在镜子里所生的印象，一个本身是一件实在的东西，而另一个只是空幻的。那些人从自然那里得到的好处很少，只是碰巧具有人形，如果不是因为这一点，他们就可以列在畜生一类。

　　许多人认为他们有理由责备我，说我的证明和某些人的权威是对立的，而这些人之所以得到尊敬却是由于他们缺乏经验根据的判断。他们从来不考虑到我是由简单明白的经验得到我的结论的，而经验才是真正的教师。

　　爱好者受到所爱好的对象的吸引，正如感官受到所感觉的对象的吸引，两者结合，就变成一体。这种结合的头一胎婴儿便是作品。如果所爱好的对象是卑鄙的，他的爱好者也就变成卑鄙的。如果结合的双方和谐一致，结果就是喜悦、愉快和心满意足。当爱好者和所爱好的对象结合为一体时，他就在那对象上得到安息；好比在哪里放下重担，就在哪里得到安息。这种对象是凭我们的智力认识出来的。

我们的一切知识都发源于感觉。

欣赏——这就是为着一件事物本身而爱好它，不为旁的理由。

瞧一瞧光，注意它的美。眨一眨眼再去看它，这时你所见到的原先并不在那里，而原先在那里的已经见不到了。

人有很强的说话的能力，但是他的大部分话是空洞的，骗人的。动物只有一小点点说话的能力，但是那一小点点却是有用的，真实的。宁可少一点，准确一点，也不要大量的虚伪。

对作品进行简化的人对知识和爱好都有害处，因为对一件东西的爱好是由知识产生的，知识越准确，爱好也就越强烈。要达到这准确，就须对所应爱好的事物全体所由组成的每一个部分都有透彻的知识。

眼睛叫做心灵的窗子，它是知解力用来最完满最大量地欣赏自然的无限的作品的主要工具；耳朵处在其次，它就眼睛所见到的东西来听一遍，它的重要性也就在此。你们史家、诗人或是数学家如果没有用眼睛去看过事物，你们就很难描写它们。诗人啊，如果你用笔去描述一个故事，画家用画笔把它画出来，就会更能令人满意而且也不那么难懂。你如果把绘画叫做"哑巴诗"，画家也就可以把诗人的艺术叫做"瞎子画"。究竟哪个更倒霉，是瞎子还是聋子呢？虽然在选材上诗人也有和画家的一样广阔的范围，诗人的作品却比不上绘画那样使人满意，因为诗企图用文字来再现形状、动作和景致，画家却直接用这些事物的准确的形象来再造它们。试想一想，究竟哪一个对人是更基本的，他的名字还是他的形象呢？名字随国家而变迁，形象是除死亡之后不会变迁的。

如果诗人通过耳朵来服务于知解力，画家就是通过眼睛来服务于知解力，而眼睛是更高贵的感官。

举个例来说明这一点：如果一个有才能的画家和一个诗人都用一场激烈的战斗做题材，试把这两位的作品向公众展览出，且看谁的作品吸引最多的观众，引起最多的讨论，博得最高的赞赏，产生更大的快感。毫无疑问，绘画在效用和美方面都远远胜过诗，在所产生的快感方面也是如此。试把上帝的名字写在一个地方，把他的图像就放在对面，你就会看出是名字还是图像引起更高的虔敬！

在艺术里我们可以说是上帝的孙子。如果诗所处理的是精神哲学，绘画所处理的就是自然哲学；如果诗描述心的活动，绘画就是研究身体的运动对心所生的影响；如果诗借地狱的虚构来使人惊惧，绘画就是展示同样事物在行动中，来使人惊惧。假定诗人要和画家竞赛描绘美、恐惧、穷凶极恶或是怪物的形象，假定他可以在他的范围之内任意改变事物的形状，结果更圆满的还不是画家吗？难道我们没有见过一些绘画酷肖实人实物，以致人和兽都误信以为真吗？

如果你会描写各种形状的外表，画家却会使这些形状在光和影配合之下显得活灵活现，光和影把面孔的表情都渲染出来了。在这一点上你就不能用笔去达到画家用画笔所达到的效果。

画家的心应该像一面镜子，永远把它所反映事物的色彩摄进来，前面摆着多少事物，就摄取多少形象。明知除非你有运用你的艺术对自然所造出的一切形状都能描绘（如果你不看它们，不把它们记在心里，你就办不到这一点）的那种全能，就不配做一个好画师，所以你就应谨记在心，每逢到田野里去，须用心去看各种事物，细心看完这一件再去看另一件，把比较有价值的事物选择出来，把这些不同的事物捆在一起。

绘画涉及视觉的十个方面：明与暗，实体与色彩，形状与位置，远与近，动与静。我的这本小书就是由这十个方面交织成的，要提醒画家应该根据哪些规则，用什么方法，凭他的艺术去摹仿自然：所造出的装饰这个世界的一切事物。

如果你想检查你的作品的效果是否符合事物在自然中的实际效果，你最好取一面镜子去照实物，再拿镜子里的反映和你的画比较比较，细心检查那个实物和镜子里的形象与画里的形象是否都一致，特别要研究那面镜子。应该把镜子看作向导，我说的是平面的镜子，在这种镜面范围之内，实物显得有许多类似绘画的地方，例如事物在画的平面上显得是立体，在镜子里也是如此。

一个人在画一幅画，一定要倾听任何人的意见，因为我们知道得很清楚，一个人尽管不是一个画家，他对旁人的形状还是可以有正确的看法，可以正确地判断他是否驼背或是有一个肩膊太高或太低，他的嘴或鼻是否太大，或是有没有其他的缺点。

……首先你应该致力于素描，把你原来在心里先构思的目的和意图变成可以眼见的形式，接着就素描斟酌加减，直到你自己满意为止；然后把一些人作为模特儿安排停当，穿着衣或是裸体，都按照你把他们怎样放在作品里的计划；要使比例和大小尺寸符合透视。这样办，你的作品就不会有哪一部分不是根据理性和自然效果的。

我认为一个画家能使他所画的人物都有一副悦人的样子，这个本领并不算小。生来没有这个本领的人也可以抓住机会勤学苦练，学得这个本领，方法如下：经常留心从许多美的面孔上选出最好的部分，判断这些面孔的美，须根据公论而不是单凭你个人的私见，因为你很容易自欺，只选和你自己的面孔有些类似的面孔，这种类似往往使你高兴；如果你丑，你就不会选美的面孔，而会选出一些丑的面孔，许多画家往往都是如此，他们所画的典型人物就像他们自己。所以我劝你选些美的面孔，把它们牢记在心。

画家如果拿旁人的作品做自己的标准或典范，他画出来的画就没有什么价值；如果努力从自然事物学习，他就会得到很好的结果。罗马时代以后画家的情况就是如此，他们继续不断地在互相模仿，他们的艺术就迅速地衰颓下去，一代不如一代。

接着佛罗伦萨人乔托起来了。他是在只有山羊和其他野兽居住的寂静的山区里生长起来的，直接从自然转向艺术，开始在岩石上画他所看管的山羊的运动，画乡间可以见到的一切动物的形状，经过辛苦钻研，他不仅超过了当代的画师，并且超过了前几百年所有的画师。乔托之后，艺术又衰颓下去，因为大家全部模仿现成的作品。艺术继续衰颓了几百年，一直到佛罗伦萨人托马索出来用他的完美的艺术证明了这个事实：凡是抛开自然，这个一切大画师的最高向导，而到另外地方去找标准或典范的人们都是在白费心血。对于这些数学上的问题，我也要照样说，凡是只研究权威而不研究自然作品的人在艺术上都只配做自然的孙子，不配做自然的儿子，因为自然是一切可靠权威的最高向导。

那些指责从自然学习，而不指责也是从自然学习的那些权威的人是极端愚蠢的。我说画家第一步就应该研究四肢和四肢是如何运用的，完成这种知识的学习以后，他第二步就应该研究人们在所处的不同情境中的动作；第三步就是作人物构图，这种构图的研究应该根据所遇情境中的自然的动作；他在街道上广场上或是田野里应该到处留心，当场用快速的线条代表身体各部分，作出一些简略的画稿，例如头可以用圆圈，胳膊可以用直线或曲线来代表，身躯和两腿可以由此类推。等回到家里以后，就根据这些记录加工，作出完整的图样。

　　反对我的人说，为着得到经验，为着学会怎样说要画就动手画，学习的第一阶段最好是用来临摹各家大师在纸上或墙壁上所画的作品，这样才能学会画得快，并且学到好的方法。对这种反驳可以这样回答：方法要是好，它就须根据勤勉的画师的构图很好的作品；而这种画师是不多见的，所以较稳妥的办法是直接去请教自然的作品，而不去请教那些本身也是模仿自然蓝本但比蓝本却大为逊色的作品，如果采取后一条路径，就会学到一种坏方法。谁能到泉源去吸水，谁就不会从水罐里取点水喝。

（朱光潜　译）

培根

弗朗西斯·培根（1561—1626），英国唯物主义哲学家、
随笔作家和詹姆士一世的大法官，英国唯物主义和整个近代实验科学的创始人，
曾提出"知识就是力量"的名言。著有《论科学的价值和发展》《新工具》《随笔》等。

※ 论美

美德犹如宝石，为朴素背景所衬托反愈显光彩华丽。同样，人虽衣装简朴，但行止端庄而有美德，仍令人不由得充满敬意。

拥有美貌者并不等于拥有能与其容颜相媲美的才干。因为上帝并不过分大度，往往赐此便不再予彼。许多人空有佳容，一无建树，恰因其顾全外在之美而忽略了其内在之美。

　　当然，此话也不尽然，历史与传说中的奥古斯都、菲斯帕斯、腓利普王、爱德华四世、阿尔西巴底斯、伊斯梅尔等，既是美男，亦是俊杰。

　　仔细研究一番可以发现，形容之美优于色彩之美，而嘉言雅行之美又胜乎形容之美。画家难以表现至胜之美，因这种美难以尽现直观。此为一种精妙奇异之美。

　　古希腊画家阿波雷斯和德国画家丢勒曾有一滑稽观点，认为可按几何比例或选不同人身上的绝美之处，合绘成一张至美人像。其实，如此这般画出的美人，恐怕喜好者仅有画家自己，美无规程，常常可遇而不可求，非公式所能创造。就常见的许多脸型而言，它们的某一部分并不美雅，但观其整个面庞，却十分和谐动人。

　　许多步入晚景的老人因其举止优雅、风度娴美而赢得人们的敬爱，恰如拉丁谚语所说："晚秋之景为秋色之至美。"而有的人虽年轻美貌，却因缺乏优美的修养而被人不敬。

　　美貌犹如盛夏之水果，易腐难存。世间曾有过许多娇容美艳者，因其青春放浪，晚景凄凉，而追悔莫及。此种情形无时不提醒我们，美貌须与美德善行完整结合，唯此，美才会华光四射。

狄德罗

德尼·狄德罗（1713—1784），法国文学家，因其主编《百科全书》并在哲学、伦理学、戏剧、美学理论、文艺批评、小说、科学思辨及政治学等领域的杰出贡献成为文艺复兴时期的文化巨人。

※ 艺术评论家的自白

朋友，我想给你证明，一点不假，然而我们很少说出真理。要证明这一点，我拿起一件最简单的东西，一个古代的很美的苏格拉底、阿里斯提特、马克·奥里尔或特拉赞的半身塑像，让摩累里神甫、马蒙代尔和奈庄站在半身像前面，这三个通讯员第二天要把他们对这个半身像的意见写信告诉你。你将得到三种非常不同的赞语，你相信哪一句话呢？相信神甫冷冰冰的话吗？还是相信院士尖刻的评断、巧妙的辞令呢？还是那个青年的火热的文字呢？

有多少人，就有多少评语。我们禀赋不同，我们没有一个有同等分量的感受性。我们都按自己的方式使用一种本身就有毛病的工具，一种讲过了头或讲得过于简略的个人特有的语言。而我们用这个工具发出的声音对许多听众说话，他们各以不同的方式倾听、思索和感受。

自然假手我们的感官，将无数小纸板分给我们，把真理的轮廓勾勒在纸板上面。依照将纤细的线条的各个孔眼裁开分为两半是最美的、严格的和正确的裁剪。十分通情达理和鉴赏力很强的人的剪裁最是接近那个线条的。兴奋的人、敏感的人，热情的、敏捷的人的剪裁，在线条外面留下许多空白。干枯的、恶意的、忌妒的批评者的剪裁把线条破坏。他的剪刀受无知或怒气驱使摇摇晃晃，时而偏里，时而偏外。嫉贤妒能的人的剪刀裁到轮廓之内，裁出一个什么都不像的形象。

朋友，在这里，我们要处理的不是一个半身像或人像，而是一个场面，有时多至四个、五个、八个、十个、二十个人物。而你以为我的剪刀将严格地按照所有这些人物的轮廓剪裁吗？

你另请高明吧！这是不可能的。有时，眼睛看偏了，有时，剪刀钝了，或者手不听使唤了。

然后你根据这种情况，看看你对我的剪裁值不值得信任。这一点顺便说清楚了，我也安心了，拉·格吕尼也放心了。

※ 《逆子》

我不晓得怎样应付这张草图，底下那一张更不好办。我的朋友，这位格勒兹够使你伤脑筋的。

请你设想一间屋子，只从门口透进一点儿亮光，当那扇门打开的时候，或者只从门口顶上开的那个四方豁口透进一点儿，当那扇门关上的时候。请你把眼睛往这间凄凉的房子四壁张望，你只看见一片匮乏景象。然而右边一个角落有一张床，看来并不太坏，它铺得十分整齐。在前面，也是右边，有一把黑皮安乐椅，坐在椅上是蛮舒服的，你让逆子的父亲坐在椅上吧。挨着门口，你放一个衣橱的底下部分，同时紧靠着那衰老的父亲，放一张小桌子，桌上刚刚端上一盆汤。

那长子尽管可以照顾他的老父、他的母亲和弟兄，他却投军了。但出发之前，他还要这些不幸的人出几个钱。他和一个老兵同来，提出了他的要求。他的父亲十分气愤，痛斥这个丧尽天良的儿子，他心里没有父母，不顾自己对家里的责任，并且对父亲的责难恶言相报。他站在画的中央，神气凶暴、急躁、目无尊长。右臂伸向父亲那边，高出他的一个姊妹头上。他双脚站着，用手威胁人，帽子戴在头上，手势和脸上的表情都同样是蛮横的。那个好老头儿过去爱抚他的儿女，但是从来不允许任何一个孩子对他有不尊敬的行为，他挣扎着要站起来。但是他的一个女儿，跪在他面前，牵着他的上衣下摆止住他。那个不服管教的年轻人被最年长的妹妹、他的母亲和一个弟弟团团围住。他母亲起身拖着他，那个莽汉试图挣脱出来并且用脚踢她。这母亲神色疲惫、沮丧。那姐姐也站到她弟弟和父亲中间。那母亲和姐姐的姿态好像想用身子挡着他们，不让他们彼此看见。姐姐牵着弟弟的衣服，从她的手势看来，似乎对他说："冤家，你在做什么呀？你推开你的母亲，威胁你的父亲，你还不跪下来求父亲饶恕。"同时，那小弟弟哭着，一只手擦眼睛，牵住大哥的右臂，使劲将他拖到房子外面。在老头儿的安乐椅背后，那最年轻的弟弟似乎吓坏了，痴痴呆呆的。画的另一端，靠门口那面，那个招募了逆子和陪他回父母家里的老兵走了，背过身去不看正在发生的事情，臂下夹着大刀，低垂着头。我忘记说在这场吵闹中间，一条在前面的小狗也来凑热闹，狂吠不已。

在这张草图里，一切都是熟练的、整齐的、性格突出的，用意明显的，这其中有母亲的痛苦，甚至她对娇纵坏的孩子的溺爱，老头儿的暴怒，姐弟们种种不同的动作，逆子的蛮横和那个老兵的尴尬，他禁不住对眼前发生的事情耸耸肩膀。而这条叫吠的狗，却是格勒兹一种特殊的趣味能想象出来的陪衬部分。

这张草图，非常美，可是依我看，却不及下面的那张草图。

※ 鲁特勃另一幅风景画

韦尔内有一幅画，似乎特意画出来和这幅画相比，并使人衡量这两个艺术家的工力。我倒盼望更常见到这种较量，这样我们对绘画的认识会有多么大的进步！在意大利，几个音乐家用相同的词作曲。在希腊，几个戏剧家用相同的题材写作剧本。如果在画家之间把同样的角斗作为制度，我们会有多大的兴头到沙龙去，我们之间会引起多么热烈的争论？每个人都努力替自己的爱好找寻根据，我们会得到多么难得的学问，多么稳当的判断力呢？再说，你以为由于惟恐落在别人后面，不会使艺术家们互相比试，使他们再加一把劲儿吗？

有几个普通人渴望使我们的艺术保持不衰，曾计划举办一种彩票。彩票收入用来资助绘画学院的画家，他们的画将陈列出来供人品评。钱不敷用就提高票价，彩票基金支付画的价格，多余的款子用做下次彩票开支。首奖获得者首先进入展览大厅，挑选他最喜爱的那幅画。这样，除了获奖的人，没有别的鉴定者。如果他没有听取艺术家和观众的评价，单凭个人爱好选画的话，算是他倒霉，是下一个挑选的人的运气。这个计划，由于各种困难没有实现，如果按照我的简单想法去做，这些困难是可以消除的。

画面右边可以看见一座旧庄院的房顶，下面，几座岩石。岩石间开了三个拱孔。一股急流流过这些拱孔，流水被一堆突出到前头的盘石夹住，涌漾沸腾。水花盖住一块巨石，成为小瀑布从巨石两侧下坠。这股急流，这些泉水，这块巨石，赏心悦目，景色如画。在这个饶有诗意的地方之外，瀑泉泻开，聚成一口池塘。在孔拱之外，更往后头，略靠左边，发现另一座岩石顶上长满灌木和野生植物。岩石脚下，一个旅客赶着一匹驮着行李的马。他似乎打算在急流岸边，从一条凿开岩石的小道攀登拱孔。在马与他之间，有一只牝山羊。这个旅客下面，更往前头和更靠左边，看到一个乡下女人骑着一匹牝驴。小驴跟着它的妈妈。紧靠前面，在急流聚成的池塘岸边，在把赶着马的旅客和跨在母驴上面的乡下女人隔开的那个地段，有一个牧人赶着他的牲口向池塘走去。画面左边尽头是一座灌木丛生的崔嵬的岩石，画面的深邃由从左边的岩石与右边的庄院之间望见的远处的烟雾溟濛的峰峦烘托出来。

即使韦尔内在才能、效果、技巧的各种手段没有远远胜过鲁特勃，他的画还是比他的对手更可人意。鲁特勃只懂得在他的作品里面画些牧人和牲畜。你在他的画里看到什么？牧人和牲畜，再看还是牧人和牲畜。韦尔内在他的画里面到处画一些人物和小东西，而这些人物和小东西，虽然真实，却不是乡间寻常的现象。然而这个韦尔内，尽管他如何机巧，如何多才，在完美的典型方面依然远远落在普桑后面。我不和你谈论普桑的《阿尔卡迪的牧人》，也不谈论这个绝妙的题词：我也生活在清幽的阿尔卡迪里面。可是你看看他在另一幅也许更加卓绝却没有那一幅出名的风景画里表现的东西，正是这个画家，能够在他高兴的时候，使你在一片田野风光中间突然感到惊慌和恐怖！

画面远处是一片高贵、雄伟、辽阔的田野，只有岩石和树木，但它们是庄严的。你的眼睛从离你最近的地方直到画面最深远之处涉览到无数不同的景层，在其中的一个景层上，在左边，远远紧靠后头，有一群旅人正在憩息、交谈，有些人坐着，有些人躺着，所有的人都非常安全。在另一个景层上，略靠前面，在画中央，一个妇人在溪边洗衣服。她静听。在更靠左边和紧挨前面的第三个景层上，一个男子蹲着，但是他正在站起来，用不安而好奇的目光朝画面左前方张望。他听见了。紧靠右前方，一个男子立着，惊慌失措，准备逃跑，他看见了。但是什么东西使他这样恐慌呢？他看见了什么呢？他在紧靠左前方看见一个女人躺在地上，被一条巨蟒缠绕着。那巨蟒正在吞噬她，将她拖到水底，她的双臂，她的头和头发，已经漂浮在水面。从后面那些安静的旅客直到最后这片恐怖的景象，是多么广袤的地方，而在这个地方，一连串多么不同的情感，直到你，你是最后的物体，这幅画的终点！瑰伟的整体！一个独一无二的思想孕育出这幅画。这幅风景画，除非我大错特错，同《阿尔卡迪的牧人》是一对。你可以把这幅画题做《恐惧》，把前一幅画题做《怜悯》。

想做一个风景画家，就必须懂得想象出那样的场面。田野风光借助这些虚构才能与历史事实同样讨人喜欢，甚至过之。那里可以看到自然的妩媚和生活中最惬意或最可怕的小事件。正是要在这儿画一个人过去；在那儿画一个牧人赶着他的牲口；别的地方，画一个旅客憩息；在另一个地方，画一个渔夫手执钓竿，两眼盯着池水！这个场面有什么意义呢？它在我心里能引起什么感觉呢？这里面有什么要义，有什么诗意？缺乏想象，这些物体的价值就只限于位置是否合适，画工是好是坏。因为在从事不论哪类绘画之前，必须观察过，思索过，思想过。必须做过历史画的训练，一切都从此着手。

普桑风景画所有的小事件，虽然是孤立的，安排在不同的景层，彼此相隔很远，但是有一个共同思想将它们联系起来。生命受到最大威胁的，是那些离开险境最远的人。他们没有想到大难临头，他们怡然自得，他们谈论旅途的情况。唉！他们中间也许有一个丈夫，他的妻子正在倚门而望，但她不会再看见他。有一个别离已久的独子，母亲焦急地盼他归来，他不会回家了。一个父亲急于与他的家人团聚，但在这个景物清幽，使人流连忘返的坑害人的地方，那个凶恶的怪物正在张牙舞爪，也许使这些希望全部成为泡影。看见这个情景，你真想高声对那个心神不宁站起来的汉子喊声"快跑"，对那个洗衣的妇人喊声"放下衣服，跑啊"，对那些正在憩息的旅人喊声："你们在干什么呢？快跑，朋友们，快跑啊！"乡间的居民，在他们本身的工作中，难道没有他们的苦乐，他们的情欲、爱情、忌妒、雄心壮志？难道没有他们的灾难，打坏他们的庄稼、使他们破产的雹子，抄走和出卖他们家庭用具和税吏，征用他们的家畜和把他们抓走的徭役，把他们送进牢狱的无知和法律吗？他们不是也有咱们的恶习和美德吗？如果佛兰德斯画家过去能将绝妙的技巧和绝妙的完美典型结合起来，人们会给他建立祠堂。

温克尔曼

温克尔曼（1717—1768），是德国18世纪启蒙主义早期的考古学家和艺术史家，写出了欧洲第一部艺术史专著《古代艺术史》。

※ 人体美

艺术家在美少年身上发现了美的原因在于统一、多样与和谐。由于美的身体的形式是由线决定的，这些线不断地变化着自己的中心，并在不断延续，任何时间都不会形成圆形，因此它们比圆形单纯和多样。不论圆形是大是小，它有固定的中心，它包含了其他的圆形或者它本身包括在其他圆形之内。希腊人几乎在自己的所有作品中努力追求这种多样性，他们的这些观念同样表现在日用陶制器皿和彩瓶的形式中，这些制品优美、典雅的轮廓正与这一法则相吻合，也就是说，它们是由几个圆形的线条组成的。因为这些制品有椭圆的形式，所以它们包含了美。但是在形式的组合中越有统一性和从一种形式到另一种形式的转换越多，整体的美感也越强。由这些形式组成的优美的青年人体，犹如大海的表面一样统一，在离它稍远的地方，它似乎是平静的，像镜子一般，虽然它永远在运动，在掀起波澜。

　　然而，尽管青年人身体的形很统一，但由于形的边界不明显地相互毗连，在许多形中真正的交点和轮廓线不可能是准确和肯定的。由此说来，在青年人的身体中一切都具有，一切都应该具有，但无任何突出之处，也不应该有突出之处。画青年人的身体比画成年人和老年人的身体困难得多，因为大自然已经在成年人的身体中结束了自己的创造，也就是说，它已完全定型；而在老年人的身体中，大自然则开始破坏自己的创造。不论在成年人或老年人的身体中，各部位的构成都历历可见。所以再画肌肉或其他部位的比例，都无碍大局。画青年人的身体却不一样，最微小的偏差也会成为明显的瑕疵；最细微的阴影，正如通常所说的那样，也会使身体的样子受到损害。因为这里像射箭一样"过"与"不及"，都没有击中目标。

康德

伊曼努尔·康德（1724—1804），德国哲学家、天文学家、星云说的创立者之一、德国古典哲学的创始人，唯心主义、不可知论者，德国古典美学的奠定者。

※ 美和崇高

第一个称女子为美丽的性别的人，也许只是想恭维她们，其实他表达出来的意思超过了他自己的预料。我们姑且不说女性容貌清秀、线条柔和，她们面部表现出来的友好、戏谑、和蔼比男人更强烈、更动人……除此之外，女性心灵结构本身首先是具有独特的、和我们男性显然不同的并且以美作为主要标志的特征。

如果并不要求高尚的人推让荣誉，将美称割爱他人，我们就不妨自称是高尚的性别。但是，切不可把这番话理解成这样：妇女似乎缺少高尚品德，而男子似乎缺少美。恰恰相反，倒是可以认为无论男女都是二者兼而有之，只不过女人身上的其他一切品德都是为了衬托其美的特性而组合在一起，而在男人的各种品格中，以作为男性的显著标志的崇高最为突出……

妇女有较强的爱美、爱优雅、爱漂亮的天性。女性自幼就非常喜欢穿得漂亮，以修饰打扮为乐趣。她们有洁癖，对凡是使人反感的东西都很敏感。她们喜欢谐趣，只要她们的心情好，就可以拿些小饰物哄她们开心……妇女非常会体贴人，心地善良，富于恻隐之心，讲究美而不注重实用……她们对极其微不足道的羞辱都十分敏感，对一丝一毫的怠慢和不尊重，也能觉察出来。总之，多亏有了妇女，我们才能识别人性中美的品格和高尚的品格；女人甚至使男子也变得较为精细……

女性的智慧同男性的智慧不相上下，差别只在于：女性的智慧是美的智慧，我们男性的智慧则是深沉的智慧，而这不过是崇高的另一种表现。

一种行为之所以美，首先是因为它轻松自然，仿佛无须费力；而花费气力和克服困难，总是令人赞叹的，因而属于崇高行为之列……

美最忌讳的是使人反感，而和崇高相去最远的是令人失笑。

因此男子最感到难堪的是被人骂为蠢材，女人最感难堪的是人家说她丑陋。

歌德

约翰·沃尔夫冈·歌德（1749—1832），

德国著名诗人，欧洲启蒙运动后期最伟大的作家。

歌德的创作包括诗歌、戏剧、小说、散文等各种题材的文学作品。

他的代表作有《浮士德》《少年维特之烦恼》。

※ 对自然的简单模仿、虚拟、独特风格

这几个词我们常常使用，因而精确地标明我们使用它们时指的是什么，看来并非多余。虽然人们在著述中早已使用这几个词，虽然通过理论著作它们的意义好像也已经界定，但是每个人在使用它们时大多是根据自己的理解，而且由于每个人对这些词所表达的概念的把握程度不同，因而他们使用这些词时所赋予它们的内容的多少也不同。

对自然的简单模仿

如果一个艺术家——当然前提是他必须有天赋——在最初阶段，也就是在他按照模型只是稍微训练一下眼和手之后，就转而描绘自然的对象，而且一丝不苟，兢兢业业，力求最准确地模仿这些现象的形态、颜色；他严肃认真，从不脱离自然，他完成的每一幅画都要在自然中加以检验和完善，那他就是一位永远值得尊敬的艺术家，因为他必定是这样一个人，他的真实已经到了令人难以置信的地步，他的作品必然可靠、有力，而且丰富。

假使仔细考虑一下这些条件，那就很容易看出，一个天生就有能力但思想闭塞的人以这种方式只能处理虽然是舒适的但却是狭窄的对象。

这样的对象必然是很容易找到的，而且总能找到的；这样的对象必然是可以舒舒服服地观赏的，可以平平静静地照着描绘的。在从事这样一种工作时，心情必然是平静的、内向的，知足地、游闲地进行享受的。

因此，是那些冷静的、忠实的、狭窄的人在画那些所谓死的或静止不动的对象时使用这种画法，就其性质，这种画法不可能达到高度的完美。

虚拟

只是采用这种方法，通常人们会过于拘谨，或者会觉得不够。他们看到许多对象彼此间有共同的地方，因而想牺牲个别，仅在一幅画中就要表现出这种共同性；他们厌恶那种模仿时仿佛只能依样画葫芦的方式。于是，他们就为自己臆造了一种方式，为自己创造了一种语言，用以把自己用灵魂捕捉到的东西再按照他们自己的方法表达出来，赋予他们一再重复的某种对象一种特有的表征性的形式，当他们再重复这一对象时，就不再去管眼前的自然，甚至根本就不去想它。

这样，就形成了一种言语，借助它讲话人可以将他的精神直接表达和表征出来。正像对于伦理对象的看法在每个自己进行思考的人的灵魂中的顺序和形态都各不相同一样，这类艺术家中的每一个人所看到的、捕捉到的、画出来的世界也不相同。他们把握世界的现象，或巨细毕究，或粗枝大叶；他们表现这些现象，或一板一眼，或漫不经心。

我们看到，这种模仿用到那样一些对象上面是最合适不过了，这些现象在一个巨大的整体中包含了许多小的从属性的对象。假使要表现出这个巨大对象的普遍性，那就得牺牲那些小的从属性的对象，比如说，风景画就是这种情况：如果小心翼翼紧紧抓住个别而不是坚持整体的概念，那就完全达不到目的。

独特风格

如果艺术通过模仿自然，通过努力为自己创造一种具有普遍性的语言，通过精确地、深刻地研究对象本身，终于达到这样的地步，它准确地、而且越来越准确地了解了事物的特性以及它们生成的方式，它认识了许许多多的形态，它懂得把各种不同的具有典型意义的形式并列起来并模仿出来——如果艺术达到这样的地步，独特风格就成了艺术可能达到的最高水准，也就是说，它达到这样的水准，可以等同于人的最高努力。

如果说，简单模仿是以静止的存在和亲切的现在为基础，虚拟是以一种轻快的、有能力的情绪去把握一种现象，那么独特风格就是以最深刻的认识，以事物的本质为基础，因而我们就能在那些看得见、摸得着的形态中认识这种本质。

要详细论述上面所讲的这些，那恐怕可以写几部书；有些看法在书中完全可以找到，不过纯正的概念还只能根据自然和艺术作品来加以研究。我们还想补充一些看法，而且只要谈到绘画艺术我们还会有机会回顾这些看法。

不难看出，这里区分开的这三种创作艺术作品的方式是彼此相关的，而且是这一种可以轻而易举地融入到另一种中去。

简单地模仿那些容易把握的对象（比如花卉和水果）也可以达到很高的水

准。这是很自然的，一个画玫瑰的人不久就能识别哪些是最美和最新鲜的，并能从夏天呈献在他面前的千百种玫瑰中挑选出最美和最新鲜的来。因而，这里也有一种选择，虽然艺术家对玫瑰的美还没有一种普遍的、确定的概念。他接触的是可以触摸到的形式，至关重要的是表面现象的各种各样的规定和颜色。毛茸茸的桃，带着一层白霜的李子，光滑的苹果，亮晶晶的樱桃，美不胜收的玫瑰花，多姿多态的丁香花，姹紫嫣红的郁金香，所有这些对他来说都历历在目，而且他在他那安静的工作室里根据自己的意愿设想这些花卉和水果达到最完美程度时的样子。

他给它们最佳的光照，他的眼睛仿佛游戏似的总是盯着那些光彩夺目的颜色之间的和谐；他始终能够给同样的对象增添新意；并且用不着费劲地抽象，仅仅通过对简单存在的冷静的模仿性的考察他就能认识和捉住这些对象的特性。像荷依塞姆、洛依斯的那些令人赞不绝口的作品就是这样产生的。这些艺术家的成就仿佛已经超越了可能。

很显然，这样的艺术家，如果除了他们的天赋之外，同时还是博学的植物学家，也就是说，他们还懂得从根部开始的各个部位对植物的生长发育的影响，懂得这些部位的规定以及它们之间的相互作用，他们看到并思考过叶子、花朵、结果、果实和幼芽是如何逐步发展的，那他们就必定变得更伟大，更坚定。这时，他们不仅通过从众多现象中进行选择来表明他们的趣味，而且同时他们还会通过正确表现各种特性而使我们赞叹不已，使我们受到教育。

在这个意义上，可以说，他们已具有了独特风格，因为从另一方面很容易看到，这样的大师如若不是这样严肃认真，如若只是热衷于表现那些引人注目的、令人陶醉的东西，那他们不久就会落入虚拟的地步。

因此，简单的模仿仿佛是在进入独特风格的前厅。从事这种模仿的人越是认真，越是纯正，他对他所看到的东西的感觉越是平静，他对他所看到的东西的模仿越是冷静，他在模仿时想得越多，也就是说，他越是懂得比较相似的，剔除不相同的，并把各个单个的对象纳入具有普遍意义的概念之下，那他的这种简单模仿就越有资格踏上进入圣殿的门槛。

如果我们再考察一下虚拟，那就会看到，根据这个词的最高和最纯正的意义，它是简单模仿和独特风格之间的一个中间体。它越是采用比较简单的方法因而更接近于简单模仿，另一方面它越是积极地试图攫取并表现对象的典型特征，它越是通过一个纯正的、活生生的、动态的个体把这两者结合起来，它就越高级，越伟大，越受人尊敬。假使一个艺术家不是紧紧地依靠自然和思考自然，他就会越来越远离艺术的基本原则，而他的虚拟离简单模仿和独特风格就越远，也就越空洞，越没有意义。

这里，我们用不着重复，我们用"虚拟"这个词是怀着高尚和崇敬的感情。因此，按照我们的看法，他们的作品属于虚拟范围的那些艺术家就用不着抱怨我们。我们关切的，仅仅是对独特风格这个词表示最崇高的敬意，从而借用这个术语表示艺术已经和可能达到的最高水准。仅仅只是认识这一水准，就已经是一种巨大的幸运，同懂行的人谈论它是一种高尚的享受，以后我们将会有机会进行这种享受。

（范大灿 译）

司汤达

司汤达（1783—1842），法国小说家，原名马里—昂利·贝尔。
司汤达是19世纪法国现实主义文学的先驱，
创作出了像《红与黑》《巴马修道院》《阿芒斯》《拉约埃尔》等杰出作品。

※ 音乐与爱

1822年2月25日

写于佩皮尼昂附近一个我不知其名的海边小镇

今天晚上我刚体会到，完美的音乐对人心产生的效果就像钟爱对象在你身旁一样。实际上，它给人提供世上显然最强烈的欢乐。

如果人人像我一样对音乐作出强烈反应，那么世上就没有什么东西导致男人坠入情网了。

不过，去年我在那不勒斯写过，完美的音乐，如同完美的无声戏剧，使我想到目前组成我遐想的对象。它使我产生了一些很好的观点；在那不勒斯武装希腊人何等美妙。

然而，今晚我必须承认，我不幸成了L太太的狂热崇拜者。

虽然我每天晚上去歌剧院，但是很少听到完美的音乐。在缺少音乐两三个月之后，我有幸听到了完美的音乐。只不过产生了我已经体验过的效果，也就是使人真正想到当时占据我思想的那种效果。

——3月4日，一星期之后

我既不敢矢口否认，也不敢证实我刚刚写成的东西，这肯定是我在心里念叨它时记下的。我现在之所以怀疑它，可能是因为我今天忘记了自己上星期看得那样清楚的东西。

听音乐的习惯和与此有关的幻想状态使你很快坠入情网。假如你敏感、不幸，你将从一首温柔、哀婉的乐曲中得到极大的乐趣。它戏剧色彩不浓，不足以激发某人的行动，只能激起爱情的遐想。例如：《比安卡和法里埃罗》的四重奏开始时悠长的单簧管独奏或乐曲中间部分康波莱西的宣叙调。

赢得钟爱对象芳心的恋人将会热情地欣赏罗西尼的《阿米达和里纳尔多》的著名二重奏。这首乐曲那样准确地描述了幸福爱情中轻度的怀疑和重修于好之后的快乐时刻。在这首二重奏中，里纳尔多想逃跑时的一段管弦乐那么惊人地表现了强烈的感情搏斗，恋人会感到他的心差不多受其影响，确实深受感动。我不敢告诉你我听这首曲子时的感觉，居住在北方的人会觉得我疯疯癫癫。

（刘阳 译）

昆西

托马斯·德·昆西（1785—1859），英国散文家，
著名作品《一个鸦片吸食者的自白》《论（麦克白）剧中的敲门声》等。

※ 知识的文学与力量的文学

我们说的文学，到底指的是什么呢？不用心思的人通常认为，它统指一切印在书上的东西。

这样一个定义，用不着什么逻辑就能推翻。因为，再粗心的人也很容易看出：在文学这个概念里，一个基本要素是和人类普遍的、共同的某项利益有关——因此，那些仅仅适用于某一地区、某一职业或者某一狭隘个人利益的东

西，即使以书本形式公诸于世，也不能算是文学。如此说来，定义的内涵不难加以收缩——不过，它也同样不难加以扩充。因为，一方面，许多业已跻身书籍之林的东西并不能算是文学；另一方面，也有许多的确属于文学的东西并未印成书本。譬如说，基督教国家里每周必有的布道词，那规模庞大的教坛文学——它告诫着、鼓舞着、提醒着、警告着人们，广泛地影响着民众的心灵，但是在它当中能够在那书籍的圣堂里占有一席之地的，却达不到它那总数的万分之一。还有戏剧——例如，英国莎士比亚最优秀的剧作，以及在雅典鼎盛时期的希腊戏剧代表之作，在它们作为供阅读的剧本发表之前，早就（从"发表"一词最严格的字面意义来说）在亲眼看到演出的观众面前发表过，作为一种文学力量在公众心灵上产生过影响；而且，这种通过舞台形式的发表，较之后来它们成为传抄的或印刷的珍贵书册，影响要大得多。

这么说来，书籍和文学这两个概念并不表示着同样久远的含义，也不可以互相替代；因为，不少属于文学的东西，包括戏剧、论辩和教诲（例如讲学、演说之类）也许从不收入书本，而许多印成书本的东西又可能和文学趣味丝毫无涉。但是，为了纠正关于文学所普遍存在的这种模糊观念，与其设法为文学寻求一个贴切的定义，倒不如把文学所起的两种作用划分个清清楚楚。

在那从总体来说我们叫做文学的重大社会官能中，可以分辨出两种不同的职司——它们之间常常混淆不清，然而分别论之，又是截然不同，而且天然互相排斥的。这就是说，一方面既有知识的文学，另一方面又有力量的文学。前者旨在教育，后者旨在感染；前者是舵，后者是桨或帆。前者仅仅诉诸人的推论的悟性，后者则往往而且总是通过人的喜乐之情、恻隐之心，从根本上诉诸人的高级悟性即理性。远远望去，它似乎是穿过培根爵士所谓"明净的理智之光"而到达某一客体；近处看来，才知它只有透过人的七情六欲、喜怒哀乐所交织成的茫茫迷雾、闪闪彩虹，借助于在那明灭之间、带着一点水气的幽光，才能发挥它本来应有的作用——否则，它就不成其为力量的文学了。

大家对于文学的这种高尚作用想得太少，所以，有人若把提供知识说成不过是书籍的一种平庸而次要的作用，大家就认为那是一种自相矛盾的奇谈。但是，奇谈归奇谈，这句似乎自相矛盾的话里仍有大可玩味之处。当我们用通常的语言谈到寻求知识、获得学问的时候，我们总是把这句话和某种完全新奇的事物联系起来。然而，在人类事业中能够占有崇高地位的一切真理，其所以伟大，就在于它哪怕对于最微贱者来说，也绝不是完全新奇的；它在最高贵者和最卑贱者的心灵中，作为一种思想的萌芽、潜藏心底的天然原则，都永恒存在着；它需要不断的发展，但永远不会被取而代之。因为，能被其他东西所取代乃是判断某种低级真理的一条无可怀疑的准绳。

此外，还有一种东西比真理更为神奇——那就是力量，或者说，对真理的深切感应。譬如，想一想儿童对于社会的影响吧。由于儿童的幼弱无依、天真无邪、淳朴无伪而引起的种种特殊的赞叹怜爱之情，不仅使人的至情至性不断地得到巩固和更新，而且，由于脆弱唤醒了宽容，天真象征着天堂，淳朴远离开世俗，因此，这些在上帝面前最可宝贵的品质也就经常受到忆念，对它们的理想便可不断地重温。高级的文学，即力量的文学，作用与此相类。从《失乐园》你能学到什么知识呢？什么也学不到。从一本食谱里又能学到什么呢？从每一段都能学到你过去所不知道的某种新知识。然而，在评定甲乙的时候，难道你会因此就把这本微不足道的食谱看得比那部超凡入圣的诗篇还高明吗？

我们从弥尔顿那里学来的并不是什么知识，因为知识，哪怕有一百万条，也不过是在尘俗的地面上开步一百万次罢了；而弥尔顿所给予我们的是力量——也就是说，运用自己潜在的感应能力，向着无限的领域扩张，在那里，每一下脉动，每一次注入，都意味着上升一步，好似沿着雅各的天梯，从地面一步一步登上那奥秘莫测的苍穹。知识的一切步伐，从开始到终结，只能在同一水平面上将人往前运载，但却无法使人从原来的地面上提高一步；然而，力量所抬出的第一步就是飞升，就是飞向另一种境界——在那里，尘世的一切全被忘却。

人，经历了幼年时代，又经历了现实生活的种种机运变化，并从诗歌、传奇等等之中看到文学对于生活的模拟，对于事事物物的重新组合——有了这些重大的特殊经历，人的感应能力才能得到净化，并在外界启迪下不断得到发挥，否则，就像人的元气和膂力废弃不用一样，这些感应能力同样也会渐渐枯萎而退化。力量的文学与知识的文学判然有别之处即在于它正是以人的这些巨大的精神能力作为存在的依托，活动的领域。它所涉及的乃是人至高无上的情性；譬如说，《圣经》就从来不肯降低身份，通过暗示或调和的方式去讨论什么推论的悟性。在《圣经》里提到人的智力的时候，从不用悟性这一字眼，而说成是"敏悟的心"——把心这一重要的直觉的（非推论的）器官，当作人以及至情至性通向无限的交流媒介。悲剧、传奇、童话、史诗，都能够使得正义、希望、真理、仁爱、复仇等等理想在人的心灵中复活，不然的话，如果这些理想仅仅靠着日常的实际生活来维持其存在，它们就会由于缺少足够的例证而枯萎下去。

譬如说，诗歌中的裁判又是什么意思呢？从目的来说，它与人类一般法律意义上的裁判并无二致，否则，它就等于宣告自己是一种不正当的裁判了。只是，它这种裁判和普通法庭的裁判比起来达到目的的程度不同——诗歌，对于裁判的结局是无所不能的，因为它所要处理的并非世俗生活中难以驾驭的种种力量，而是它自己所创造出的事事物物，那些完全可以按照它的预想灵活安排的素材。

实在说，世界上要是没有了力量的文学，一切理想便只好以枯燥概念的形式保存在人们当中；然而，一旦在文学中为人的创造力所点化，它们就重新获得了青春朝气，萌发出活泼泼的生机。最普通的小说，只要内容能够触动人的恐惧和希望，人对是非的本能直觉，便给予它们以支持和鼓舞，促使它们活跃，将这些情性从迟钝状态中解放出来。这也正是那些极其平凡的作者，只因能够感染读者，或者虽然意在教育，却采取感染人的方式来间接进行，因而远远胜过所有那些只会教育人的作者的根源所在。从知识的文学中所存留下来的登峰造极之作充其量不过是某种暂时需要的书——人们对它抱着宽容的态度加以试用，"且看结果如何"。

一旦有人对它那教诲的内容进行局部性的修改，或者稍加增订——不，甚至只要有人把它的内容次序加以重新调整——它也就立刻被人弃置一旁。反之，在力量的文学中，即使并非高明之作，只要得以流传于世，总是作为一旦定稿、永不改动的作品，在读者当中流传的。譬如说吧，牛顿爵士的《数学原理》在问世之际本是一部富于战斗性的著作。在发表过程中的各个阶段，它都得为自己的生存权进行斗争：一开始，为了绝对真理问题；那场战斗结束，继之又为了著作的形式和真理的表达方式。但是，一旦出了个拉普拉斯或者另外什么人，在这部著作所奠定的基础上作出更高的贡献，从实际上将它从阳光灿烂之处摈斥于衰微暗淡之所，这就利用这部著作所提供的武器，使得它自己归于老朽无用之列；于是，牛顿之名虽然还能作为一种"盛名的幻影"存留人间，他的著作，作为一种生命力量，经过转化，却已经面貌全非了；然而，与此相反，《伊利亚特》，埃斯库罗斯的《普罗米修斯》，《奥塞罗》或《李尔王》，《哈姆雷特》或《麦克白》以及《失乐园》，尽管并非什么战斗性的著作，只要它们所采用或可以采用的语言一日不灭，却是永远所向无敌的。它们不可能转变成为什么新的化身。

对于这样一些作品，如果竟要通过什么新鲜形式或者某些更动来进行改变，即使一些细节也许能够提高，终不免迹近剽窃。一架性能良好的蒸汽机被另一架更为完善的蒸汽机所取而代之——这是正常的事。但是，一座富有田园风光的山谷绝不会为另一座山谷所取代，正像普拉克锡特里斯的一座雕像绝不会为米开朗琪罗的一座雕像所取代一样。

把这些东西区别开的并不是差异，而是悬隔。衡量时，你不能拿着同一标准在它们之间分个高低，因为它们品类不一；如果说它们不相上下，也只是因为根据不同的尺度它们各有千秋。具有不朽之美的人类创作和大自然的创造在这一立足点上是完全一致的：它们之间绝不会互相重复雷同，绝不会近似得失去差别，而且，它们之间的差别并不在于好坏之分或者简单的多少之分——因为那差别是微妙得难于分辨，无法以语言表达，既模拟不出，又无法通过摹布像镜子一样反映出来，更不能放在粗俗类比的天平上来加以秤量。

凡属这一类的作品，与知识的文学作品相比之下，不同之处在于：一、它们借助于远为深邃的力量而发挥其作用，二、它们更能垂之久远；从最严格的意义上来说，它们属于"永恒的财富"——它们对人们所起的坏作用、好作用，都将与本民族的语言一同延续，有时甚至延续到该民族消失很久之后。

此时此刻，在乔叟的故事写成五百年之后，这些作品中的温厚笔调和栩栩如生的描绘仍然是举世无俦，它们的原文仍同问世之初那样使许多读者感到亲切动人，而另一些人则津津有味地欣赏着德莱登、蒲柏和华兹华斯的近代改订本。

此时此刻，在奥维德的故事写成一千八百年之后，这些异教的作品中欢快活泼的节奏，行云流水般的情节，仍然举世无双，仍然在一切基督教国家中为人所爱读。这位作家的同胞连同他们的坟墓早已化为尘埃，然而，只有他还活着——

正如他自己说的，他责无旁贷，要在他们身后活上一千年，而且，"还要再活一千年"。

一切知识的文学都在地面上筑巢，结果不被洪水所冲掉，就被耕犁所掀翻；只有力量的文学却在那巍巍苍穹间的圣殿之内，或在那高入云际的森林之巅营造自己的安身之处，那是神圣不可侵犯、也是欺诈所无法企及的。这是力量的文学所独有的重大特权，而它影响于人类的方式尤为特殊。

知识的文学，如时尚一样，与时俱逝。百科全书正是此种文学的缩影，从这方面来看，似乎可以说是它活生生的象征：一个世代尚未过去，一部百科全书就陈旧过时了；因为，在它那里面所讲的不外是虽然存留在记忆中、却已失去新意的东西，以及不带任何感情色彩的推理，凡此，犹如经匣中的教条，即使补充几句、略变花样，仍无法使得人的高尚精神恬然宁息。但是，一切当之无愧的文学——"最优秀的文学"——由于它比知识的文学远能垂之永久，它的影响与此形成相应比例，也就远为深邃，而像电光石火一般无孔不入。

一方面，我们这个星球上的悲剧培养着人的感情，使之朝着某些方向发展；另一方面，我们这个星球上的诗歌又把人的爱与憎、赞美与鄙薄等激情组成种种的结合；这样共同形成强大的力量，对人类生活产生了或消极、或积极的作用，而这些作用往往会延续许许多多世代，令人考虑之下不能不感到肃然起敬。

总之，有一点可以确信；一个人从他读过的那些充满激情的文学作品中所感染到的种种喜怒哀乐之情，比他自己所能清楚意识到的要多出何止成千上万。这种种感情，虽然来源难于说清，却在他心中不断涌起，在他一生中塑造着他的灵魂，正像已被遗忘了的儿童时代的往事。

雪莱

珀西·比希·雪莱（1792—1822），英国诗人、评论家。

1792年出生于苏塞克斯郡一个乡村地主家庭。

雪莱的主要作品有：《仙后麦布》《莱昂和西丝娜》（又名《伊斯兰的反叛》）

《解放了的普罗米修斯》《西风颂》等。雪莱散文主要是文学评论和游记。

前者有《诗辨》，其结论部分的三段以诗一般的语言盛赞诗歌。

雪莱的散文始终保持着抒情诗般的韵味，具有明快的节奏感。

※ 诗辨（节选）

诗的作用是双重的。一方面，它为知识、力量与快乐创造出新的原材料；另一方面，它又激发人们根据美与善的规律去重新排列这些原材料。今天，在自私自利原则的作用下，外在资料的积聚已超出了人类内在的天性能够吸收这些资料的能力，因而，人类从未像今天这样迫切需要诗的修养。对于赋予肉体以活力的精神而言，人们的身体变得过于笨重、庞大了。

诗的确是神圣之物。它既是知识的圆心，同时又是知识的圆周。它是包含了一切科学而所有的科学又都要涉及的东西，是一切其他思想体系之根和花朵。它既是萌生出万物的胚芽，同时又是使万物生色的装饰。一旦遭受害虫的咬噬，它就不会再有果实和种子，而在荒凉贫瘠的世界里，生命的幼芽也就失去了继续生存的养分。

诗是万物完美无缺的外表和光泽，它犹如玫瑰的色香之于构成玫瑰的各种元素，犹如仪态万方的绝色佳人之于腐朽的尸体。倘若诗的精灵没有飞升到那工于心计的猫头鹰所从来不敢企及的永恒领域，为人类带来光亮与火焰，世间的美德、爱情、友谊和爱国主义算得了什么？宇宙美丽的自然景观又算得了什么？倘若没有这一切，那么什么能成为我们尘世的安慰，什么又是我们对天国的希冀呢？

诗不是推理，它不以人的意志为转移。一个人不能说："我要写诗。"即使最伟大的诗人也不能这样说。创作状态中的心灵，犹如一堆将要燃尽的炭火，某些不可见的力量，如不定的风，吹起它一瞬间的光焰。这种不可见的力量是内发的，它犹如一朵花，随着自身的生长而褪色、凋谢，而我们的天赋无法预见它的来去行踪。即使这种力量能长久保持它原有的纯洁和力度，谁也无法预测它的结果将如何伟大。然而创作一旦开始，灵感亦渐消失；因而，留在这个世界的最值得夸耀的诗篇，可能只是诗人最初构想的一个淡淡的影子。

有人声称最优美的诗篇产生于勤奋和学习，我愿求助于当今最伟大的诗人对这一点作出评判。创作上的埋头苦干以及作品的精雕细刻，一向为评论家所称道，然而，我们这样的理解更为正确：这不过是提醒作家注意灵感袭来的瞬间，在没有灵感之时，作家就得用这种传统、常规的手法对灵感的空白进行补缀，这是人的诗歌天赋本身的局限所造成的一种必然。

弥尔顿在分段创作《失乐园》之前，早已有了作品的整体构思，这一点，我们有诗人本人的话语为证，因为他曾说缪斯已向他"口述"了这首"未曾预想的诗歌"，我们不妨以此来回答那些声称《疯狂的罗兰》的第一行有五十六种不同读法之人！如此写出的诗歌作品，犹如绘画中的镶嵌细工。

在雕塑与绘画艺术中，诗的天赋中所含的本能性与直觉性就更加明显了；一尊伟大的雕像或一幅伟大的绘画，在艺术家的努力下形成，正如孩子从母亲的子宫中诞生。然而，心灵虽然指引双手完成了造型，却无法向自身解释创作过程中的起源、步骤或媒介。

诗是最快乐、最美好的心灵在最美好、最快乐的时刻留下的记录。每个人都能感到自己的心中常有转瞬即逝的思想、感情的造访，它们有时与地点或人物相关，有时只与我们自己的心灵有关。它们总是不期而至又不辞而别，然而总是无以言喻地使我们的心头升腾起快乐与庄严。所以，在它们的消逝带来的遗憾和惆怅中，我们依然能感到快乐，这快乐已融入了我们的本质中。

缪斯的到来，仿佛一个更为神圣的天性渗透到我们自身的天性中，只是它的脚步好似一阵掠过海面的风，当波浪平静之后，它也消失了踪影，只剩下层层细沙铺满寂静的海滩。这一切以及类似的情景，只有情感特别细腻、想象力特别丰富的人才能体味到。处于这种状态下，人的心境容不得任何一种低级粗俗的欲望。在本质上，美德、爱情、友谊、爱国主义等炽热的感情正是与这些快乐的感情相连的，只要这些感情存在，自我就只不过是沧海之一粟。

诗人不仅是感情细腻的精灵，而且能够体味到这一切，他们还要饱蘸这来自天国的瞬息即逝的颜色来渲染他们所体味的一切。一个单词，一个笔触，在写景或抒情中都会扣向人们沉醉中的心弦，从而在那些曾体验过这些情感的人们当中，唤醒那沉睡的、冰冷的、埋葬了的往昔的意境。就这样，诗能使世间一切最美好的事物得到永生。它捕捉到飘入人生阴影中的转瞬即逝的幻象，用语言或形式来点缀它们，然后，把它们送往人间，给人类带去快乐的喜讯，因为人类正与它们的姐妹们居住在一起——我们之所以说"居住"，是因为在这些幻象所居留的人类精神的洞穴里，还没找到通向大千世界的表现之门，诗拯救了降临于人间的神性，使它免遭灭亡。

诗使万物变得可爱。它使美的东西锦上添花，使畸形的东西变得美丽；它使狂喜与恐惧、悲伤与快乐、永恒与变幻缔结姻缘；在它柔和的压力下，势不两立的事物变得彼此相容。它所触及的一切都发生了变化。在它的光芒照耀下，每一种形态都获得一种神奇的同感，变成了它所呼出的灵气的化身。它是神秘的炼丹术，它能把渗入生命的死亡的毒液变成可以饮用的仙汁。它揭开了世界平淡无奇的面纱，露出赤裸的酣眠的美，这美就是世界一切形象的精神。

一切事物都以它们被感知的形式存在着，至少对于感知者是这样。"心灵是自身的主宰，它能把地狱变为天堂，或者把天堂变为地狱。"然而，诗使得束缚我们、使我们受制于偶然的外界印象的符咒失灵了。无论是展开它自己多彩的想象帷幔，还是揭开挂在万物面前的生命的黑幕，它都为我们的存在创造了另一种存在。诗使我们成为一个新世界的居民，在这个新世界里，我们现在的世界只是一片混沌。它再造了一个我们感知、参与的普通宇宙，它擦拭了我们内在视觉中的一层薄翳，正是这层薄翳使我们无视人生的神奇瑰伟。它强迫我们去感受我们所知觉的，去想象我们所认识的东西。在我们心中的宇宙日复一日地失去它往昔的光彩之时，诗又创造出一个崭新的宇宙。诗证实了塔索的那句大胆的真言：Non merita nome dicreatore，se non Iddiode ilpoeta（除了上帝与诗人，无人配称创造者）。

诗人是最高的智慧、快乐、美德与荣誉的创造者，而诗人本身也应是最快乐、最美好、最睿智、最杰出的。至于诗人的荣誉，让时间来作出评判吧！人类生活中的其他创造者究竟能否与诗人相媲美，时间会回答这个问题。如果一个人是诗人，那么他就是最睿智、最快乐、最美好的，这一点也同样是无可辩驳的。

最伟大的诗人一向是最具无瑕的德行、最能高瞻远瞩的人。倘若我们仔细观察他们的生活内幕，会发现他们是最富足的。若有例外，那么只能是那些才能虽高然而仍居次级的诗人，这些例外往往只是限制而不是破坏了这一规律。让我们姑且听听流俗的仲裁，让我们"僭位篡权"，兼容原告、证人、法官、行刑者这些互不调合的角色为一身，不通过审讯、传证或仪式而作出这样的宣判：那些"安坐于我们不敢飞到之处"的伟人，他们的某些动机是应受谴责的。

让我们假设荷马是个醉鬼，维吉尔是个谄谀之徒，贺拉斯是懦夫，塔索是疯子，培根是挪用公款者，拉斐尔是个浪子，斯宾塞是"桂冠诗人"，这里我们不引用今天在世的人的名字，因为这样做是不恰当的，然而，后世对上面所提及的伟大的名字已做出了公正的评判。人们衡量了他们的欠缺，认为这些轻若微尘。即使他们的罪愆在当时果真"曾经猩红，那么此刻已洁白如雪"：在时间这个调停者和赎罪者的血泊中，它们已被洗涤干净。

让我们看一下当前是在怎样的荒谬与混乱中，亦真亦假的非难、吹毛求疵的罪名怎样被强加到诗和诗人头上，这一切是多么的卑鄙和可笑，况且诗人们莫须有的罪名原本就无足轻重。还是看一下你自己的动机吧，不要评判别人，免得你们自己被评判！

诗，如同我们已论述过的，是有别于逻辑学的，其区别在于：诗并不服从于心灵的主动力量的治辖，它的诞生和再现与人的意识或意志并没有必然的联系。断言意识或意志是一切心理因果关系的必需条件未免武断，因为心理作用的后果并不能归因于意识或意志。显而易见，诗意力量的一再显现，可以使诗人的心灵具有一种秩序与和谐的习惯，它既与诗意力量自身的性质相联系，又同它对人们心灵产生的影响相关。然而诗的灵感是时常光顾却又转瞬即逝的，在灵感过去的时候，诗人便成了一个普通的人，被遗弃在逆流当中，浮沉在别人所有的惯常生活的种种影响里。由于诗人比常人的感情更加细腻，对于自己或别人的痛苦和快乐更加敏感，这种敏感的程度也是别人所不知道的。因此，诗人将怀着别人所没有的热忱去避免痛苦、追求欢乐。这样，诗人容易受到别人的诽谤，因为别人追求或逃避的目标往往是加以掩饰的，而诗人没有这样做。

然而，在诗人上述这一疏忽中，没有任何东西是邪恶的，因此，世人从未对诗人进行过诸如残酷、妒忌、报复、贪婪和纯粹邪恶的欲望之类的抨击。

（徐文惠 译）

卡莱尔

托马斯·卡莱尔（1795—1881），苏格兰散文作家和历史学家，
著有《法国革命》《论英雄、英雄崇拜和历史上的英雄事迹》等书。
喜欢到处讲演，在当时思想界占有领导地位，对狄更斯的写作影响极大；
为席勒写传，翻译歌德的作品，并同别人一起创立了伦敦图书馆。
《歌剧》一文写得通今博古，直接与上帝、天堂和自然对话，
抨击世俗浮名虚利把神圣音乐庸俗化的倾向。

大师谈艺术

041

※ 歌剧

　　人们都说音乐是天使的演说；事实上，在上帝赋予人类的各种言语中，没有哪种语言会比音乐让人感到如此神圣。音乐把我们带到造物主的身边；我们寻找时机，穿过乌云飞渡的暴风雨，走进永恒的"光之海"（意即太阳），歌在引导我们，在激励我们。真诚的民族，所有的民族，依然能够听到造化的天旨，把歌与音乐视为最珍贵的东西；它们是崇拜的工具，预言的工具，而且不管扮演什么

都是神圣的。它们的歌手是预言家，加入了宇宙的委员会，是诸神的朋友，人类可遇不可求的恩主。

读者啊，在古希腊，在古罗马，在穆斯林教里，在基督教义里，尤其在古代希伯来人的时代，音乐实际上就扮演着这样的角色；如果你现在看看音乐的情况如何，那你会发现一种令人诧异的变化。天哪，从一首亚萨弗的赞美诗到干草市场伦敦歌剧院的一个座位，人们走过了多么漫长的一条道路啊！音乐方面的浪费也许是所有我们挥霍上帝天赐与的行为中最令人不堪回首的了。很久以来，大家都在说音乐是发疯的行为，没有实质，脱离事物的现实；又说音乐现在流传四方，世世代代都跟一所公开的疯人院一样，说她与观念和现实没有关系，有的只是虚构和发狂；而我瞪着眼，带着不加虚饰的惊诧，面对一阵突发的嘲弄的笑声，听我讲叙一下音乐的由来已久的事实。

但是，事实为人遗忘，而且也许被遗忘得十分荒谬。提尔泰奥斯（约为公元前7世纪人，希腊哀歌体诗人）懂一点点音乐，不会唱《塞维利亚理发师》，但他需要用音乐击退国家的敌人；一首名副其实的歌，男子们的心一听就会反应强烈，迸发出烈火般旋律，不久就迎来了烈火般的成功。索福克勒斯也唱歌，在庄重的抑扬顿挫的节奏和旋律上出手不凡，不是神话而是事实，他能够把它演奏到极致；他对人类屡犯过错的子孙的永恒归宿做出了各种审判。埃斯库罗斯，索福克勒斯，所有的高贵诗人，也都是传教士；他们发现如此至真的东西（也是至圣的东西），便唱了出来。你会发现，如果你能弄懂古老的词并且明白它们另有什么新的内容，那么"赞美上帝"过去永远是而且将来也永远是歌手的正事。谁放弃了这桩正事，浪费了我们最神圣的天赋，赞美混沌，我们对他还有什么好说的！

犹太王大卫，一个被神圣音乐和许多别的大无畏精神所激励的人物，就惯爱用歌倾诉自己的衷肠；他生就先知的眼睛和心，在人类之中认出了圣贤；他传入了天体和声的回响的音调，而且目下人们感觉到仍是如此的音调。看官，你是千万世人中间的一个，能够阅读《大卫赞美诗》，穿过一个个古老模糊的世纪，捕捉到它的一些回响吗？隔着遥远时空，在你自己的心中，你能感觉到曾是别人心中的它成为你的了吗？别费劲去唱它了，因为在这新近的时代它是一去不复返了；你只知道它曾被歌唱过就足够了。还是去歌剧院，怀着种种难于言说的感想，听听人们时下唱些什么东西吧！……

关于干草市场歌剧院，我的记述总的说来是这样的：枝形玻璃烛台，枝形大烛台，绘画，精致的镀金；如同阿里发？阿尔拉齐德宫一样的大厅，或者就是命令众奴隶点亮天体的人的大厅；一所仿佛由守护神装备的大厅，极尽奢华。室内装饰一应俱全，人类资本悉数支出。人们所谓的艺术家也从世界各地纷纷前来，同样不计花销，来跳舞，来唱歌，其中一些在他们的行业中还是天赋高手呢。尤其一位歌手，名叫科莱蒂或者科蒂莱什么的，我听来都差不多，瞧瞧他的长相，听听他声音的调子，看看他通身的穿戴，就我能解答的程度，应该是一个具有深邃而热烈的感性之人，具有敏锐的直感之人，具有正义的同情之人；原本就是一个颇有诗人气质之人，一个天才啊，一如我们惯称的；造化认准他别无所能，只能在这里放喉高唱，好比失明的参孙，让腓力斯人（指巴勒斯坦南岸古国腓力斯的居民）开了眼界！

不但如此，他们还都是悟性极高的人，也许就是出类拔萃那种；他们通过自己和别人的劳作，一定在辛苦努力、诚实勤勉与不懈刻苦诸方面均获得了训练，相当或超出了人们在最需要下苦功的行业所需要的培训。我不是在讲帝王将相或者诸如此类的显要人物；但是士兵、法官和文人学者又绝少有人能像他们一样下得起这样的苦功。那些芭蕾女孩子，腰际间飘飞着细纹布碟状舞裙，抑或根本就是在重视神奇；旋转、旋转，如同陷入无数个奇怪而疯狂的旋涡，然后突然一动不动地把自己固定住，每个芭蕾姑娘站在她那或左或右了不起的脚拇指上，另一条腿伸展成90度——仿佛你捏着一个剪尖一下子向地下甩出去一把或者一大把躁动不安活蹦乱跳的剪刀，又脱口向它们喊了一声"停"，还让它们张着剪刀，定定地竖在那里，凭借魔鬼的名义！一种名副其实的有名的动作；不可思议，简直是人间奇迹，是常人难以企及的动作。歌剧的特殊动作；也许是女性在这个世界上做出的最丑陋的动作，但肯定是最有难度的动作。造化不喜欢它；但是艺术至少承认它是把不可能变为可能了。我到剧院去观看的那天夜里，一名小赛莉托或者塔格里奥尼第二，在舞台上不停跳跃，仿佛她是用印度橡胶制成的，或者内里填充了氢气，由纯粹的轻浮之力向天花板一蹿一蹿送去；也许塞米勒米斯和叶卡捷琳娜二世都没有把自己培养得这般尽心尽意吧。

如此天才，如此练功的艰辛，集四方之灵气，现在就在这里，展示卓绝才艺，让人们付费观看。不惜血本，一点没错！幸运之神的钱包似乎大开其口，"音乐之声"与"韵律之行"的神圣艺术受到其他艺术——精湛的和粗糙的——能够取得的所有辉煌爆炸般的礼遇。因为你会联想起某个罗西尼或者稍逊一等的贝利尼，更别说斯坦菲尔德家族以及成群结队的风景画家、机器操作者、工程师、企业家——足以攻占直布罗陀海峡，书写英格兰历史，或者将爱尔兰缩编为工业集团，如果他们决意一试的话！

瞧瞧，所有这些为人仰慕或说为人注意的人类天才，卓尔不群的耐心和精力，得到了巨大财富的支持，在上苍惠赐他们和我们的神圣"音乐与节奏"艺术的带领下，今晚在这里会形成什么样的问题呢？一个小时的娱乐，对男男女女中浓妆艳抹的挑选出来的平民来说，谈不上什么娱乐，只是枯燥和无聊，因为在我看来他们配不上娱乐！他们中间有谁曾大声扪心发问，一种真实的思想，瞥一眼自己的幽灵："浓妆艳抹的人儿，一掷千金的汉子，所谓的贵族，或称人间精英，你们意识到，意识到你们给予这里的精髓和精粹什么确凿的作为吗？"随后良心怦然一动回答道："一群挑选出来的平民，钱袋塞满钞票，受过姿势大师的指点，天哪！如果这也算什么玩意儿，在上帝创世里随处可见，那我可怎么办？因为我的缘故世界都要结束，来这里露面，等了这么长时间就为看到这种东西吗？约翰，备车，备车呀，快马加鞭！打道回府，闷闷无语，心事重重，也许心里难受，有几分忏悔呢！"这就是那些浓妆艳抹的人儿得到的好处，而不是什么娱乐。

话说回来，娱乐，他们从欧忒耳珀和墨尔波墨涅那里是得不到的。这两位缪斯，不计花销派来的神祇，依我之见，只是做了帕福斯本应干的营生。两位年轻的美人儿使用她们的歌剧眼镜，你能注意到，并非完全盯视舞台。你不得不承认，灯光，在这种所在装饰一应俱全的爆炸之中以及人类精湛艺术和粗糙艺术之中，是魔幻一般的东西；把你心仪的美人变成了阿米达——如果你喜欢她更胜一筹的话。不但如此，也有某些上年纪的"不当女子"（指身份），涂脂抹粉，珠光宝气，哪怕她们看上去只是风韵犹存；我看到了各种瘦巴巴的恋家的纨绔子弟，皱巴巴的老脸上露着冷冰冰的微笑；各种查塔巴格侯爵、马霍盖尼王子，以及诸如此类的外国高官显贵轻轻快快溜进上述女子们的包厢，在那里坐着干笑，浓密胡子染了色，蹩脚的脸上抹满望加锡油，不一会儿又溜出了包厢——事实上，我看见科莱蒂和赛莉托以及"韵律的艺术"在这里仅仅是个陪衬而已。

看来不可思议；也有些心酸，如果你长有眼睛的话！不过一定要想一想这一情景。克莉奥佩特拉把珍珠扔进她的饮酒里，只是图个浪费；人们认为她这样做十分愚蠢。但是现代贵族把其艺术中最神圣的，即天堂的音乐，带到了这里；其他人类艺术能享有的堂皇装饰和新颖设计样样齐备，让它们燃起篝火，为查塔巴格、马霍盖尼之类不当之人照亮了一个小时的吊膀子调情！我在造化界还从来没有见过这样的挥霍浪费。科莱蒂啊，你们这些天生的和谐旋律，我知道曾经是"永恒主调"的同宗，也许从人类生活中勇敢地清除了这种浪费和其他虚假之物，让上帝的创造物变得更加和谐悦耳——他们收买你，不让你这么做；用链子将你拴到了马霍盖尼王子的战车轮子上，你在这里为脸上涂满望加锡油的查塔巴格及其不当女子们浪掷生命的光阴提供消遣！啊，倒霉的有灵性的黑人，如若你具备某种天才，生来不是一个一心只想吃到南瓜的黑人，你应该忍受这样一种命运吗？我为你感到痛心疾首，甚于所有别的费用。别的费用都不足为训；你是克莉奥佩特拉的珍珠，不应该抛进马霍盖尼的客拉冽冰汽酒里。还有罗西尼、莫扎特和贝利尼——天哪！这时我想音乐也被宣告走向疯狂，在这样一座送葬柴堆上自焚，走上这条末路——你的神圣歌剧院华丽夺目的叶梗饰后是永恒死神的阴影；通过剧院我也仰视不见"神圣的眼神"，不像里奇特那样，"只能俯视到眼眶的无底黑洞"——无法仰视上帝、天堂和"真理之宝座"，却真真切切俯瞰到了虚假、空虚和"永久绝望"的住处……

仁慈的各位，我绝不敢指望歌剧会在今年或者来年会自行消亡。然而倘若你问我，英雄们为什么现在没有降世，英雄行为为什么目下没有产生？我会这样回答你：如今这世界都在合计着扼杀英雄行为，绞杀英雄行为，没错；对汗流浃背的裁缝、苦苦劳作的针功女子以及同类人的地狱来说，你们的这种歌剧就是千载难遇的天堂！关于真理，如果你读一首阿萨弗赞美诗直到理解它，然后来这里听一听罗西尼与科莱蒂的赞美诗，那么你发现时代已经改变了很多很多……

　　我并不希望所有的人都成为赞美诗作者阿萨弗们，成为狂热的希伯来人。我的希望恰恰相反。恰恰相反而且更加广阔，便是现在我对这个世界的看法。长着坚毅面孔的全体居民，坚毅如希伯来人，遇上特殊场合即又能同时迸发出难以压制的笑声——你理解那种新型而且更好的性格形式吗？只要笑声发自肺腑，它便也是天赐之物。但是，我至少至差也会让你拥有一个憎恶种种虚妄念头的借口——憎恶一切事情的不诚实现象；在你的各种"娱乐"之中，毫不犹豫地憎恶一切事情的不诚实现象吧，因为娱乐是自愿的东西，不是强制的……

（辛梅 译）

海涅

亨利希·海涅（1797—1856），德国伟大诗人。

在浪漫派影响下于1821年出版了第一部《诗歌集》。

1830年法国爆发革命后，他于次年开始乔居法国。

19世纪40年代曾与马克思夫妇过往甚密，写了一系列含有社会主义思想的政治诗。

1848年起病重瘫痪，直到逝世。

作品除了《诗歌集》《新诗集》和《罗曼采集》等集子以及《德国——一个冬天的童话》

《阿塔·特洛尔》等长诗外，还有散文、游记如《哈尔茨山游记》

《从慕尼黑到热那亚的旅行》《勒·格朗特文集》《旅行记》四卷、

《洛卡浴场》以及画论、音乐评论等。

※ 帕格尼尼音乐会

这场音乐会的演出地点是汉堡喜剧院。酷爱艺术的观众们早早地就入场了，济济一堂，我费了九牛二虎之力才挤到乐池边占得区区一席。尽管这天是邮政日，（可以收到邮件的日子，即工作日）我发现楼上包厢仍然坐满了有教养的商界名流，一班银行家等百万富翁，如咖啡大王、食糖大王之流，连同他们肥腴的王后们，赫赫然如墙脚公爵家族的朱诺，娇娇然似粪垣伯爵府上的阿佛洛狄忒，高居在神圣的奥林匹斯山上。整个剧场内也笼罩着虔诚的寂静，所有目光都投向舞台，所有观众都洗耳恭听。我的邻座，一位皮毛经纪人，把脏兮兮的棉球从耳朵里取出，以便更好地听清马上就要奏响的珍贵乐曲——每张门票高达2塔勒。

终于，舞台上出现了一条黑色人影，像是从阴间地府爬上来的。他，就是身穿黑色大礼服的帕格尼尼：黑色的燕尾服，黑色的马甲，剪裁得十分可怕，也许是阴间地府的规定样式；黑色的裤子，裹着那双细细的腿干瑟瑟发抖。他一手握着小提琴，另一手持弓，在观众面前奉献了一连串空前角度的深鞠躬，此刻，琴和弓几乎碰地，使他那双长臂显得更加之长。他的身体在有棱有角的弯曲中透出一种古里古怪的木讷，同时又有几分傻里傻气的野性，使我们在他鞠躬时油然生出忍俊不禁之感；而他那张脸，在刺眼的乐池灯光反射下更形死人般的苍白，面带几许乞求，几许过分的屈辱，使我们的嘲笑欲望被一种肃然的同情所压抑。他的这种献媚，是从机器人那里学来的，还是家犬？他那乞求般的目光，究竟是病入膏肓者的期许目光，还是隐藏着狡诈吝啬鬼的嘲讽目光？这是一个行将死亡的苟延残喘者，如同罗马角斗场上一位赴死的剑士，用他临终前的痉挛来满足观众嗜血的快感？抑或他是一个从坟墓中爬出来的死人，如同一个手持提琴的吸血鬼，虽然他不是从我们的胸腔里吸吮鲜血，但他绝对是在从我们的口袋里吸吮金钱？

在帕格尼尼不厌其烦地献媚邀宠时，我的脑子里装满了上述问题；然而，当这位神奇大师将小提琴抵近下颌开始演奏时，所有类似的想法统统无条件地引退了。顺便说一句，各位看官想必已经了解我在观赏音乐时的预感能力——我有一种天分，每当听到某种声音时，眼前便会出现相应的音乐图形；因此，帕格尼尼的琴弓每扯动一下，我的眼前就显现出不同的人物和境状，如同他在用有声图像讲述着各种刺耳的故事，如同他在我面前耍弄着彩色的皮影戏，而他则总是以提琴为道具扮演着主角。在他运第一弓时，他身边的舞台背景就开始变幻；他，还有他的乐谱架，突然置身于一个明亮的房间里，室内横七竖八地陈列着可笑的、饰有篷巴迪尔花式的家具；四处摆放着小巧的镜子、镀金的小爱神天使、中国的瓷器；随处堆放的书籍、花环、白手套、撕破了的金发套，还有用金属薄片和其他亮闪闪的装饰物镶嵌的假珍珠、假宝石，构成了一片可爱的混乱，如同大牌女演员的书房中司空见惯的那样。帕格尼尼的外表也发生了对他极为有利的变化；紫丁香色丝质美琪裤，绣有银丝的白色马甲，外罩缀有金缕纽扣的淡蓝色丝绒上衣，一头精心烫成小卷的亮发在他那十分年轻的、红润放光的脸上飘舞；每当他向站在乐谱架旁注视他拉琴的漂亮姑娘投送秋波时，他的脸上便增加了几分甜蜜的温柔。

事实上，我确实看见他的身边站着一位年轻的美人儿，一袭过时的服装，白色的真丝裙裤在臀部下方蓬松鼓起，把腰肢衬托得纤细迷人，扑了粉的秀发高高拢起，浑圆的俏脸连同勾人的眼睛发射着放荡的光芒，粉饰过的脸颊如同贴了白色的膏药和腻人的甜汁。她的手里举着一个白色的纸喇叭，喇叭随着嘴唇的运动和上身的摆动而若即若离，看上去她似乎在唱歌；然而，我分明没有听见她任何一个音符的颤音，只是从正在为这位可爱的女孩伴奏的、青春焕发的帕格尼尼的琴声中才能猜度出，她唱的究竟是什么歌，而他在伴奏时又是什么样的心灵感受。啊，多么缠绵的旋律哟！如同在玫瑰芳香的吹拂下，春心骚动、醉意眷恋的夜莺啼出的一首黄昏曲！啊，这是一首无病呻吟、甘愿赴汤蹈火般的极乐曲！这是两首恋曲，它们先是久久相吻难舍难分，继而赌气似的分道扬镳，最终却又破涕为笑相拥相抱，直到融为一体，在欣喜若狂的大团圆中双双离开尘世。是哟，那琴声像一对蝴蝶在欢快地飞舞，其中一只彩蝶开玩笑似的飞走，躲在鲜花后面，终于被同伴找到，它们无忧无虑地、幸福地迎着金色的阳光飞向天空。可是，一只蜘蛛出现了，它可以在一瞬之间给这对相爱着的蝴蝶带来厄运。年轻的心儿会想到这些吗？帕格尼尼的提琴声放射着令人心碎的旋律，一声声悲哀呻吟，宛若一场悄悄抵近的不幸正在播放前奏曲……他的眼睛湿润了……他跪在亲爱的人儿面前，向她乞求……哎哟，你瞧！他俯下身子吻她的双脚，突然发现了床下的小个子神甫！我不知道他为什么恨那可怜的男子，只见这位热那亚人面色苍白得像个死人，用愤怒的双手抓住小个子，给了他一通耳光，并实实地踢了他好几脚，甚至把他扔出门外，然后从口袋里抽出一把长长的三刃匕首，刺进那年轻靓女的胸膛……

此刻，四周响起了一阵阵喝彩声，激动的汉堡男女向这位伟大的艺术家报以雷鸣般的掌声。刚刚演奏完音乐会第一乐章的艺术家，此时的鞠躬更加有棱有角，更加一躬到地。依我看来，他脸上的乞求与谦恭亦比先前增加了几分。他的目光中滞留着可怕的胆怯，如同一名可怜的罪人。

"太妙了！"邻座的皮毛商抓耳挠腮地嚷道，"仅这一段曲子就值2塔勒。"

当帕格尼尼重新开始演奏时，我的眼前黯淡下来。曲调没有变幻出明快的形式和明亮的色彩；大师的形象被昏暗的阴影所笼罩，他的音乐自黑暗中发出极尖锐的悲叹声。间或，悬在他头顶的小灯以微弱的灯光投向他；只是此时，我才看得见他那了无血色的面容，但他脸上的青春并没有逝去。他的外衣十分抢眼，析出两种颜色，一半是黄色，一半是红色。他的脚上拴着沉重的镣铐。他的身后隐隐约约闪现出一张脸，其容貌有几分像滑稽的山羊，双手裸露长毛，看起来也像山羊蹄子；时而，我发现这双手伸向帕格尼尼手中的提琴，乐于助人似的拨弄琴弦；时而，他也把持着帕格尼尼拉弓的那只手，使小提琴涌出的越来越痛苦悲伤的曲调声中，伴入了咩咩的赞许笑声。这曲调宛如堕落天使们的歌声，她们因为拥抱了大地的女儿而被逐出天国，带着瘦削绯红的脸蛋降下人间尘世。这是来自无底深渊的曲调，没有安慰，没有希冀。如果天上圣人听见这种曲调，上帝的赞美也会黯然失色，他们将羞愧得无地自容！每当那须臾不肯离舍的、咩咩的山羊笑声伴入提琴曲的悲伤旋律时，我偶尔瞥见背景中也有一群小个子丑陋女人，她们狡黠、诙谐地点着头，面带幸灾乐祸的表情，指手画脚地大肆嘲讽。未几，提琴声中逸出了恐惧的音调，一声惊叹，一声抽噎，这声音在人世间从来没有听到过，或许在人间永远也不会再听到，除非是在世界末日的约撒法特山谷，当法庭的巨大长号奏响，赤身裸体的尸首们从坟墓中爬出来，期待着他们的命运之时……然而，痛苦的琴师突然运出了极为绝望的一弓，以至于脚镣铿锵断裂，那些阴森森的助手连同讥讽魔鬼统统销声匿迹。

此时，我的邻座皮毛商叹道："可惜，可惜，一根弦断了，就是因为他持续地拨弦哟！"

小提琴弦真的断了？我不知道。我只察觉到了音调的转变。同时，我觉得帕格尼尼和他的周围环境突然全变了。他穿的是褐色的修道士服装，我几乎认不出他来了——与其说是服装，莫如说是伪装。他那粗野的神情被风帽遮住了一半，腰间系着一根麻绳，光着双脚，一副孤独偃蹇的形象。此刻的帕格尼尼，站在海边前突的岩石上，演奏着小提琴。我看到，时值黄昏，晚霞洒满了宽阔的海面，渐渐地映红了海浪，汹涌不息的波涛与提琴的曲调构成了极为神秘的默契。波面愈红，天穹愈苍。当波涛起伏的海面终于映成猩红泛黄的血色时，上空全然变得幽灵般的明朗、死人般的苍白，一颗颗星辰大模大样地、带有几分威胁地跃出……这些星星呈黑色，黑得像闪光的石煤。琴声越来越狂热孟浪，琴师的神态令人恐怖，双眼中闪烁着充满讥讽意味的摧毁欲，薄薄的嘴唇那么可怕地急促蠕动着，看上去似乎在嘟囔着古老而邪恶的咒语，祈求风暴来临，释放那些被困在海底深处的恶魔。时而，当他那只细长的胳膊从修道服的肥大袖子中伸出来，在空中挥舞着琴弓时，他才真正地像是一位正在变出宝物的魔术师，于是，大海深处疯狂地咆哮起来，血红的波浪惊骇地猛力冲上高空，红色的泡沫几乎溅到苍白的天幕和黝黑的星星。海在怒吼，海在尖啸，海在轰鸣，好像要把全世界摧为废墟。修道士的运弓越来越有力，他要用强烈的意志奋力锯开所罗门降妖罐的七重火漆；睿智的国王把魔鬼们封闭在铁罐里，沉入海中。当帕格尼尼的提琴在最低音区奏出隆隆的激怒时，我还听到了罐中魔鬼的声音。然而，我终于升腾出一种感觉来，似乎听见了庆祝解放的欢呼声，看见了被释放的魔鬼将头浮出鲜红的血海波面：一只只极其丑陋的庞然大物，像长有蝙蝠翅膀的鳄鱼，像长有鹿角的蛇，像戴有漏斗形贝壳的猴子，像蓄有大主教式长胡子的海狗，像是乳头长在脸蛋上的怪女人，像绿色的骆驼头，像是两种不可思议的生物组合而成的雌雄同体；所有魔鬼都向拉琴的修道士投出冷峻机灵的目光，伸出长长的蹼爪，而正处在急切的祈求热望中的他，将风帽甩在脑后，任那蓬松的黑发在风中飞舞，似千条黑蛇环绕着他的头部。

他的演奏是那样的令人神魂颠倒，以至于我捂住耳朵，闭上眼睛，以免神经错乱。于是，眼前的魔鬼消失了，我重又看到可怜的琴师成为寻常人，摆出了寻常的献媚动作，而观众们正极其迷醉地报以掌声。

"这是G调的最佳演奏，"我的邻座点拨道，"我自己也拉小提琴。对这种乐器居然能够把握到此种程度，我知道这意味着什么！"幸好间歇时间不长，否则这位爱好音乐的皮毛专家肯定会喋喋不休地把我引进一场漫长的艺术对话。帕格尼尼重又冷静地把提琴抵近下颌，琴弓的第一下扯动重又展开音调的神奇变化。只是，那些曲调不再那样富于色彩变幻和形体变化，它们沉稳地展开，庄严地起伏，浑厚地增强，如同一个正在罗马大教堂内表演的管风琴赞美诗咏唱班，其歌声向四周扩散，越来越宽广，越来越高亢，构成了一个无法用凡夫肉眼看见，只能用心灵眼睛体察的巨大空间。在这一空间的中央，盘旋着一个光芒四射的圆球，上面站立着一位高大自豪的男子，正在演奏小提琴。这个圆球是太阳？我不知道。但是，从这个男子的线条上，我认出他是帕格尼尼，不过他已经得到理想的美化、美丽的神化，面带出神入化的微笑。他的躯体放射着最最伟岸的男子气，他的四肢被裹在一袭淡蓝色的节日盛装内，他的肩膀上飘垂着黑色鬈发；他坚定地站在那里拉琴，如同一尊高大的神像，犹如上帝创造的万物统统俯首于他的音乐指挥。他是一颗神人行星，整个宇宙都在围绕它旋转，以从容不迫的庄严，踏着天堂仙乐般的节奏。在他身边悄然旋转的各盏大灯，其实是天上的星星；在星星运动时产生的协调乐曲，则是多少诗人和预言家所大书特书的天体音乐？时而，每当我睁大眼睛向远方的暮色望去，会看见举目皆是巨大的朝圣者们，身穿白色的节日盛装，蒙着脸飘然而来，手中拄着的白色拐杖十分奇特：一个个拐杖的金色把手，正是我曾以为是星星的一盏盏大灯。朝圣者围绕那位伟岸的演奏大师，循着巨大的环形轨道行进；在提琴曲的激励下，拐杖的金色把手闪烁着越来越亮的光泽。从朝圣者们唇间流出的歌声——我曾以为是天体音乐——实际上不过是提琴曲逐渐远去的回音。一种不可名状的神圣狂热，倾注在这音乐中，间或颤抖着，几乎听不见，如同在水面上飘荡的窃窃私语，尔后又响起甜蜜尖厉的声音，如同来自月亮的法国圆号乐曲，最后骤然翻滚起毫无节制的欢呼声，如同成千上万名现代歌手齐声拨动吉他的琴弦，引吭高唱胜利之歌。这种乐曲永远无法用耳朵听见，只有在清夜之中，静静地躺在爱人身边，心与心贴近时才能梦见。或许你的心也可以在晴朗的白天感受到它，如果你面对着琳琅满目的希腊艺术品，被优美的线条和图形所感染，惊呼着坠入沉思……

（王建政 译）

欧仁·德拉克洛瓦（1798—1863），法国画坛上的色彩大师。

1816年他进入美术学校格伦画室学习。《但丁和维吉尔》使他广为闻名。

他不仅是一位杰出的画家，在文学上也很有造诣。

他所写的美术论文，被公认为美术史、美术理论研究的重要资料。

※ 关于绘画的一些想法

在欣赏好画的时候，我也像别的易受感动的人一样，感到需要离开画，去想一想作品产生的印象。这时就产生了和作家劳动相反的过程。我逐渐想起这幅画中的全部细节；如果我想把它写出来的话，那么我要把自己在刹那间看到的一切，全都写下来，可以写成一篇不少于20页的文章。

当叙事长诗的作者，慢慢地升起遮住它的幕布，向我们展现其中一个部分的时候，诗是不是像一幅画呢？

绘画是一种简单的艺术。观众应该直接面对绘画，这时不要求观众作任何努力——看一眼画就够了。读书就不一样了！书要去买，一页一页地读。先生，你听见没有？况且，为了理解书的内容，往往还要作出很大的努力。

绘画处理的只是一刹那的场面；但是，难道在画中不是包含着既有一刹那，又同时有细节和物体的面吗？每一个文学家归根到底竭力追求的是什么？他希望他的作品读过之后，产生一幅画立刻产生的那种印象。

画家有时候应该为真实性或者表现力作出牺牲，正好像诗人为了和谐而不得不更多地在这方面作出牺牲一样。

因此，了解作品是困难的，而要躲开作品，几乎也一样困难。韵脚在书房外面向他求爱，在树林里等待它，成为他的无有限权力的主人。绘画则不同。这是艺术家的可靠的朋友（他偶尔从思想上依赖它），而不是一个掐住它的脖子，和无法躲开的暴君。

大家知道，不好的将军可能打胜仗，因为在战争中，走运等于才能，而有时走运更重要；但是，不好的艺术家却从来创作不出好作品。在战争中，正好像在狂热的赌博中一样，用兵的艺术改变了命运的过失，或者给它以帮助。据说，天才们可能也是偶然的走运。确实，艺术家们会出现走运的时候；但是，只有好的艺术家才会成功。

就像外科医生一样，艺术家是用手工作的；但是，同前者不同的是，手的灵巧，对艺术家说来，不是对他评价的标准。

不能否认，有一些题材和画种，允许一定的宏伟气氛，甚至铺张的手法。例如，壁画等。

艺术家看着自己的调色板，就像战士看着自己的武器，马上就得到信心和勇气。

杰出的素描标明了画坛的暂时衰落。

科隆——城市自治局——文艺复兴——往前是小巧的极美的柱廊。和我们之前相比，我们的作品是多么差劲！每一个时代都在所有的古代作品中作出贡献，但并不破坏总的和谐。

巴尔扎克

奥诺雷·德·巴尔扎克（1799—1850），法国小说家。

从20岁开始文学创作，先后发表《驴皮记》《夏培上校》《欧也妮·葛朗台》

《高老头》等小说。从1829年开始，一直到1848年，是巴尔扎克创作《人间喜剧》的时期，

也是他文学事业的全盛时期，在不到二十年的时间内，共创作小说91部。

※ 谈谈艺术家

在我们提出的有关艺术尊严这一相当重要的问题中，有一些看法可以说是与
艺术家本人有关，现在我们先来研究一下，艺术家在社会上所遇到的许多困难，
来自艺术家本身，因为凡是不符合凡夫俗子的一切，便会挫伤凡夫俗子，使他感
到拘束，感到不满。

不管艺术家的有力是由于他把人所共有的智能不断运用加以锻炼；不管他

所施的威力来自大脑的畸形发展，不管天才是人的一种病，犹如明珠之与河蚌；也不管他的身世是替一部著作下注，是替得之于天铭刻在心中的某一独特思想下注，大家公认艺术家本人并不知道自己的才能的秘密。他的行动是受某些环境所支配，而各种环境的组合正是问题的奥妙之处，艺术家自己做不了主。有一种力量变幻莫测，非常任性，他就是这种力量的玩弄对象，由它摆布。

某一天，吹来一阵风，一切都放松，连他自己都不觉得。即使能得到高官厚禄，百万资财，他也不拿起画笔，不塑蜡制模，哪怕是片断，不写作，哪怕是一行；如果他尝试的话，那么不是他自己在拿画笔，拿蜡或写字的笔，而是另一个人，是他的第二个他，完全像他的人，那个骑马的，爱说趣话的，嗜酒贪睡的，狗嘴里吐不出象牙胡言乱语倒很聪明的人。

某一天晚上在街头，某一天清晨起身的时候，或是在寻欢作乐狂饮的席上，会发生这样的事：一团热火触及这个脑门，这双手，这个舌头；一个字马上就能唤起种种念头；这些念头在滋生、成长、激动。悲剧、绘画、雕塑、喜剧，它们显露的是匕首、色彩、形象和风趣。这是一种幻象，如此短促，转瞬即逝，如生死一般；这是像深渊的深不见底，滔滔白浪的壮丽；这是耀眼的丰富的色彩；这是一座群像，无愧于比格马利昂，得此绝代佳人，能迷住魔鬼的心窍；这是一个发噱的场面，病入膏肓的垂死者也为之解颐；那些就是艺术家的劳动，把所有的炉火烧得通红；寂静与孤独打开它们宝藏的门；天下无难事，没有不可能，最后是孕育所带来的，掩盖分娩的剧痛的孕育所带来的喜悦，心醉神迷。

艺术家就是这样的人：他是专横的意志的驯服工具，听从这一主子的命令，有人以为他自由自在，其实他成了奴隶；有人看见他兴奋激动，如癫如狂，纵情声色，其实他既无力量，又无主见，等于死人。这种连续不断的对照出现在他的庄严的权力中，虚无的生命中，他永远是一个神或者永远是一具尸体。

想从思想的产物上投机牟利的，大有人在，多半是贪得无厌。寄托在纸上的这种盘算，从来不会那样迅速地成为事实。由此艺术家所许的诺言很少能兑现；由此招来了责难，因为这些在铜钱里翻筋斗的家伙不会理解从事思想工作的人，社会上的人以为艺术家经常能够创作，就像办公室内的仆役每天早上拂去办事员的文条上的灰尘那样容易。由此，也招来了贫困。

不错，一种思想往往是个宝藏，但是这些思想，像分布在地球上的金刚石矿一样稀少。需要长时间地去寻找，或者说等待它们要妥当些；需要在无边无际汪洋大海一般的冥思默想中航行探索，测出深度，一件艺术品是一个具有威力的思想，其威力的程度相当于发明彩票，相当于给全世界带来蒸气的物理观察，相当于生理分析，用以替代在调整和比较事件时所用的旧框框。因而，一切来自智慧的行动，不分高下，并驾齐驱，拿破仑是和荷马同样伟大的诗人；拿破仑写了诗就像荷马打了仗。夏多布里昂是和拉斐尔同样伟大的画家，而普桑是和安德烈·歇尼埃同样伟大的诗人。

所以，对于一个牧人，在木块上雕了一个非常美妙的女像，说："是我发现的！"一个牧人，一个在对他并不存在的事物中，在无人知晓的领域中作探索的人，归根结底，也就是对于艺术家，外在世界无足轻重！在神奇的思想领域中所见的一切，他们的叙述从来是不忠实的。柯累乔在创作他的圣母像很久以前，早就赞叹他的圣母光艳照人，使他陶醉在这无上的幸福中。像伊斯兰教的国王一样，只是在自己畅美地享受以后才把这个形象交给你们。当一个诗人，一个画家，一个雕塑家，赋予他们的作品以强有力的真实性，那是因为创作的意图和创作的过程是同时实现的。这样的作品才是艺术家最优秀的作品，至于他们自己特别珍惜的作品，恰恰相反，总是最拙劣的，因为他们和理想的形象早就相处已久，感受过深，反而难以表达了。

艺术家在捕捉思想时所感到的幸福是无法形容的。据说牛顿有一天早晨思考问题，到了第二天早晨，有人发现他保持着同样的姿态，而他本人还以为在上一天。关于拉封丹和卡尔当，也有人提起过类似的实例。

艺术家的创造力变幻莫测，难以捉摸，除此以外，艺术家所特有的这种心醉神迷的快乐，正是招致社会上讲求实际的人的非难的第二个原因，在这些狂热的时刻里，在这些漫长的苦思中，任何杂念不能触及他们，任何金钱的考虑不能使他们动心：他们忘了一切。德·高尔比埃的话，在这一点上，是千真万确的。是的，艺术家常常只要有"水和面包"就行了。但是，当思想经历了长征，当艺术家和幻想中的人物在寂寞中，在魔术的殿堂里居住以后，他比任何人更需要享受文明为有钱的人和游手好闲的人所创造的舒适的生活。他需要一位莱奥诺尔公主，像歌德替塔索所安排的莱奥诺尔公主那样，关心艺术家的锦绣外套，花边衣领，正是由于经常运用这种出神入化的能力，漫无节制，正是由于对追求的目标深思静观，孜孜不倦，伟大的艺术便招来贫困，潦倒终身。

如果存在着值得世人感激的业绩，那就是某些女性出于至诚，忠心耿耿，关注与爱护这些光辉的人物，这些拥有世界却没有面包的盲瞽。如果荷马遇到像安提戈涅那样的一个女子，也许她也分享盛名，留芳万世。拉·福尔纳丽娜和拉·莎布里埃夫人，他们至今还在使所有爱好拉斐尔和拉封丹作品的人们深受感动，感激不尽。

由此可见，首先艺术家不是一个，按照黎希留的说法，一个利禄之徒，他不是满脑袋贪图财富的商人。他之所以为钱奔波，只是为救燃眉之急；因为吝啬即是天才的死亡。一个创造者所需要的应该是满腔热情；慷慨赠与，哪能容得如此卑鄙的思想。他的得天独厚的才能就是他的连续不断的贡献。

其次，艺术家在常人心目中是一个懒汉；这两种古怪的现象，都是漫无节制地深思冥搜的必然后果，是两种缺陷，加之一个有才能的人几乎总是来自人民。膏粱子弟，王孙公子，养尊处优，豪华奢侈，已成习惯，不会去选择这一困难重重令人心灰意懒的生涯，纵然他也喜爱艺术，但在他跨进社会朝欢暮乐的享受中，这种艺术感情会失去锐气，变为迟钝。于是，有才华的人原先的双重缺陷之所以特别令人厌恶，正是因为它们，由于他的社会地位，似乎被人看作是懒惰和以贫傲人的结果；居然有人把他的劳动时间目为偷闲，把他的不求名利，视为无能。

但是这都还算不了什么。一个人习惯于把自己的心灵当作镜子，让整个宇宙反映在镜中，让不同的地域和风俗，让不同的人物和欲念，呼之即来挥之即去随己所欲地呈现在镜中，这样的一个人必然缺乏我们称之为"性格"的那种逻辑和固执。他有点儿像"窑姐"（恕我说话粗鲁），他像孩子一般，什么东西使他惊异，他就热爱它，着了迷。他体会一切，体验一切。看到人类生活中正反两面的这种高度的洞察力，庸俗的人却称之为判断错误的谬论。因而，艺术家在战斗中可能是个胆小鬼，在断头台上却很英勇；他可能把心爱的情妇当作偶像那样崇拜，后来又并无显著的理由把她遗弃；他对傻瓜们所迷恋的，奉为神圣的最最愚蠢的事表示自己的意见，天真淳朴；他可能毫不在乎自动拥护任何一个政府的人，或是成为一个激进的共和党人，在人们所谓的"性格"中，他表现的却是创作思想的不固定性，他有意识地一任自己的躯体受到世事变幻的摆布，因为他的心灵飞翔在高空，始终没有停止过。他行走，脚在地上，头在天空。他既是赤子，又是巨人。"利禄之徒"一起床就满心希望去看看有声望的人是怎样穿衣打扮的，或是去向上司卑躬屈膝，曲意奉承，他们多么得意啊，面对着这种种永恒的矛盾，出现在一个出身卑微，生活艰难的孤独者身上的这种种永恒的矛盾！他们只等此人呜呼哀哉，成为伟人，然后跟在灵柩后替他送殡。

不仅如此而已，思想可以说是反自然的东西。在太古时代，人类只限于"外在的生活"。而各种艺术，却是思想的滥用。这一点我们没有觉察到，因为我们接受两千年以来的文化遗产就好像后代子孙继承了巨大的财富，却没有想到祖先为积聚这笔家产所付出的辛勤劳动；所以我们不应该忽视，如果我们真正想要很好地理解艺术家，他的不幸和他在世俗生活中养成的乖僻，我们不应该忽视艺术中有超自然的东西，不可思议，最美的作品从来不被人理解。

甚至连作品的淳朴也是一种抗力，因为欣赏的人必须知道谜底。广施于内行的人的精神享受，原来隐藏在一所庙堂中，不是随便什么人都会说："芝麻，你开门吧！"

因此，为了把我们的见解，艺术家自己和外行都不大注意的这种见解表达得更有逻辑性，那么我们就试一试吧，说明一下艺术作品的目的。

塔尔玛才说几个字，便把两千观众的心灵引到同一种感情上去，全场激动。这几个字，是无边无际的象征，这几个字，是一切艺术的综合。他只用一个表情就概括了这一史诗场面的全部诗意。在每个观众的想象中，便有了画面或情节，被唤醒了的形象和深刻的感觉。艺术作品就是这样。它在最小的面积上聚积了最丰富的思想，它类似总结、概括，然而愚蠢的人，他们又是多数，居然妄想一下子就能看出是部杰作。其实连"芝麻，你开门吧！"这个秘诀还不知道；他们只能对门欣赏，隔靴搔痒。这就是为什么多少诚实的人只去过一次歌剧院或美术馆，便发誓说，下次再也不上当了。

艺术家的使命是要捉住距离最远的事物的内在联系，是要化平凡为神奇，把两件普通的事物接近靠拢，以期收到惊人的效果，这样的艺术家似乎经常在胡言乱语，不合情理。许许多多人都看是红的，他呢，却看出是蓝的，他对事物的底蕴，事物的内在原因，有如此深入的体会，竟使他欢呼祸患，诅咒佳丽；他赞扬某种缺点，他为某种罪行辩护；他具有疯病的各种迹象，因为他采用的手段越是接近目标，看起来好像离目标越远。整个法兰西讥笑拿破仑在布洛涅军营中布置的核桃壳般大小的小艇，十五年后我们才知道英国从来没有像当时那样更接近毁灭的边缘。只是在这个巨人垮了以后，全欧洲才认识到他最大胆的图谋。因此有才能的人整天被看作傻子，大智若愚，在交际场中红极一时的人把他看得毫无用处，只能当个杂货店里的小伙计。其实他的精神看得很远，而世人认为如此重要的身边琐事反倒看不见，他正在和未来交谈。于是，他的妻子便说他是个笨蛋。

雨果

维克多·雨果（1802—1885），法国浪漫主义文学运动的领袖，
伟大的诗人、戏剧家和小说家。其主要作品有《巴黎圣母院》
《悲惨世界》《海上劳工》《笑面人》等。

大师谈艺术

061

※ 美为真服务

一

啊，才智之士，做有用的人吧！对人生有点用处吧！当需要你成为有用的和善良的人的时候，你绝不要摆出不耐烦的嘴脸。为艺术而艺术固然美，但为进步而艺术则更加美。幻想空中楼阁当然好，但幻想乌托邦则更好。你需要想象吗？请你想象美好的人吧！你想要梦想吗？那么去梦想理想吧。先知追求孤独，而不

是遁世独立。他把自己心灵中与人类维系着的纷乱交缠的线加以清理和引申；他并不切断它们，他来到荒野里思考，他想到谁呢？想到人群。他不是对荒林发言，而是对城市。他所注视的不是随风而倒的小草，而是人；他并不朝向狮子发出怒吼，而是朝向暴君。诅咒你，阿卡布！诅咒你，奥瑟！诅咒你们，君王们！诅咒你们，法老们！这便是伟大的孤独者的声音。接着，他哭了。

为什么哭泣？为永恒的"巴比伦囚禁"而哭。以色列、波兰、罗马尼亚、匈牙利和今天的威尼斯，都受过或正受着这样的囚禁。他这位善良但阴沉的思想家在观察；他侦察、窥测、探听、注视，在寂静中张着耳朵、在黑夜里睁着眼睛，对坏人准备好利爪。你去对这位信奉理想的隐士去谈谈为艺术而艺术吧。他有自己的目的，并且向它直奔而去，这目的，便是至善。他为这个目的而尽自己的力量。

他不属于他自己，他属于他作为使徒而应尽的职责。他负担着促进人类进步这伟大的责任。

天才不是为天才而生，而是为人类而生。天才在大地上就是上帝的自我呈献。每一部杰作的出现，都是自我创造的上帝的一次显灵。杰作就是奇迹中的一种。由此，在一切宗教和一切民族那里，便产生了对圣者的信仰。如果有人以为我们否认基督的圣像，那便错了。

在社会问题目前所达到的阶段，一切都应该成为共同的行动。孤立的力量互相抵消，理想与现实休戚相关。艺术应该帮助科学。进步之车的这两个轮子应该同时转动。

新的有才能的一代，诗人与作家的高贵之群，青年人的队伍啊，我们国家活生生的未来，你们的长辈爱护你们，并且在向你们致敬。勇敢些！让我们来献身。献身给善、献身给真、献身给正义。这样做才是好的。

有一些纯粹热爱艺术的人，他们热衷于一种也还高贵也还有尊严的成见，他们撇开"为进步而艺术"这一公式，也就是离弃"有用之美"，因为他们担心，实用便会破坏美。他们战战栗栗看到诗神的臂膀接上了女仆的双手。照他们看来，理想一与现实接触过多就会变样。如果崇高下降到人世，他们便要为它担忧。唉！他们真是弄错了。

实用不仅不会限制崇高，而且会加强它。崇高运用于人类的事物便会产生意想不到的杰作。实用，从其本身来考察以及把它视为一种与崇高相配合的因素，它也具有好几个种类，有温和的实用，也有愤怒的实用。如果它是温和的，便能抚慰不幸的人，并创造出社会的史诗；如果它是愤怒的，便能鞭挞恶者，而创造出神圣的讽刺诗。摩西把神杖递交给耶稣，而这同一支威严的神杖在使岩石里涌出了泉水以后，又把商人从圣殿里驱逐出去。

什么！艺术由于扩大了自己难道反而会缩小吗？不。愈是多一种用处，艺术就愈增添一种美。

但是，人们会对此不同意。医治社会的创伤，修改法典，以权利的名义谴责法律，把监狱、狱吏、苦役犯、妓女都作为丑恶的字眼，对警察的登记本进行检查和药房订立合同，调查人们的失业状况，尝尝穷人的黑面包，为女工寻找出路，把戴单眼镜的游手好闲人士和穿破衣的懒汉加以对比，排除无知的障碍，开设学校，提倡识字，对耻辱、丑行、过错、罪恶、丧尽天良加以鞭挞，宣扬文化的普及，宣告自然权力的平等，改善精神和心灵的营养，给人以饮食，为社会问题要求解决办法，为赤脚的穷人要求鞋子等等，所有这些都不是蔚蓝的天空上的东西，而艺术却是蔚蓝的天空。

是的，艺术是脱离尘嚣的蓝天；但是从高高的蓝天上投射下来的光，使小麦灌浆、使玉蜀黍发黄、使苹果长圆、使葡萄发甜、使橘子镀上金黄的颜色。我再重复一遍，愈是多一种用处，就愈增添一种美。无论如何，于艺术又有何损？使甜萝卜成熟、为马铃薯浇水、使苜蓿和干草长得更加茂盛，还有和农夫、葡萄种植者、蔬菜种植者互相合作，这都不会使天空失去一颗星星啊！广泛性并不排斥有用性，并且，它又会因此而失去什么呢？我们所称为磁力或电力的那种巨大的活流，是不是会因为它能使磁针总是指向北方、能指引航船的方向，因而就不会在密云层中发出那样强烈夺目的光芒呢？朝阳是否因为预料到了苍蝇的干渴、有意地把蜜蜂所需要的露珠藏在花朵里，因而就会不那么光辉灿烂，就会缺少紫红与澄碧，就会少一些庄严、风度和光彩呢？

我们坚持创作社会的诗、人类的诗、为人民的诗，这种诗赞成善而反对恶、表白公众的愤怒、辱骂暴君、使坏蛋绝望、使不自由的人解放、使灵魂前进、使黑暗退缩，它知道世界上有窃贼和暴君，它扫除囚笼、倒掉装公共垃圾的脏桶，波南里，把你的双袖卷起来，来完成这些粗活吧，呸！这算什么。

为什么不愿意？

荷马是他那个时代的地理家和历史学家，摩西是他那个时代的立法者，余维纳尔是他那个时代的法官，但丁是他那个时代的神学家，莎士比亚是他那个时代的道德家，伏尔泰是他那个时代的哲学家。以事实而论或从推理而言，任何领域都不会对有才智的人关上大门。既然眼前有广阔的天地，身上又有一对翅膀，那么就有飞翔的权利。

对于某些高尚的人来说，飞翔就是服务。在沙漠里，一滴水也没有，干渴得可怕，朝圣者的行列艰难地向前行走，突然在沙丘起伏的地平线上出现了一只翱翔的老鹰，于是，这一队人都叫了起来："那里有水泉！"

埃斯库勒斯对"为艺术而艺术"有何感想？可以说，如果曾经有过一位真正称得上诗人的诗人，那便是埃斯库勒斯。请听听他的回答吧。那是在阿里斯多芬的剧本《蛙》里，第一千零三十九行。埃斯库勒斯说："从古以来，有名的诗人都为人群服务。奥尔菲向人指出谋杀之可怕，缪斯把神意与医学教给人，赫西俄德传授了农业，神圣的荷马则给人以英雄主义。而我追随荷马，我歌唱像狮子一样勇敢的巴托克勒和戴西，为了使每一个公民都努力效法伟人。"正像整个大海都是盐一样，整部《圣经》都是诗。这部诗谈论当时的政治。请打开《撒母耳记》第八章。犹太人要一个国王。"……耶和华对撒母耳说，他们要一个国王，他们要把我抛弃，使我根本管不了他们。让他们去吧，不过，你要告诉他们国王将来会用什么办法来对付他们。于是，撒母耳以神的名义对这群要求一个国王的百姓说：将来，国王会把你们的儿子捉去，把他们套在自己的车上，把你们的女儿抢去，将她们变成奴婢；他会掠夺你们的田地、葡萄和好的橄榄树，而把它们赐给自己的家臣；你们收获农作物、收获葡萄，他都要收什一税，而把这些税分给他的官人；他还要把你们的仆役和驴子占去，用来替他去工作；有这样骑在你们头上的国王，你们将来会呼天抢地，但是，因为，这是你们自己要求的，耶和华一点也不会可怜你们。你们将沦为奴隶。"

大家可以看出，神权是断送在撒母耳那里。《申命记》把祭坛毁了，应当说这是假祭坛；但是旁边另外那个祭坛难道不也是假的吗？"你们要把假神的祭坛破坏掉，而在上帝居住的地方寻找上帝。"这简直就是泛神论了。这本书为了要参与人世间的事、为了有时主张民主、有时主张破坏偶像，因而就不够光辉、不够高超了吗？如果说，《圣经》里没有诗，那么，诗又在哪里呢？

你们说，诗神是为了歌唱、为了爱、为了信仰和祈求而生的。这话也对，也不对。让我们来讲讲这个道理。歌唱什么？歌唱虚无吗？爱什么？爱自己吗？信仰什么？信仰教条吗？祈求什么？祈求偶像吗？这样说就不对。应该是这样的：歌唱理想，热爱人类，信仰进步，祈求永恒。

请注意，你们在诗人的周围划出一个个圈子，便会把他置于人群之外。是的，我们一方面要诗人置身于人群之中，并且具有翅膀能够上下飞翔，不时消失在远渺之中，这不仅是好事，而且也应该如此；但是，另一方面又必须以飞回来为条件。让他去吧，但要使他回来。让他张开翅膀飞到无限中去。但他必须又有双足好在地上行走。要使他从人群中走出以后又再回到人群中去。要使别人在把他当天神看待以后，又发现他像兄弟一样亲切。要这颗含在他眼里的星星流出一滴滴的眼泪，而这眼泪又是属于人类的。因此，诗人既是人，也是超人。但是，完全置身于人群之外，这就是取消了生存。天才，把你的脚伸过来，让我们瞧瞧你是不是和我一样，在脚踵上有着大地的尘土。

如果你从来没有这样的尘土，如果你没有走过我的道路，你便不会认识我，我也不会认识你。走开吧，你自以为是一个天使，其实只是一只小鸟。

强者扶助弱者，伟人帮助小人，自由的人解放被奴役的人，思想家教育无知者，孤高之士指导群众，这便是从以赛亚到伏尔泰的法则。不遵守这法则的人也可以成为一个天才，但只是作为奢侈品的天才。这种人完全不参与世事，自以为纯洁净化了，其实是自暴自弃。这种天才纤细、优雅、精美，但却不伟大。任何一个有用的粗人，只要他有用，在看到这种没有用处的天才的时候，都有权这样发问：这个游手好闲的家伙是什么？双耳壶不愿到水泉去盛水，便该遭到瓮子的轻蔑。

献身的人是伟大的！即使他处境艰困，但也能平静处之，并且，他的不幸也是幸福的。对于诗人来说，面向职责并不是一件坏事。职责与理想有一种严肃的相似之处。为了完成自己的职责而遇上险阻也是值得的。不，不要避免与加图手肘相撞。不，不，不，真理、正直、对人类的教导、人类的自由、有力的美德、良心，所有这些都是不可加以轻蔑的东西。愤怒与温情，是对于人类不自由状况两个方面的不同反应，并且，能够发怒的人就能够爱。把专制君主和奴隶平等加以看待，这是多么了不起！现在的社会，一方面是专制君主，另一方面全是奴隶。对此即将有一次可怕的清算，将来它一定会完成。一切思想家对这个目标都负有责任。

他们在完成这职责的时候会成长起来。在进步的事业中做上帝的仆人、在人民群众里充当上帝的使徒，这便是天才成长的法则。

二

有两种诗人，一种是感情用事的诗人，一种是逻辑的诗人；此外，还有结合着以上两者特点的第三种诗人，这两种诗人以两种特点相互克制、互相补充，并且把它们概括在一种更高的本质中。这是用同一块材料塑成的双重塑像。这第三种诗人居于首位。他具有主观的偏情，他听从神灵的默启，他也有逻辑，他执行着自己的义务。第一种诗人写出了《雅歌》，第二种诗人写出了《利未记》，第三种诗人写出了《颂歌》与《预言》。在罗马作家中，贺拉斯是第一种诗人，吕甘是第二种诗人，余维纳尔是第三种诗人。而在希腊作家中，品达是第一种，爱西埃德是第二种，荷马是第三种。

任何美都不会因为"善"而遭损失。狮子因为有温良的特性就不及老虎美吗？这温良的动物因为从它所捕攫的小孩身边走开、让他回到自己母亲的怀抱，它的鬣毛就会因此而缺乏威严了吗？因为它舐了昂托克勒斯而从它嘴里发出的可怕的吼声就不存在吗？天才如果袖手旁观，即使他优美出众，也仍然是畸形的天才。没有爱的天才是种怪物。爱吧！让我们爱吧。

爱，从来也不会妨碍你使得人们高兴。你在哪儿见过一种善的形式排斥另一种善的形式？相反，一切善都是彼此相通的。让我们对此再作进一步的理解。一个人具有了某种特点，并不必然就具有另外一种，但是，认为在一种特点之上再加另一种特点就是损失，这倒的确使人奇怪。有用的，不过就是有用的，美的，不过就是美的；有用而又美，这就是崇高了。圣保罗在1世纪、塔西德和余维纳尔在2世纪、但丁在13世纪、莎士比亚在16世纪、弥尔顿和莫里哀在17世纪的情形便是如此。

我们刚才谈到一句很著名的口号：为艺术而艺术。让我们对此来作一番一劳永逸的说明。说老实话，如果相信了这个普遍为大家重复过多次的说法，那么本书的作者也许会写下"为艺术而艺术"这句话。但是，他却从来没有写过。大家可以从我发表过的作品的第一行读到最后一行，也根本不会发现这句话。在我的全部作品中，甚至在整个一生中，写得明明白白的，恰巧是与这句话完全相反的那种思想。但是这句话本身难道真的没有在本书作者的作品里出现过吗？我们同时代的有些人和我们一样，也许还会记得下面这样一件事。三十五年前的一天，在批评家与诗人争论伏尔泰的悲剧的时候，本书的作者曾经这样说过："这种悲剧根本不是悲剧。这不是人在生活，而是格言在喋喋不休。宁可一百次'为艺术而艺术'！"这种话语由于舌战的需要而被别人歪曲得违反他的原意了！它居然成了一句格言，就连说出它的人也没有料想到。这句针对《阿勒意尔》和《中国孤儿》的话，严格运用于这两个剧本是完全恰如其分的，但有人竟把它宣告为原则和公式而写在艺术的大旗上。

澄清了这一点，我们再继续谈下去。

在我们面前是两种诗，一种是品达的，它神化一个车夫，或者颂扬一辆大车车轮上的铁钉，另一种是阿奚洛克的，它写得很可怕，甚至杰弗莱在读过以后就不再作恶了，并且走到他给良民准备的绞架上自缢，这两种诗同样都具有美，但我却偏爱阿奚洛克的。

在史前时期，那时的诗歌是寓言式的、传奇式的，它具有一种普罗米修斯式的伟大。这种伟大从何而来呢？从其有用而来，奥尔菲使野兽驯服；昂菲永建造城池。这种使人驯服的诗人也是建筑师。李留斯帮助爱尔克勒，缪斯救助兑达尔，诗具有感化的力量，这便是它之所以美的根由。传统总符合理智，在这一点上，人民的良知是不会弄错的。这种良知总是创造出一些有真理意义的故事。时间距离一遥远，一切便都显得伟大了。你所赞美的奥尔菲这种驯服野兽的诗人，同样也体现在余维纳尔身上。我们来谈谈余维纳尔。很少有诗人比他受过更多的侮辱、更为人所否认和污蔑。对余维纳尔的污蔑是如此无穷无尽，直到今天还有加无已。这种污蔑从一个文丐的笔下到另一个文丐的笔下，毫无止境。世上一切伟大的嫉恶如仇的人，总是被那些崇拜权力和羡慕荣光的人所憎恨。那群诡辩的家伙、脖子上套着颈圈的作家、粗暴的史官、受人雇用和豢养的学者、宫廷里的显贵和学派中的权威，都给一切伸张正义、嫉恶如仇的人设下种种障碍，防止他们获得光荣。这群家伙在这些雄鹰的周围聒噪不休。

他们对于主持公道的人往往不愿意公平地对待。因为这些人即使主子不便，又使奴才生气。

世上那些低劣庸俗之辈毕竟也有他们的激愤。

而且，这些小人不能不互相勾结，君王便不能不依靠暴君。村学究为了总督大人几乎把教鞭都打断了。干这种差事，一方面要颇有文才的宦人，另一方面则要官方的学究。文学中可怜的恶习，都是那些开明的、了不起而又罪大恶极的王侯高价买来的，如卢凡殿下、克洛德陛下，还有可敬的墨莎里纳夫人，她常举行豪华的宴会、从她的金库开支一笔又一笔年金，并经年累月地维持着这种派头，因而诗人们总给她加上冠冕，这些王侯还包括戴阿多拉，此外，还有菲莱戴龚德、阿叶斯、布高涅的玛尔格利特、巴伐利亚的伊萨波、墨第西的喀德琳娜、俄罗斯的喀德琳娜、那不勒斯的卡罗里纳，这些罪行累累的王公大人，丑闻成堆的贵妇，我们是否能使他们伤心地去赞同余维纳尔的成功呢？不可能。以王权的名义向棍子宣战！以商店的名义向混棒宣战！这都很好。侍臣、顾客、文丐，请便！明目张胆的犯罪者与伪善者，请便！这不会使共和国不感谢余维纳尔，也不会使圣殿不赞同耶稣。

以赛亚、余维纳尔、但丁，这都是一些圣人。请你注意我们低垂的眼睛，从他们严厉的眉毛下发出一道道光彩。在他们以正义反对非正义的愤怒里，有一种神圣的感情。诅咒也可以像赞美歌一样圣洁，而愤怒，正当的愤怒也具有美德的纯洁。以洁白的程度而言，泡沫用不着羡慕白雪。

三

整个历史都证明了艺术与进步事业的合作。诗韵是一种力量。**Dictus obhoclenire Tigres**（拉丁文：据说老虎也因它而变得温驯了）。中世纪对这种力量的认识和体验并不次于古代。第二时期中的野蛮，即封建时期中的野蛮，也害怕诗韵这种力量。那个时代的爵爷们什么都不怕，但在诗人面前却有所收敛；这位诗人怎样？他"唱出雄壮的歌曲"而使封建主害怕。并且这位面生的诗人总是和文明的精神同在。充满了屠杀的古城楼张开它野性的眼睛，监视黑暗中的动静；

它们感到忧虑了。封建主在战栗，洞穴里也发生了混乱。龙和多头兽也不敢畅所欲为了。这一切是因为什么原因呢？这是因为有一个看不见的神存在。

我们来看看诗的这种力量在最为野蛮的国家、特别是在英国这封建势力最为浓厚的国家中的作用，的确是很奇特的。**Penitusto todivisosor be britannos**（拉丁文：与整个世界全然隔绝的不列颠人）。如果我们相信传说——这种历史形式的真假程度和其他任何历史形式是相等的——的话，那么就会知道，哥尔格兰被布利东人围困在约克后得到他的兄弟撒克逊人巴尔多夫的援救，便是由于诗歌的作用；此外，阿洛夫深入阿戴勒斯坦的营帐、乐登布里亚王子魏尔布格被威尔士人解救出来（据说由些便有了王太子纹章上盖尔特式的警句：**Ichdien**（威尔士文：看准你的人））。英国国王阿夫锐特战胜了丹麦人的国王日特洛、狮心王查理从罗生斯当监狱里逃脱出来、西斯特的公爵哈诺尔夫在他的何德兰城堡里遭到攻击但得到行吟诗人的解救、直到伊丽莎白治下达尔东的贵族还赋予行吟诗人以特权等等，所有这一切都能证明诗歌的力量。

诗人有谴责人和威吓人的权力。在1316年庞各特节日，爱德华二世与英国公卿们坐在威斯敏斯特大厅的席桌旁，一个女行吟诗人骑马而入，在大厅里绕行一周，向爱德华致敬后就高声向佞臣斯宾塞预言他将被刽子手吊在绞架上阉割，向国王预言他将被一块烧红的铁块刺入体内，说完，在国王桌前留下一封信便扬长而去了；而当时没有任何人对她加以呵斥。

在节日的时候，行吟诗人走在神父之前，并且得到更光荣的礼遇。在阿宾东地方的圣十字架节日上，每个神父可以得到四个便士，而每个行吟诗人则能得到两个先令。在玛克斯多克的修道院里，有着这样的惯例，人们把行吟诗人请到彩漆的房间里用餐，还给他们点上八支大蜡烛。

越是往北，雾就越来越浓，而诗人也似乎越来越显得伟大。在苏格兰，诗人在人们眼里便到了无比伟大的程度。如果说有某种东西超越了古希腊行吟诗人的传说，那便是古斯干的那维亚诗人的传奇。当英王爱德华逼近的时候，诗人们保卫了斯第尔灵，像三百勇士保卫斯巴达一样，并且，他们也有他们自己的温泉关之战，完全不下于李奥倪大所指挥的温泉关之战。

奥西安这位诗人的的确确是存在的，而且还有人抄袭他的作品，抄袭算不了什么；但这位抄袭者做得比小偷更过分，他把奥西安偷得一干二净因而使之索然无味的。仅仅通过麦克菲逊来认识《范卡尔》，就像仅仅通过特莱桑来认识《阿玛第斯》一样。人们指出，在斯塔法岛上的诗人之石，根据很多古物研究者的判断，早在司各特拜访爱布利德之前就已经名为"Clachanan bairdh"（"诗人之石"的原文名）。这个诗人之石是一块巨大的空心岩石，它坐落在山洞的入口，使人产生当椅子坐的企望。在这座位的周围环绕着水波和云彩。在它的后面，棱形的火山化石堆积成神奇的几何形，林立的廊柱树在水波里，形成神秘的令人害怕的建筑。范卡尔的走廊就伸延在诗人之石的旁侧；大海在流进这个可怕的地方的入口处汹涌澎湃。在夜间，玛基龙族的渔人好像看见在这座位上有一个曲肘而倚的影子；他们说，这是幽灵；而且，甚至在白天，也没有人敢爬上这个可怕的座位；因为石头的概念总是和坟墓的概念相连，而在这花岗石的座位之上，也只可能坐着幽灵。

四

思想就是力量。

一切力量都来自完成职责。在我们这个世纪，这种力量应该休息吗？这种职责应该闭上自己的眼睛吗？艺术解除武装的时候到了吗？现在尤其不能这样。由于1789年，人类的队伍来到了更高的境界，天地也更为广阔了，艺术有更多的事可做，这便是实际的情形；地平线大大开阔了，理智也要大大地开拓。

我们还没有达到目的。亲善产生幸福，文明带来和谐，但我们离此还远着呢。在18世纪，这种幸福与和谐的梦想还是那么遥远，甚至看来是不应该加以梦想的；人们把圣彼埃尔修道院院长从学士院驱逐出去，便是因为他居然作这样的梦想。在这样一个牧歌一直影响到封德奈尔、而圣朗贝也根据贵族的旧习写起田园诗的时代，驱逐，的确显得有点过于严厉。圣彼埃尔修道院院长身后留下了一句话和一个思想；这句话只对他自己适用：慈悲为怀；这个思想却对我们大家有用：相亲相爱。这个思想使得波里雅克大主教激怒，而使伏尔泰发出微笑，它不再是那样远渺、像在未可知的浓雾里一样；它已经比较近了；不过我们还不能触及它。民众，这一些寻找自己母亲的孤儿，现在还没有抓到和平的衣襟。

在我们周围，还有相当多的不合理现象：奴役、谎言、战争和死亡，文明的精神还不能解决自己的任何武装。主权神授的思想还没有完全消失。斐迪南第七在西班牙、斐迪南第二在那不勒斯、乔治第四在英国、尼古拉在俄罗斯，所有这些都是。残余的幽灵仍然在游荡。从那不祥的云层里，灵感降落下来，正落在戴着桂冠、陷入阴沉的默想的人身上。

文明还没有同那些宪法的赐给者、民族的占有者、合法的正宗疯子算完账哩。他们这些人自以为领有上帝的特殊恩惠、自以为有任意处置人类的权力。重要的是要给这些人造成一些阻力、揭发豪强称霸的过去、对以上那些人以及他们的教义、他们固执的妄想加以约束。智慧、思想、科学、严肃的艺术和哲学，都应该特别注意和防止人们的误解，不正当的权益能驱使真刀真枪的军队开上战场。于是，地平线上就有好些国家被扼杀了，像波兰那样。不久以前死去的一位当代诗人常这样说："我全部的忧虑，就是我的雪茄所吐出来的轻烟。"我的忧虑也是一阵烟，但是，是燃烧着的城市所冒出来的烟。那么，让我们去使那些掌权者忧虑发愁吧，如果可能的话。

让我们尽最大的可能来重新创造正义与非正义的教训、正当权力和非法抢夺的教训、神圣誓言与背誓寒盟的教训、善与恶、fas和nefas（拉丁文："合法"与"非法"）的教训；让我们把那些自古以来的对照都摆出来。让我们把应该那样的东西和已经如此的东西加以对比。

在所有这些东西之上加上光明。有光明的人，你把光明带来吧。让我们以信条反对教条、以原则反对戒律、以坚毅反对固执、以真实反对虚伪、以理想反对梦想、以对将来的梦想反对过去的梦想、以自由反对专制。当有一天，国王的权威与普通人的自由两者平等的时候，那么，我们便可以把身子舒展一下、享受富有奇想的诗歌、对薄伽丘的《十日谈》发笑，而在我们头上则是蓝色的宁静的天空。但是，在这之前，是不能打瞌睡的。我已经想到了这一点。

请你在每个地方都设下岗哨。不要期待专制者赐给自由。一切被奴役的国家，你们自己解放自己吧。用你们自己的手去争取未来吧，不要妄想你们的锁链会自动变成自由的钥匙。前进，祖国的儿女们。啊，大草原上的收刈者，站起来吧，你们要拿起武器，这才是对正教沙皇的善心有了足够的认识。假仁假义与虚伪的颂扬都是陷阱，是危险之上加危险。

我们生活在这样一个时代，可以看到有些演说家在颂扬白熊的宽宏大量和虎豹的温柔敦厚。

说什么大赦、仁慈、心灵的伟大呀，说什么一个幸福的时代开始了呀，说他们都像父亲一样慈爱呀，请看看现在所获得的成果吧；要相信谁都是随着时代在前进呀；强权的手臂不是敞开怀抱了吗？大家更紧密地聚集在帝国周围吧，莫斯科是仁慈的呀。请你看看农奴是多么幸福！牛奶变得像泉水一样丰富了，到处都是自由与繁荣，你们的王侯也像你们一样为过去而感到不安，他们都再好不过了，人们啊，来吧，来吧，什么也不要害怕！至于我们，我们对鳄鱼的眼泪是不存任何希望的。

公众中普遍存在的丑恶，会给思想家、哲学家或诗人的理智添加一些艰巨的任务。腐化败坏一定要用纯洁清廉来加以抵制，现在比任何时候更需要向人们指出理想这一面镜子，这面反照出上帝面貌的镜子。

五

在文学和哲学中，有一些哭笑无常的人物、一些装扮成为德谟克利特的赫拉克利特，这些人往往都是很伟大的，就像伏尔泰一样。他们本身就是一种讽嘲，但他们仍保持着他们的严肃性，有时还带有悲剧性。

这些人在他们时代的强权和成见的压力下，常常言不由衷、指桑骂槐。其中最深沉的一个就是贝尔，这个出生于鹿特丹地方的人、这个强有力的思想家。贝尔（请不要误写为拜尔）冷静地写下了"宁可不露思想的锋芒，也不要得罪暴君"这句格言，我读到它便微笑起来了，因为我知道他这个人，我知道他遭受过迫害、几乎还被人谋杀，我很清楚，他说这样一句反话，仅仅是为了使我产生与此相反的思想。但是，当一个诗人发言的时候，当一个完全自由、丰富、幸运、坚强而不可触犯的诗人发言的时候，人们总要期待一课清晰、坦率、有益的教训；人们绝不会相信诗人说话也会违背自己的良心的情形，因而，当人们读到以下这些文字时，双颊也会发红的："在世界上，和平时各人自扫门前雪，战争时败者必须向敌人投降"……"天真的热心肠人，在三十岁就该都上十字架，因为他们一旦认清了这个世界，便会从被骗者变成骗子"……"言论自由能带给你什么好处？你不是已经看到了它的后果：对公众舆论的极端轻蔑"……"有些人专好非难一切伟大的事物；攻击神圣同盟的正是这种人；然而，世上没有什么比神圣同盟更威严、更对人类有益"……这些话是歌德写的，当然，它们使得这位作者变得渺小了。歌德写这些话的时候已经六十岁。他的头脑对善与恶都抱中立旁观的态度，因此，就迷失了方向，而写出这样的东西。这是一个可悲的教训，是一种黯然的现象。在这里，才智之士也成了庸人。

也许，引用本身就意味着责备。在大庭广众之中举出这些不光彩的句子，这是我们的职责。

这些话的确是歌德写下来的，但愿大家都引以为训，但愿诗人之中任何一个都不再重犯这种错误。

对于真、善和正义具有热情；在受苦的大众之中体验痛苦；灵魂感受刽子手加于人类肌体上的打击；和耶稣一同受难、和黑人一道挨鞭子；坚强振奋或悲伤痛苦、像巨人一样登上彼得和恺撒在上面言归于好的山巅，gladiumg la diocopulemus（拉丁文：让我们把宝剑和宝剑交搭起来）；为了便于攀登而把理想的阿萨堆叠在真实的贝里翁之上；广泛地传播希望；利用书籍的广泛存在而在同一时间内给不同地方的人们以慰藉的思想；把混杂的人群、男人、妇女、小孩、白人、黑人、各民族人民、刽子手、暴君、殉难者、骗子、无知的人、无产者、农奴、奴隶和主人，全都推向将来，这对于某些人来说是深渊，而对另一些人来说则是解放；向前进步、唤醒人民、催促人民前进、奔驰、思索、发挥意志力，所有这些都再好不过了。诗人作这样一些努力完全是值得的。请注意，你要发脾气了，是的，但我是产生了义愤。风暴啊，请你来鼓励我的翅膀吧！

在近几年里有一段时间，人们把超然物外当作圣洁化的条件而推荐给诗人。而无动于衷，被当作了奥林匹斯山上的神仙。我们在哪里见过这样的奥林匹斯神？奥林匹斯完全不像这样。

请去读读荷马的作品。奥林匹斯的神都是充满了激情的。充满人性，这便是他们的神性。他们老是互相争斗。这个有弓，那个有矛，这个有剑，那个有棍棒，另外一个有雷电。他们之中的一个把虎豹降伏了，驱使它们拉车，另一位有智慧的神则把毒蛇遍地的黑夜截断，把它钉在自己的盾甲上。这便是奥林匹斯神的平静。他们的愤怒使得《伊利亚特》和《奥德赛》自始至终都响彻了雷声。

　　这些怒气，如果发泄得理所应当，便都是好的。有这种愤怒的诗人，便是真正的奥林匹斯神。余维纳尔、但丁、阿格利巴·多比叶和弥尔顿都有这种愤怒。莫里哀也是如此。阿尔赛斯特的心灵到处发出"强烈的仇恨"的光辉。耶稣说："我来到这里把战争带给你们"，也正是指嫉恶如仇的意思。

　　我喜爱愤怒的斯第西须尔，他阻止希腊人与法拉利人结盟，并且用竖琴去和铁牛相斗。

　　当路易十四卧病的时候，他觉得有拉辛在他病房里陪伴着很有好处，于是便把这位诗人当作了他的第二医官，这可说是对文学的了不起的恩赐；但是，除此而外，他就不要那些才智之士做别的事了，他觉得他那病榻上的空间完全能够满足他们了。有一天，拉辛受到曼德农夫人的怂恿，走出了国王的房间而去拜访人民的破屋子。由此，便产生了关于民众的不幸的记载。路易十四便对拉辛瞧了致命的一眼。诗人成为宫廷中的人物并按国王的情妇的要求办事总得倒霉。拉辛根据曼德农夫人的示意，冒险奏上一本，这一本使他被逐于宫廷之外，他便因此而死去；伏尔泰根据庞巴杜尔夫人的婉言建议写了一首情诗，这显然很不适宜，这诗便使他被赶出法兰西国土，不过，他并没有因此而死去。路易十五在读到这首情诗（《保住你这两个战利品》）的时候，叫了起来："这伏尔泰真是畜生！"

　　几年以前，"一个很有权威的作家"——且按学士院和官方的通用的术语这样来称呼——这样写道："诗人对我们所能尽的最大义务，便是对任何事物都没有益处。我们对他们别无其他要求。"请你注意"诗人"这个字所包括的范围，它包括李留斯、缪斯、奥尔菲、荷马、约伯、赫西俄德、摩西、但以理、阿摩司、爱日雪尔、以赛亚、尼希米、伊索、达维德、所罗门、埃斯库勒斯、索福克勒斯、欧里庇底斯、品达、阿奚洛克、第尔戴、斯第西须尔、米兰德、柏拉图、阿斯克雷比亚德、毕达哥拉斯、阿纳克翁、戴阿克利特、卢克莱斯、普劳图斯、泰伦斯、维吉尔、贺拉斯、加菊尔、余维纳尔、阿普留斯、吕甘、贝尔斯、第必尔、瑟莱克、佩脱拉克、奥西安、萨蒂、菲尔都西、但丁、塞万提斯、卡尔德龙、洛普·德·维加、乔叟、莎士比亚、卡姆安、莫洛、龙沙、弥尔顿、高乃依、莫里哀、拉辛、布瓦洛、拉·封丹、封德莱尔、勒·萨日、斯威夫特、伏尔泰、狄德罗、博马舍、赛戴尔、卢梭、安德烈·谢尼叶、克洛卜斯多克、莱辛、魏兰、席勒、哥德、霍夫曼、阿尔菲埃利、夏多布里盎、拜伦、雪莱华兹华斯、彭斯、司各特、巴尔扎克、缪塞、贝朗瑞、贝里奥、维尼、大仲马、乔治·桑、拉马丁等等，所有这些诗人竟被神谶宣告为"对任何事物都没有用处"，而没有用处就意味着最为杰出。这句讲得"很成功"的话，看来已经广泛地被人加以引用了。我们也引用它。当一个白痴的假想有了这样大的影响时，也就值得登录记载了。有人向我们保证说，写这句格言的作家，是当代最为崇高的人物之一。我们对此不加任何反对。尊贵的地位毫不妨碍他长着一双驴耳朵。

渥大维-奥古斯特在阿克第昂战役的那天早晨，遇见一个驴夫把自己的驴子叫做"胜利"，这头驴子叫起来声音洪亮，这在渥大维看来是一个吉兆；他取得了战争的胜利，后来，他回想到这头"胜利"，便命令把它塑成铜像，树立在卡比多。这便是卡比多的驴子，但终归是一头驴子。

大家都能理解国王们为什么要对诗人说："你应该超然无为"；但如果人民也对诗人这样说，大家就难以理解了。诗人本来就是为了人民而存在的。Propopulopoeta（拉丁文：诗人是为人民的。），阿格利巴·多比叶就这样写过。"一切归大家"，圣保罗也这样呼喊过。一个有才智的人是什么？就是哺育众生的人。诗人生来既是为了威吓也是为了给予。他使压迫者产生恐惧心理，使被压迫者心情安稳、得到慰藉。使刽子手们在他们血红的床上坐卧不宁，这便是诗人的光荣。经常总是由于诗人，暴君才惊醒过来这样说："我又做了一场噩梦。"所有的奴隶、被压迫者、受苦者、被骗者、不幸者、不得温饱者，都有权向诗人提出要求；诗人有一个债主，那便是人类。

成为一个伟大的仆人，这肯定不会对诗人有任何损害。因为他的职责便是要为人民发出呼声。在必要的时候，他内心里会充满人类的呜咽，而这又并不妨碍一切神秘奥妙的声音在他的心灵里歌唱。他讲起话来声调这样高，但这并不妨碍他也有声音低沉的时候，不妨碍他成为们的知己甚至成为听取他们忏悔的人，也不妨碍他在暗中把头伸到两个相亲相爱的灵魂之间，以第三者的身份和那些爱着、思考着、叹息着的人们同在。安德烈·谢尼叶的爱情诗和他愤怒的讽刺诗《哭吧，美德啊，如果我真的死去了》两者并立不悖。诗人是惟一既赋有雷鸣也赋有细语的人，就像大自然既有雷电轰隆，也有树叶颤动。他具有双重的职责，个人的职责和公众的职责，正是因为这个原因，他需要有两个灵魂。

昂尼尤斯说过："我有三个灵魂。一个是古意大利的，另一个是古希腊的，还有一个是拉丁的。"当然，他只不过以此指出他出生于何处、在哪里受的教育、是什么地方的公民，并且，昂尼尤斯只不过是一个处于雏形的诗人，虽然颇有气派，却尚未定型。

没有一个诗人不具有这种作为理性结果的灵魂活动。古老的道德法则要求证明，新的道德法则要求宣扬；要使这两者统一吻合起来不能不经过一些努力。而这努力便要诗人来完成。诗人每时每刻都要完成哲学家的职责。他要视受攻击者的情况时而捍卫人类的精神自由，时而捍卫人类的心灵自由。爱情，也和思想同样神圣。所有这一切都不是为艺术而艺术。

诗人来到大家名之为生灵的熙熙攘攘的人群之中，是为了像古代的奥尔菲一样驯服人身上为非作歹的本能和野性，是为了像传说中的昂菲永一样捣坏一切顽石、成见和迷信，并且，运来新的石头、打下地基、重新建造起城市，也就是说，建立新的社会。

因完成了与文明合作这一职责而居然会损害诗歌之美和诗的尊贵。我们谈到这种思想，不能不感到好笑。诗歌所有的风采、所有的动人之处和魅力，有用的艺术都保持了，并且还有所增加。事实上，埃斯库勒斯并没有因为替普罗米修斯这个被暴君缚在高加索山上、活活地被仇恨啮咬的进步形象辩护就降低了自己的身份。卢克莱斯解开偶像崇拜对人的束缚，使人类的思想从加在它身上的宗教桎梏中解脱出来，这对他也没有丝毫的损失；用预言的红铁来给暴君烧下烙印也并没有损害以赛亚，而保卫祖国也丝毫没有败坏第尔戴。美并不因服务于广大人群的自由和进步而降低了自己。如果诗导致一个民族的解放，这绝不是诗的一个坏的终曲。不，有用于祖国或革命不会给诗歌带来任何损失。吕特利的悬岩隐藏过三个农民的誓言（而自由的瑞士正是诞生于这震撼人心的誓言的），这件事并不妨碍这块庞然大石在黑夜降临的时候成为笼罩在宁静黑暗中的一块巨岩，它上面还遍布着羊群，在那里，人们可以听见无数看不见的小铃铛在黄昏时清朗的天空下发出悦耳的声响。

（柳鸣九 译）

爱默生

拉尔夫·沃尔多·爱默生（1803—1882），美国19世纪中期杰出的散文家，
演说家与诗人，超验主义运动的领袖人物。
爱默生生平以哲人自命，但他在美国文化中的不朽地位却主要在于他的散文著述。
他的重要作品有《论美国学者》《论自助》《论超灵》《代表人物》《美国人的性格》等。

※ 艺术的起源

所有的人或多或少都为世界的面貌所感动，有些人甚至有喜悦之感。还有些人对美爱之过甚，他们不以欣赏为满足，还力求在新的形式中把美体现出来。美的创造即是"艺术"。

一件艺术作品的产生往往可以阐明人性的秘密，艺术品乃世界的精华。虽然自然界的作品数不胜数，又各不相同，但它们的产物或表现却是类似的和单纯

的。自然界可以是形形色色的，可根本上却无二致，甚至是独一无二的。一片树叶，一束阳光，一处风景、海洋，在人的心灵上产生的印象总是相同的。它们的共同之处——就是完整与和谐，也就是美。美的标准就是自然界各种形体整个的变化顺序——自然界的总汇。意大利人给美下的定义是，美即是"少中见多"。就单独而论，没有一件事物是美的，但是就全体而论没有一件事物是不美的。一件物体唯有美到那种程度，它才能表现出来普遍的美。诗人、画家、雕刻家、音乐家、建筑师无一不是力求把世界的光彩集中于一点，并且在各自的作品中去满足人类对美的爱，而这种爱美之情又不断在激发他的创作。由此可见，"艺术"是大自然的美经过人的提炼而产生的。

在充满自然界最初的美的艺术中，"大自然"的确通过一个人的意志发挥作用。

※ 谈美

大自然除了能为人提供物质需求以外，还能满足一项更崇高的需求，亦即满足人的爱美心理。

古希腊人便曾以美这个词来统称整个宇宙。既然世间万物无不具有这种特性，而人的一双善于塑型造像的眼睛也是如此，因而构成全部世界的各种基本形式，例如天空、山岳、林木、牲畜等等，即使只论它们自身而不谈其他目的，都会给我们带来某种喜悦——某种由于它们的轮廓、色泽、运动与组合所产生出来的快乐。这事看来也多少与人的眼睛有关。其实人的眼睛乃是世界上最佳妙的画师。凭着人眼的特殊构造，再配合以光的种种效果，如果交相作用，遂有所谓透视原理的产生。这种原理能将各式各类的零散物质，也不论其性质为何，融合凝聚成为一种色泽完好、明暗得当的浑然体，因而其中个别部分尽管平淡无奇，但是总体而言，所构成的外观却往往相当匀称圆满。正如人眼乃是最好的构图能手，光线不妨说是第一着色大师。煌煌煜煜之下，多丑陋的东西也会显得美丽非凡。光线对感官所提供的刺激，乃至光线本身，便具有那种异常浩瀚的性质，有如时间与太空那样，往往会使天地万物焕然生辉。甚至连死尸也有它的可观之处。但是除了弥漫飘溢于整个天地间的那一般的风韵之外，几乎每一个别形体又无不各具姿媚，呈现着某种悦目惬意之处，例如橡实、葡萄、松果、麦穗、鸟卵、禽羽、狮爪、蛇蝎、蝴蝶、贝壳、烈焰、流云、蓓蕾以及各类草木，等等，所有这一切，人们对之惟恐师法摹拟不足，仿佛意在从中汲取某种美的模式。

为了更好理解其中妙谛，我们不妨将美之为物试作如下三重考察。

首先，对自然的形式的简单直觉本身即是一种怡悦。自然的各种形式及其运动所产生的影响作用对于人类是这样的绝不可缺，因而就其较粗鄙的功能而言，这种影响作用似乎不出美的实用方面。对于那些或因冗务或因俗客而弄得郁悒难抑、身心俱悴的人们来说，自然确是一副振衰起疲的灵丹妙剂。一位商人，一位律师，一旦脱出他们那喧嚣市廛、猥琐行业而放眼望望蓝天，看看绿林，就会感到怡然自得。正是在那永恒的静谧之中，一个人重新觅到了他自己的真面元身。目之所需总须以海天的辽阔令其餍足。只要我们能够溟海高天，极目远眺，我们身心就不致感到疲惫。

然而在其他时刻，自然又将以其妩媚慰藉着人们，其间不杂丝毫实利成分。到自己往往自天晓至日出，凝目张视着我屋后峰顶的一天彩焕，此刻我胸际所涌起的一腔心绪或许惟有那云端天使能够与我共享。那里万道霞光，宛如无数锦鳞，正浮沉翔游于金光熠耀的猩红海洋。

我于是据地为岸，怳自滩头遥注着那寂静远海，我仿佛身轻如翼，亲自进入了那瞬息万变之中，因而当那无边法力稍一著我尘身，我已翩然遐升，飘飘乎与天际的晓风暗透消息。真的，自然那么轻而易举便将我等转成神仙！只须稍稍假我时日，而又顽躯不衰，我肯定会连万乘之尊也弄得黯无颜色。那天上的晨曦即是我的亚西里亚；日落与月升即是我的赛普鲁斯，我的美不可言的缥缈仙乡；那嘹嘹白日即是我那知觉与悟性之说大行的英吉利岛；那魆魆黑夜是我那神秘玄学与美丽梦幻的故土日耳曼国。

再有，昨日傍晚我见到的那个冬天的日落也同样是夺人心魄的艳丽景象，若非是因为午后昏昏，领略稍差了些。那西方天端的彩云，漫空浮来，仿佛化作霏霏红雪，而晴光变幻，轻柔难喻，空际又是那么温馨甘美，生意盎然，此情此景，真是不由得人不跑出室外。试问自然此刻曾想向我们透露什么？难道磨坊背后那一带充满生机的静静谷地，那连荷马与莎士比亚也难以形诸语言的旖旎风光，对我竟了无意义？绮照落辉之下，无数光净枝桠，背负穹苍，

顿时幻作金阙玉宇，光焰烛天；而地面降英落花，粲如金盏，残根败株，缀满霜华，这一切都汇成一曲曲非人耳所能谛听到的无声妙籁。

城居的人往往以为田野的景物一年之中只有半数时间值得一观。但我自己却同样喜欢冬景，深信此时那美艳程度并不下于盛夏风光。对于一位善观景物的人，一年四季都有它的动人之处；即使是同一田野之中，每时每刻都窥到一些前所未见而且以后也难再见的佳丽景色。同样天上的彩焕也是瞬息万变，并将那里喜气悲氛降给下界尘寰。我们周围农田上的庄稼也是绿转黄回，一刻不停，天天在使景色改观。牧场路边野生草木的代谢荣枯，也都无异一种无响时钟，向人报着冬令夏时；对于观察敏锐的人，甚至能显示出晓午晨昏。其余禽鸟昆虫之类，犹如花木随季节而萌发滋荣，也无不来去有序，出没以时。至于水边，那里的热闹就更大了。7月之间，在那溪流的清浅处，蓝色的梭子鱼或草兰花成群簇生，其间蛱蝶翻飞，联翩而至，这时但觉萦金耀紫，眼花缭乱，那富丽堂皇，确非画笔所可以拟。另外河水本身也是一派节庆喜气，而且花样翻新，四时佳兴各有不同。

然而自然这种能够为人察觉为美或感受为美的部分尚远非美的全部。一切美好的事物，朝阳、晓露、虹霓、峰峦、霁月、星空、盛开的果园、幽静的潭影，也往往会是徒有其表；如若对之趋骛过急，也尽可成为一场虚空，甚至会贻人以不实之讥。匆匆出门看月，月也不过一片浮光幻影；心有急事赶路，月也不会如何皎洁娟媚。然而当那一天晴光熠熠耀耀在某个10月午后的金色郊野，那种美啊又有谁能前去捕捉？你人还未到，而美色已消逝得无影无踪，它不过是你从马车窗口所窥见的一个幻象！

其二，某种更高超的亦即更富于灵性的因素的存在往往能使美臻于其完善的境界。这种高超圣洁的美之所以能为人所爱慕而不流于淫靡，就在于那里有着人的意志在内。美乃是上帝加在德行的外部标记。自然的每一现象都优美异常。人的每一英勇行为也会正确得当，因而将使事情发生的地点甚至观看的人也都为之

增光生辉。伟大行动告诉我们，整个宇宙乃是其中每个成员的共同财富。每个有理性的人都能从自然那里挣得他的家业妆奁。只要他愿享用，他便能够具有。当然他也尽可以抛掉这项权利，可以放弃他的王国而遁入什么偏僻角隅，正如不少的人便是这么做的，但是按性质讲，这座世界却是他的。因而依照一个人思力与意志之大小，他完全能够在不同程度上将整个世界据为己有。

"人们为之而耕作、营造或驾舟运载的一切事物皆惟德是从"，撒鲁斯特便曾讲过。"天风与海波"，吉朋也曾讲道，"总是站在那操舟能手一边。"天上的日月星辰对人也是这样。每当一件奇烈举动出现，——而且或许又出现在一壮丽的自然景象面前，例如当那里昂尼达斯及其三百勇士于一朝之间全部阵亡，而天上的日月也都照临塞马披离的隘口上空，亲来抚恤他们；当那温克里德不顾阿尔卑斯的陡峭山径，不畏头顶的雪崩危险，不惜胁间肋下中满枪矛，以利自己的同胞突破敌阵，难道这些英雄于其自身的彪炳壮烈之外，不应另外享有全部战场的景物之美？当那哥伦布所率小艇驶近亚美利加海岸之际——面前尽是由那些藤舍茅屋跑来，列队成行的蛮凶野人；身后大海茫茫，而周遭则是紫峰环峙的印第安群岛，当此之际，我们能把哥伦布其人与周围的生动景象硬分开吗？难道此时新大陆不正是将他的一切置诸一片郁郁椰林与莽莽草原这类典型背景吗？自然之美总是像那精气灵氛一样地悄悄潜入，而将伟大行动包笼起来。当着哈里·威恩爵士以护法之故，被人置雪橇上，曳往塔山受死，这时人众当中不是有的大叫，"你现在的座位无比荣耀"！再如查理二世为了恫吓伦敦市民，竟将爱国者罗素勋爵于赴刑场前，载入敞篷马车沿街示众。"然而"，他的传记作者却曾写道，"观看的人认为他们看到自由与德行在他身边侍坐。"

即使是在一些偏僻无名之地，卑猥处境之中，某种至情至理、义行壮举的猝然勃发也必能感天动地，一时仿佛上苍化作它的殿堂，白日当了它的香烛。自然不惜把它的双臂伸得长长，藉以抚慰人们，只须他的德行堪能参配天地。自然会携上紫堇红薔，欣然追其步趋，不惜以其全般气度风范，曲意奖饰它的宁馨宠儿，只须他的思想同其浩大溥溥，画幅大小恰适框架。一位有德的人必与自然的业绩不期而合，因而成为这个清明世界的共仰楷模。荷马、品达、苏格拉底、费奥西昂都是我们记忆当中能与古希腊的物候地理融为一体的人。另外眼前的高天厚地也都对耶稣深表同情。至于在日常生活当中，经验告诉我们，凡属德行超轶、才思隽美的人似乎都大有某种挥斥一切、驱遣万物的神奇本领，以致天时、地利、舆情乃至自然仿佛都在从旁相助，甘愿供其役使。

最后，世上的美还可从另一方面加以考察，即是将美视作人的智力对象。因为事物不仅与道德有关，而且与思想有关。人的智力总是要将那存在于上帝心中的绝对秩序寻绎出来，其间不杂任何矫饰色彩。在这事上，人的理智能力与实用能力往往前后接续，互相更替，虽各自有其专擅，但又颇有互补相生之妙。其中一种对另一种不无抵牾排斥作用，但也正如人畜之进食与劳作各以其时，交互进行；于是这种一过，那一种也就必然发生。因此之故，美这一现象（就其与行为的关系而言，这点我们业已看到，往往是不寻而自来，而且唯其不寻，所以自来）始终都是理智能力与实用能力轮番对之进行把握与寻索的共同对象。一切神圣事物都将历劫不朽。一切美德善行都将滋生不已。自然之美往往在人的心中出现新形式，其所以是这样，绝非是为了无谓思考，而正是为了拿出新作。

一切人对世界的外形之美都能感受几分，有的甚至会喜之不尽。这种对于美的爱恋即是艺术趣味。在一些人的身上，爱恋竟达到如此强烈程度，因而已不满足于单纯欣赏；他们还寻求新的形式加以体现。这种对于美的创制即是人类艺术。

一件艺术品的出现总要对人生的奥秘投射一点光照。一件艺术品也是对整个世界的一种概括，一幅缩影。它是整个自然的一种具体结果或微型表达。因为自然的现象虽然品类众多，各不相侔，然而一旦形成结果或表达，却又会是相似相同。自然乃是由相当类同甚至单一的形式所组成的浩瀚海洋；一个叶片、一缕阳光、一带地貌、一幅海景虽然各不相同，但它们在人的心灵上却留下了大体相同的印象。它们的共同之处则是完善，是和谐，也即是美。美这一标准也即是自然的一切形式的共同核心，自然的全般或者总体；关于这点意大利人在给美下结论时曾作过如下表达，即美是"寓多于一"，单独而言没有一件事物称得上美；但是整体来看，却又没有哪件事物不美。孤立的事物所以有时也是美的，主要因为它能以一喻多，映出了宇宙万般。每位诗人、画师、雕刻家、音乐家与建筑家总是尽量设法将宇宙的这种光辉收拢起来，凝聚之于一点，并对鼓舞其进行制作的那种爱美心理给予餍足。就这个意义讲，艺术不妨比喻为经过人的蒸馏作用的局部自然。换句话说，自然正是通过对它的美深有感受的人意志作用，而得以在艺术中获得再现。

因此，对灵魂来讲，宇宙的存在主要是为餍足人的爱美的欲望。这点我常称之为一种终极目的。至于说人的灵魂为何要追求美，这就不仅不好发问，而且无从回答。美，就其最广大、最深邃的意义来讲，乃是整个宇宙的一种表现。上帝整体都是美的，而真、善与美则是这同一整体的各个不同侧面。但是自然中的美却并非是终极的。它仅是那内在与永恒的美的一个先兆，远非圆满完善和尽如人意。它仅是自然的一个组成部分，尚非自然使命的最终与最高表现。

※ 论自然美

……对自然形象的感知是一种快感。自然的形象和动作对人而言十分需要，在它最低级的作用上，它好像兼有美感和实用的双重作用。讨厌的工作、讨厌的同事使人身心歪曲，自然对他们却如药物，能使他们恢复健康。商人和律师走出了喧嚣狡狯的市尘看到了天空和树木，又还成了人，在大自然永恒的宁静之中找到了自己。眼睛似乎需要广阔的视野来维护它的健康。只要我们还能放眼四望，我们便不会疲倦。在其他的时刻自然也以它的可爱使人满意，其中并不混有肉体的满足。在我看到我屋后小山顶上从破晓到日出的奇景时，我的感情简直可以和天使共享。细长的云块漂浮在一片红彤彤的光海里，像各式各样的鱼。我站在地面，仿佛站在海岸边上往外望着静悄悄的海洋。我似乎也参与它的瞬息万变的变化。那动人的魅力深入了我的四肢百骸。我跟着早上的清风扩展，跟它声气相通。大自然是怎样地只凭少量无足轻重的物质便把我们变成了神啊！只要给我健康和一天的美景，我便能使帝王的豪华变得寒碜可笑。黎明是我的亚述帝国；日落和月出是我的帕佛斯神庙，是我难以描绘的神仙境界；正午是我感官和理解力的英格兰；夜是我的有着神秘的哲学和梦想的德国。

　　昨天那一月份的黄昏的落日，其动人也不亚于晨曦，只要我们还没有因为处在下午减弱了自己的感受力。西方的云块越分越小，成了朵朵粉红，更染上了几种难以描述的柔和的色调。空气吸这样多的生气和甜美，要离开它进入屋子简直是一种痛苦。大自然表达的是什么意思？磨坊后面的山谷里那生动的静谧难道会是没有意义的吗？那是荷马和莎士比亚也无法用语言为我重新描述的。凋落的树木映着落日，衬托着东边蓝色的天空，变成了幢幢火焰的塔。花萼状的星星，像死去的火焰。一株株凋萎的树干和霜冻的残梗，每一桩都为这无声的音乐增加一分旋律。

　　城市的居民以为野外的风景只有半年受人喜爱，我却喜爱冬日田野的美丽。我相信它的动人绝不亚于舒适欢乐的夏天。只要有一双注意力集中的眼睛，就能在一年四季的每时每刻发现独特的美。哪怕在同一原野里，眼睛也能随时发现一些以前没有发现过以后再也发现不了的东西。天空每时每刻地变化着，把它的阴晴晦明投射到下面的原野上；农田地上庄稼的生长情况一周一周地改变着大地的表情。牧场和路旁的当地植物的变化是没有声音的时钟，从它们可以看出夏日的时间，敏锐的眼睛可以观察到时辰的变化。各种飞鸟和虫子也如准时生长的植物随着季节的变化在更迭出现，一年之内各有自己的时间。河道溪流的两旁变化更大。六月，我们那条可爱的河流的浅滩上大片大片地开着蓝色的梭鱼草花，上面不断飞翔着成群结队的黄蝴蝶。这样的大蓝和金黄的炫示是什么艺术品也比不上的。河流的确是一场无穷无尽的狂欢节，每个月都有一番装点和炫示。然而，这种为人们看得见感觉得到的美只是自然美的最小部分。一天之内的种种景色：露珠晶莹的清晨、繁花盛开的果园、彩虹、山峦、星星、月光、平静的水里的倒影等等，若是你故意追求便会变得浮光掠影，以它们的虚幻嘲弄我们。你走出屋子有意地去欣赏月色，它便显得皮相，不如在趁你有事出门时悄然袭来的月色动人心弦。七月的闪耀着微黄的光影的午后，它的美谁能捉得住？你走上前去，想抓住它，它已经溜走了，但你从勤奋工作的窗前望去，它却美如海市蜃楼。

赫胥黎

托马斯·亨利·赫胥黎（1825—1895），英国著名博物学家，教育家。
达尔文进化论最杰出的代表，对19世纪后半期的英国教育改革具有决定性影响。
主要著作有《人在自然界中的地位》《进化论与伦理学》《论有机界现象的起因》等。

※ 科学和艺术

尊敬的弗莱德里克累顿爵士殿下，各位阁下，各位先生：

请允许我感谢你们极大的好意，感谢你们欣然接受为科学的祝福。对我来
说，更为令人高兴的是，能在这样一种集会上听到有人提议这样祝酒。因为近年
来，我已经注意到，存在着一种强大的和不断发展的倾向，把科学看作一种侵略
和侵犯的力量。仿佛如果任凭科学为所欲为的话，它将把其他各种研究统统从宇

宙中清除出去。我认为，有许多人把我们时代这个新生的事物看作一种从现代思想海洋中生长起来的妖怪，其目的就是吞没艺术之神安德洛墨达。有那么一位柏修斯，脚穿促使作家文思敏捷的鞋子，头戴编辑文章的隐形帽，也许还有一个会诅咒人的女妖美杜莎之头，他面对着蛇发女怪美杜莎的咒骂，不时地表示要随时与科学的毒龙决一雌雄。

先生，我希望柏修斯三思而行。首先，为他自己起见，因为那玩意儿是硬的，下巴骨又厉害。过去一段时间以来，它已经显示出具有极大的能力去赢得胜利，并扫荡其前进道路上的一切障碍。其二，为了公正起见，我向你们保证，从我自己拥有的知识角度看，如果你不去惹它，它是一种很有礼貌和温和的妖怪。至于艺术之神安德洛墨达，科学对这位女士非常尊敬，只希望看到她愉快地安居下来，每年生育一群像我们在自己周围看到的那样迷人的孩子。

但是，如果撇开比喻，我就不能理解，任何一个具有人类知识的人怎么能够想象科学的成长会以各种方式威胁艺术的发展？

如果我的理解不错的话，那么科学和艺术就是自然这块奖章的正面和反面，它的一面以感情来表达事物永恒的秩序，另一方面，则以思想表达事物的永恒秩序。当人们不再爱，也不再恨；当苦难不再引起同情，伟大的业绩不再激动人心；当野百合花不再显得比功成名就的老所罗门装扮得更美；当面对白雪皑皑的高山和深不可测的山谷，敬畏之情完全消失，到那时，科学也许真的会独占整个世界。但是，这倒不是科学这个怪物吞没了艺术，而是因为人类本性的某一面已经死亡，是因为人们已经丧失了古代和现代的品质的一半。

佩特

瓦尔特·佩特（1839—1894），英国文艺批评家、散文家。
著名作品有《文艺复兴》《鉴赏集》《享乐主义者马里乌斯》等。

※ 《文艺复兴史研究》的引言和结语

一、引言

　　艺术和诗歌的评论者曾经多次进行尝试，要对美作出一个抽象的界说，用极
其概括的词句对它加以说明，为它找出一条普遍适用的公式。在大多数情况下，
这些尝试的价值仅在于其中顺便提出的种种眼光敏锐、发人深思的意见。至于
要对艺术或诗歌中的精心佳作进行鉴赏，对其中的优秀作品或较为逊色之作进行

辨别，以至于要在使用美、杰作、艺术、诗歌等名词中赋予它们以更为精确的含义，则上述讨论恐难对我们有何补益。美，恰如呈现在人类经验中的其他一切特性一样，总是相对的；对它所下的定义越是抽象，就越是空洞无用。只有在对美作出界说的时候，不使用那些极其抽象的词句，而使用尽可能具体的词句；不去为它找出一条普遍适用的公式，而是找出最能恰当说明美的这种或那种特殊表现的某一公式——这才是一个真正的美学研究者应有的目标。

"发现某一事物本身的确切内容"，曾被人恰当地说成是一切真正的批评的目标；而在审美批评中，要想发现自己评论对象的确切内容，第一步必须了解个人印象的确切内容，必须对它加以辨别，对它清晰地认识。审美批评所讨论的对象——音乐，诗歌，人类生活的种种艺术的、完美的表现形式——实际上都是纷纷纭纭，各种动力和力量的凝聚，它们像大自然的一切产物那样，具备着各种不同的美质和特性。这么一首短歌，这么一幅图画，生活中或书本上出现的这么一个引人喜爱的人物，对我自己来说究竟意味着什么呢？它究竟在我身上产生了什么样的影响？它是否给我提供了乐趣？如果提供了，那么，又是哪一类和何等程度的乐趣？另外，由于它的出现，并在它影响下，我自己的性情又怎样受到了陶冶？——对于这些问题的答案便是审美批评家所要讨论的根本事实；而且，正像对于光、对于伦理、对于数字的研究那样，我们首先必须了解上述那样的原始材料，否则，就等于什么也不了解。一个人只要强烈地感受着这种种印象，并且直截了当地对它们加以辨别和分析，就不必再为了"什么是美"或者"它与真理或经验的确切关系如何"这一类抽象的问题而去费神——因为，这些形而上学问题，如同其他的形而上学问题一样，都是无补实际的。对它们答复与否无关宏旨，可以统统放过不管。

审美批评家把他的一切研究对象，即一切艺术作品，以及自然界和人类生活中一切美好的形态，都看作产生美感的动力或力量，其中每一个都多多少少具有自己特殊的、独一无二的质。这种影响，他能够亲身感到，并企图通过分析、通过把它们分解为种种基本成分，以便加以阐明。对于他来说，像《乔康达》（即达·芬奇的名画《蒙娜·丽莎》）那样的图画，像卡拉山峰那样的风景，像米兰多拉的皮柯那样在生活里或书本上所出现的引人喜爱的人物，都以它们各自的特性而具有价值——这也正如我们提到某种香草、某种酒、某种宝石的时候所说的那样；因为，它们都各自具有某种属性，能够使人产生一种特殊的、独一无二的愉快印象。我们对于诸如此类印象的感受性不断加深、不断丰富多样，我们自身的教养才随之成比例地变得完善起来。审美批评家的作用在于辨别、分析，把一幅图画，一个风景，或者生活中、书本上一个美好的人物所赖以产生某种特殊的美或愉快的印象的优异之处排除杂质、加以提取，以说明这种印象的根源何在，以及人在何种条件下才能体验到它。只有分解出这一优异之处，把它记录下来，如同化学家为了自己、也为了别人记录下某种自然元素，他的目的才算达到；而对于有志于此的人，一位名叫圣佩韦的晚近批评家曾经用非常准确的词句陈述了如下一条规则："要限制自己，只去第一手地了解美好的事物，把自己培养成为敏锐的艺术爱好者，成熟的人道主义者。"

因此，重要的问题不在于批评家必须从理智上具备一条关于美的正确而抽象的界说，而在于他必须具备某种气质、某种一当美好事物出现就深受感染的能力。他得随时记住美的存在形式是多种多样的。对于他来说，所有时期、所有类型、所有流派的审美趣味都是平等的。一切时代都产生过自己杰出的匠师和杰出的作品。而他所要提出的问题总是：某一时期的轰动、才华、热情究竟体现在什么人的身上？该时期的精华、高度、韵味究竟凝聚在什么地方？威廉·布莱克说过："一切时代都是平等的，但天才总是超越自己的时代。"

不过，这种优异之处常常和那些粗糙成分混合一起，要把它分解出来需要拿出极大的细心。

艺术家工作起来，包括歌德或拜伦在内，很少那样干净利落，把残渣碎屑全部扫除，只给我们留下他们文思潮涌时神与物会、戛戛独造之作。譬如，以华兹华斯为例：他那高超的天才自然贯穿在他的创作之内，形成为一部分结晶，但那在他的全部作品里不过只占一小部分；而在他那庞大的诗歌产品中有很大一部分倒是最好被人遗忘。然而，不管怎么说，他那才气毕竟还是散布在他的作品里，有时贯穿全诗、满篇生色，如《决心与独立诗章》《童年回忆之颂歌》之类；有时，却似信手拈来，珠玑散落各处，虽非通篇俱佳，仍可看出他那无与伦比、难以言传之才气游荡其间，看出他那奇妙而不可思议的灵悟，能够从乡土风物、山川河流、自然之景、天籁之声中汲取力量、色彩、性格，因而感到在自然现象之中有生命在流动，而人的生命乃是大自然生命之一部分。好！这就是那优异之处，这就是华兹华斯诗歌中的生气勃勃的精华；而华兹华斯的批评家的作用就在于追寻这种生气勃勃的精华，把它分解出来，并且指明它渗透在他的诗歌之中达到何等程度。

本书论文的题目都取自文艺复兴的历史，所讨论的乃是据我看来在这一错综复杂、头绪繁多的运动中的一些主要特点。我在第一篇文章里对这一名词加以解说，使它得以展示某种远为广阔的境界，以区别于原先使用这个名词的那些作者，他们仅仅用它表示15世纪古典文化的复苏，其实那不过是人类精神普遍奋起和开化之中的许多成果之一；而且，就连类似基督教的艺术那样，常常被误认为与文艺复兴互相对立的那些伟大目标和成就，其实也仍然是它另外一个方面的成果。人类精神的这一次迸发，远在中世纪当中就已露出端倪，它的种种特征也早已明白宣示出来，例如对肉体美的重视，对人体的崇拜，以及中世纪宗教制度所加在人的心灵和想象力之上的桎梏的粉碎。我把法国两个早期短篇作品取作例证，来说明这种发生在中世纪当中的早期文艺复兴运动及其种种特征。这并不是因为它们最能够说明这些特征，而是因为它们能使得我这一组文章保持一定的连贯性——因为文艺复兴以法国诗歌的某一发展阶段为其终结，当时杜·倍雷的作品在许多方面便是绝好的例证。实际上，文艺复兴在法国留下一个尾声，结下一个迟暮之果，它那至善至美的娇艳和幽香，无愧于一个虽在衰微下去却仍然高尚而优美的文化；恰如在它那初期阶段，它具有着凡属一切新生时期的艺术无不具有的那一派清新气象，那种清俊、严肃、奋发向上的精神，那种青春时代的质朴之美。

然而，只有在意大利，在15世纪，才凝聚着文艺复兴时代的主要魅力——那神圣的15世纪，那是无论怎样研究都不算过分的，不仅仅为了它从智慧和想象力两方面所创造出来的种种积极成果，它那些具体的艺术作品，它那些具有深远美学意味的特殊的杰出人物，也为了它那总的精神和特性，以及它那业已构成最高典范的伦理性质。

各种不同形式的智力活动，合起来看虽然共同构成为某一时代的文艺整体，但大多数却是从不同的出发点、沿着互不相干的道路发展起来的。作为同一时代的产物，它们确实具备着某种共同性，并在无意之间互为注脚；然而，就作者自己来说，每个集团都是各自孤立的，既有独立思考之长，也有独立思考之短。艺术与诗歌，哲学与宗教生活，以至于世俗间公共场所的文化娱乐、社会活动，每个方面无不受既定范围的成见所局限，而从事某项专业的人对于本圈子以外的人想些什么一般来说也不想过问。然而，间或会出现某些条件有利的时代，这时候人们之间思想比较往常更能互相接近，知识界的各种力量能够联结一气，形成一个社会文化的整体。15世纪的意大利正是处在这样一个理想的时代，人们有时候用来描述伯利克里斯时代的话正好可以拿来描述罗伦佐的时代：这时代产生了许许多多伟人，他们多才多艺、精力集中、本领高强。此时，艺术家、哲学家，以及那些在社会生活中崭露头角、热情充沛的人们，并非生活在各自孤立的状态之中，而是互通声气，从彼此的思想中吸收着光和热。在大家之间沟通着的，有一种普遍的奋发向上和启迪开化的精神。这种精神上的一致性，正是文艺复兴时代一切产物统统具有的共同之点。15世纪的意大利艺术所拥有的庄严的光荣和巨大的影响，在很大程度上要归功于它和时代精神的密切联系，归功于它吸收了本时代最优秀的思想成果。

我在书中加进了一篇关于温克尔曼的论文，这和前面几篇文章或许不至于有什么不相协调之处，因为温克尔曼虽是18世纪的人，从精神上说，他实在属于一个更早的时代。他对于智慧和想象力本身所怀抱的那种纯真的热情，他的希腊主义，他为了探索希腊精神所进行的终生奋斗，都表明他和那个往昔时代的人道主义者声气相通、思想共鸣。作为文艺复兴的最后一颗硕果，他以鲜明生动的方式阐述了它的动因和它的旨趣。

二、结语

赫拉克利特云："万事有终，无物永驻。"

将一切事物和事物的原则统统看作经常变化着的形态和风尚，日益成为近代思想界的趋势。

让我们从表面的事情——我们的生理活动说起。譬如说，选取这么一个微妙的时刻，即在酷暑中猛然浸入清流那一刹那的极其愉快的感觉。在那一刹那间的全部生理活动，难道不是具有科学名称的各种元素的一种化合作用吗？不过，这些元素，像磷、石灰、微细的纤维质，不仅存在于人体之中，而且在与人体毫不相干的地方也能检查出它们的存在。我们的生理活动——血液的流通，眼睛中水晶体的消耗和恢复，每一道光波、每一次声浪对于脑组织所引起的变异——都不外是这些元素的永久的运动，而科学把这些运动过程还原为更为简单和基本的力量的作用。正像我们身体所赖以构成的元素一样，这些力量在我们身体以外也同样发挥着作用——它可以使铁生锈，使谷物成熟。这些元素，在种种气流吹送之下，在我们身外向四面八方传布；人的诞生，人的姿态，人的死亡，以及在人的坟头上生长出紫罗兰——这不过是成千上万化合结果的点滴例子而已。人类那轮廓分明、长久不变的面颜和肢体，不过是一种表象，在它那框架之内，我们好把种种化合的元素凝聚一团——这好像是蛛网的纹样，那织网的细丝从网中穿出，又引向他方。在这一点上，我们的生命有些像那火焰——它也是种种力量会合的结果，这会合虽则不断延续，那些力量却早晚要各自飘散。

　　如果说到思想感情等内心世界，则其中更是旋涡湍急，火焰熊熊，简直有把人吞噬之势。那里的一切，并不像眼前的光亮渐渐地暗淡，墙上的色彩渐渐地模糊——不像海岸边的景象：潮水虽在退落，表面上却很平静——而像中流的怒涛，刹那间卷起了种种景物、激情、意念。乍一看来，经验似乎把我们投入了外界事物的洪流之中，它们向我们纠缠不休、咄咄逼人，要求我们承认它们的客观存在，呼唤我们脱出故我，采取千百种行动。但是，深思熟虑一旦发挥威力，这种种物象又立即散开；像是什么幻术发生作用似的，凝聚力一下子停止了；在观察者的心目中，每一事物化为一组印象——色彩、气味、结构，等等。此时，我们眼前的境界，已非由语言赋予其坚实性的种种事物所构成，而只剩下那些在我们的意识中有时像火一般燃烧、有时又像火一般熄灭的飘忽无常、分歧错杂的印象；对此我们若再凝神细思，则它还要进一步收敛，直到整个观察的范围萎缩成为个人的一孔之见。经验，业已退缩为一组印象，此时紧贴在我们每人的个性这堵厚墙之下，把它四周环绕，而真实的声音从来不曾穿过这堵厚墙传送给我们，或者从我们这里传送到那推想之中的外界。在这些印象中的每一个，又是个人处于孤立状态中的印象，每个人的心灵又像看守俘虏一样，把自己对于世界的梦想单独关闭起来。进一步分析，则还可以看出：对于我们来说，经验所退化成的这些个人印象还处在不断飞逝的状态之中；任一印象都受到时间的限制，而时间又可以无限分割，所以，任一印象也都可以无限分割；因此，这种印象的真实性仅仅存在于刹那之间，我们刚刚要去捕捉它，它就消灭了——对此，我们与其说它存在，还不如说它不再存在，或许更为确切。

在我们的生命中被认为真实的事物就这样缩小成为么一种颤颤悠悠、在流动中不断幻化的、磷火一般的东西，成为已经消逝的那些时刻所留下的一点点孤零零的、似乎有点意思的鲜明印象，某一个暂时存在、转瞬即逝的遗迹。面对着这种运动，面对着印象、形象和感觉的这种流动和分解，面对着我们自身的这种奇迹般的不断组合、不断拆散、不断消失，分析只好束手无策。

诺瓦里斯说："做一个哲学家，就要扫除惰性，发扬朝气。"哲学、思辨修养的作用就在于把人的精神鼓舞起来，使它惊醒，进行经常而热烈的观察活动。在任一时刻，人的手或颜面都会呈现某种美好的姿态，山峰或海洋都会显出某种格外迷人的色调，人的心灵深处也会涌起某种激情、敏悟、智慧的昂奋，那是无比真切而且夺人心魄——然而，这一切只能片刻存在。目的不在经验之果，而在经验本身。纵然度过了丰富多彩、有声有色的一生，真正归我们自己所有的也不过是屈指可数的脉动。在这些极其有限的脉动之中，我们如何能够看出只有最敏锐的知觉才能看出的一切玄机？我们又如何能够风驰电掣般地一下子贯通每一刹那，亲历那最精纯的生命力最大限度凝聚着的焦点中心？

闪耀着宝石般的光焰炽烈地燃烧，并且不断保持着这种精神昂奋的状态，乃是生命的胜利。在某种意义上，甚至可以说：一旦形成某种习惯，即意味着自己的失败。因为，归根结底，习惯总是附着于一个定了型的事态，而在粗疏的眼光下，两个人、两件事、两种情境常常会被看得彼此仿佛。只有当一切在我们脚下熔化，我们才能看清种种强烈的激情、种种似乎能提高人的眼界、使人精神豁然开朗的知识进步，种种感官的刺激，例如奇色异彩，奇香异味，以及艺术家的匠艺，或者自己某位朋友的面容。我们与周围的人们相处，在任何时刻，如果一点看不出某种受激情支配的姿态，如果从人们的光辉才华中竟然看不出某种力量分配方面的悲剧，那么，在我们这既有冰霜、又有阳光的短暂时日中，就意味着不待黄昏来临便昏昏睡去。感到了人生经验的五色缤纷及倏忽无常，我们拼出全部力气进行观察和接触，哪里还有时间去为自己观察和接触到的事物制订出一套一套的理论？我们必须做的，是要不断地检验新的意见、博取新的印象，而无论如何不能轻易接受不管是孔德、黑格尔或是我们自己的什么泛泛的正统学说。哲学理论、哲学概念，作为立论观点、批评工具，可以帮助我们把那些可能习焉不察、轻轻放过的事物进行搜集、纳入眼底。因为，"哲学是思想的显微镜"。但是，任何理论、概念、体系，如果为了某种我们无法领略的功利打算，为了某种我们不能认可的抽象理论，或者仅仅为了某种传统习惯，要求我们对于任何方面的亲身经验作出牺牲，都是我们不能接受的。

卢梭的《忏悔录》第六部里，有一个非常优美的片断，描写他自己对于文学敏感的觉醒。那时，一种朦朦胧胧的对于死亡的预感经常紧紧纠缠着他，虽然刚刚踏入成年时代，他已经认为自己业已患下不治之症。他自问如何方能充分利用自己的余年；幸好，在他原先的生活经历之中并没有什么因素妨碍他作出决定：只有通过他那时寝馈其中的伏尔泰的明彻、清新的作品，来汲取力量、振奋自己的精神。好了！正像维克多·雨果说的，我们都是注定要死的人："我们都被判决了死刑，仅仅有一段不定期的缓刑。"我们可以捱过一段短短的时间，然后——山川依旧，人物全非。对此短暂的一生，有人在无精打采中度过，有人在慷慨激昂中度过，而那些"尘俗之子"当中最聪明者却在艺术与诗歌中度过。我们手中能掌握的惟一机会在于尽可能延长自己短暂的生命，并在既定的期限之内尽可能增加脉搏的跳动。巨大的激情能够使我们亲尝生命力的奋发之感，爱情的狂喜与烦恼，以及毫无私念的或其他方面自然产生的多种热情洋溢的活动。不过，一定要看到：只有激情才能产生这种意气风发、千姿百态的意识之果。只有诗的激情，美的欲望，为艺术而艺术之爱，才能达到此类智慧之极。

因为，当艺术降临在你面前，它坦率提出：除了在那稍纵即逝的时刻为你提供最高的美感之外，它再不提供别的什么。

罗丹

奥古斯特·罗丹（1840—1917），法国著名雕刻家。
曾在巴黎和布鲁塞尔接受训练并开始从事雕刻创作。
主要作品有《地狱之门》《思想者》。

※ 对于艺术家，自然中的一切都是美的（罗丹 述 葛赛尔 记）

有一天，在侔峒的大工作室中，和罗丹在一起，我看见一个石膏翻的"丑得如此精美"的像，这个像，是根据维龙（Francois Villon，1431—1489?，法国诗人）的诗《美丽的欧米哀尔》而塑成的。

这个妓女，从前曾是年轻貌美，容光焕发，现在是衰老得不堪入目。她对她今日的丑陋感到羞耻，正如从前她对她的娇媚感到骄傲，是同样的程度。

呀！欺人的骄横的衰老，

为什么把我摧残得那样早

谁能使我不自伤自捶，

而不在伤痛捶击中死掉！

雕塑家一步步跟随着诗人。

他塑造的那个比木乃伊还要皱缩的老妓女正在悲叹她的衰老的身体。

她弯着腰偎踞着，她移动绝望的眼光，在两乳干瘪的胸膛上，在满是可怕的皱纹的肚子上，在那满布筋节犹如枯干的葡萄藤的臂上和腿上：

唉！当我想起往日的时光，

那时我是怎样的，如今我又变成什么样，

当我注视自己赤裸的身体，

看自己变得这般模样，

贫困，干枯，瘦弱，矮小，

几乎遍体鳞伤，

变成了什么呢？

那圆润的额，

金黄的发……

……

玲珑可爱的双肩，

小小的双乳，丰满的臀部，

洁白动人，

爱情场里风流倜傥！

……

这是人间美貌的下场！

短小的臂，收缩的手，耸起的肩，

什么！完全干枯的乳房，

臀部也和乳房一样！

……腿呢，

不再是肥壮，而是瘦小了，

灰白得好像香肠！

雕塑家的才能不在诗人之下，相反的，他的作品，在激起人的战栗这一点上，也许比大诗人维龙的粗鲁的诗句，更来得惟妙惟肖。肌肤松弛而无力，包在隐隐可见的骷髅上；关节在遮盖的皮下显露出来——都在摇动、战栗、僵硬、干瘪。

看了这奇特而又令人伤心的景象，不由得会发生一种很强的悲哀。

因为在我们面前的，是一个可笑又可怜的人的无限苦痛，她热爱永恒的青春与美貌。然而看到自己的皮囊一天天衰败下去，却又无能为力；这是一个有灵性的人，她所追求的无限欢乐，和她的趋于灭亡、将化为乌有的肉体成了一个对比。现实将要告终，肉体受着垂死的苦痛；但是梦与欲望永远不灭。

这便是罗丹想使我们理解的。

我不知道是否有过一个艺术家，曾经用这样尖厉的手法，来表现衰老。

不错，有的！佛罗伦萨的洗礼堂里，祭坛上可以看见多那泰罗（Donatello，约1389—1466，意大利雕塑家）塑造的一座奇特的雕像：一个全裸的老妇人，或者至少可以说，这个妇人仅仅披着一些长发，稀疏而污秽，紧贴在衰老的身躯上。这是遁居荒漠的圣女玛德兰（即"抹大拉"），她年老的时候，一心苦修，以此惩罚往年对肉体的当罪的操心。

佛罗伦萨的大师的犷放的真挚，绝非罗丹所能超越；但这两个作品的感情是不同的。玛德兰圣女，决心弃绝尘世，看见自己越是形秽，好像越是觉得有光辉的喜悦。至于年老的欧米哀尔，则因发现自己活像一具尸体而感到恐怖。

所以现代的雕刻比古代的雕刻更有悲剧性。

默默地欣赏眼前这座稀有的丑陋的型范，良久以后，我向主人说："大师，像我这样赞赏这座惊人的雕像，恐怕再没有别人；但是，如果我告诉你这座像在卢森堡美术馆对于观众，尤其是女的，所引起的反应，请你不要见怪……请你告诉我吧。"

"好！一般地说来，观众都转过头，叫道：哎呀！太丑了。"

"我时常注意到有些女人，以手遮眼，不愿意看。"

罗丹开心地笑了。

他说：可见，我的作品是雄辩的，所以能激起这样强烈的印象。当然，这些人对于过分粗暴的哲学上的真理是很害怕的。

但是最使我关心的一件事，就是懂趣味的人的意见；关于我的衰老的欧米哀尔，我很高兴能博得他们的好评。我好像那个罗马的歌女，她回答民众的詈骂时，说道："Equitihuscano！我只是唱给骑士们听的！"就是说，她为知音而歌唱。

平常的人总以为凡是在现实中认为丑的，就不是艺术的材料——他们想禁止我们表现自然中使他们感到不愉快的和触犯他们的东西。

这是他们的大错误。

在自然中一般人所谓"丑"，在艺术中能变成非常的美。

在实际事物的规律中，所谓"丑"，是毁形的、不健康的，令人想起疾病、衰弱和痛苦的，是与正常、健康和力量的象征与条件相反的——驼背是"丑"的，跛腿是"丑"的，褴褛的贫困是"丑"的。

不道德的人，污秽的、犯罪的人，危害社会的反常的人，他们的灵魂与行动是"丑"的；弑亲的逆子、卖国贼、无耻的野心家，他们的灵魂是"丑"的。

把一个可厌恶的形容词，加在只能使人感到坏的方面的人和事物上，是应该的。

但是一位伟大的艺术家，或作家，取得了这个"丑"或那个"丑"，能当时使它变形……只要用魔杖触一下"丑"便化成美了——这是点金术，这是仙法！

委拉斯开兹（Diegode Velazquez，1599—1660，西班牙画家）画菲利浦四世的侏儒赛巴斯提恩时，他给他如此感人的眼光，使我们看了，立刻明白这个残废者内心的苦痛——为了自己的生存，不得不出卖他作为一个人的尊严，而变成一个玩物，一个活傀儡……这个畸形的人，内心的苦痛越是强烈，艺术家的作品越显得美。

当米勒（Jean Francois Millet，1814—1875，法国画家）表现一个可怜的农夫，一个被疲劳所摧残的、被太阳所炙晒的穷人，像一头遍体鳞伤的牲口似的呆钝，扶在锹柄上微喘时，只要在这受奴役者的脸上，刻画出他任凭"命运"的安排，便能使得这个噩梦中的人物，变成全人类最好的象征。

当波德莱尔（Charlex Baudelairc，1821—1867，法国诗人）描写一具又脏又臭、到处是蛆、已经溃烂的兽尸时，竟对着这可怕的形象，设想这就是他拜倒的情人，这种骇人的对照构成绝妙的诗篇——一面是希望永远不死的美人，另一面是正在等待这个美人的残酷命运：

> 而你将要像这一团污秽，
>
> 这一堆可怕的腐物。
>
> 我眼中的明星，我生命中的太阳，
>
> 我的天使呀，我的宝贝！
>
> 是的，你也会这样的，美艳的皇后，
>
> 当人们为你诵过最后的经文，
>
> 你在青青的草，繁茂的花，
>
> 累累的白骨中腐烂的时候……
>
> 那时呀，我的美人！
>
> 向着接吻似的吃你的蛆虫说，
>
> 我保留着你的倩影，
>
> 心爱的，即使你冰肌玉骨已无存！

同样，当莎士比亚描写亚果（莎士比亚悲剧《奥瑟罗》中的人物，一个阴险狠毒的角色——或理查三世时，当拉辛）Jean Racine，1639—1699，法国悲剧作家。此处提到的奈罗和纳尔西斯，是他的剧作《勃列塔尼古斯》的剧中人物——描写奈罗和纳尔西斯时，被这样清晰、透彻的头脑所表现出来的精神上的丑，却变成极好的美的题材。

的确，在艺术中，有"性格"的作品，才算是美的。

所谓"性格"，就是不管是美的或丑的，某种自然景象的高度真实，甚至也可以叫做"双重性的真实"；因为性格就是外部真实所表现于内在的真实，就是人的面目、姿势和动作，天空的色调和地平线，所表现的灵魂、感情和思想。

因此对伟大的艺术家来说，自然中的一切都具有性格——这是因为他的坚决而直率的观察，能看透事物所蕴藏的意义。

自然中认为丑的，往往要比那认为美的更显露出它的"性格"，因为内在真实在愁苦的病容上，在皱蹙秽恶的瘦脸上，在各种畸形与残缺上，比在正常健全的相貌上更加明显地呈现出来。

既然只有"性格"的力量才能造成艺术的美，所以常有这样的事：在自然中越是丑的，在艺术中越是美。

在艺术中，只是那些没有性格的，就是说毫不显示外部的和内在的真实的作品，才是丑的。在艺术中所谓丑的，就是那些虚假的、做作的东西，不重表现，但求浮华、纤柔的矫饰，无故的笑脸，装模作样，傲慢自负———一切没有灵魂、没有道理，只是为了炫耀的说谎的东西。

当一个艺术家，故意要装饰自然，用绿的颜色画春天，用深红的颜色画旭日，用朱红的颜色画嘴唇，那他创造出来的东西是丑的——因为他说谎。

当他减轻面部苦痛的表情，衰老的疲乏，败俗的邪恶时；当他摆布自然，蒙以轻纱，使之改装而变得和顺，来迎合无知的群众时，他创造出来的作品是丑的——因为他怕真理。

对于当得起艺术家这个称号的人，自然中的一切都是美的——因为他的眼睛，大胆接受一切外部的真实，而又毫不困难地，像打开的书一样，懂得其中内在的真实。

他只要注意一个人的脸，就能了解这个人的灵魂；任何脸色丝毫不能欺骗他，虚伪和真挚对于他同样明显；头额的倾斜，眉毛的微皱，眼光的一闪，都能启示他内心的秘密。

他探究动物心理——情绪和思想的雏形，隐微的智慧，柔爱的根苗。他看了动物的眼睛和动作，就会理解它们整个低微的精神生活。

他又是没有知觉的"自然"的知己——花草树木，好像朋友那样和他谈话。

多结的老橡树告诉他说，它们爱人类，它们舒展枝条来庇护人类。

花儿用妩媚地垂枝，用花瓣的和谐的色调同他谈话——花草中的一蕊一瓣，都是自然向他吐述的亲密的字眼。

在他看来，生命是无尽的享受、永久的快乐、强烈的陶醉。

这并不是说他觉得一切都是好的，因为苦痛常袭击着他的亲人和他自己，会残酷地否定这种乐观主义。

但对于他，一切都是美的——因为他不断地在内在真实的光明中行走。

是的，苦痛、亲人的死亡甚至朋友的背叛，也会给予伟大的艺术家（我指画家、雕塑家，同时也指诗人）以一种酸辛的快乐。

有时他的心像是受刑，但是因为他能了解和表达所深受的酸辛的愉快，要比他所感到的苦痛还要强烈。他在所见的一切中，明确地抓住命运的意图。他用兴奋的眼光，一个看透了命运的人所具有的那种兴奋的眼光去注视自己的痛苦和创伤。他受到亲人的欺骗，在这种打击下摇摇欲坠；然而，后来就坚定起来。他默不作声，望着这负心的人，好像作为卑鄙行为的一个好例子；他向这忘恩的举动致敬，好像这是充实他灵魂的一种经验。他的陶醉有时确令人惊讶，然而毕竟是幸福的，因为这是对真实永远的尊敬。

当他看见互相残害的生灵、憔悴的青春、衰退的精力、枯竭的天才时；当他面对决定这些凄惨的规律的意志时，他由于能够理解这一切而感到从未有过的快乐。而且在他深深体会这些真理后，真是觉得万分幸福。

※ 艺术家的贡献（罗丹 述 葛赛尔 记）

一

展览会的前一天，我在国家美术协会的沙龙里遇见奥古斯特·罗丹。两个学生陪着他。这两个学生也早已成名：一个是优秀的雕塑家布尔德尔，他今年展览了一座剽悍的、用箭射死斯登法尔湖上的巨鸟的赫柯力斯雕像；另一个是德斯比欧·布尔德尔（EmileAntoine Bourdelle，1869—1929）、德斯比欧（Charles Despiau，1874—1946），他以美妙细致的风格来塑胸像。三个人立在一座田野之神潘的像前，这座像是布尔德尔用他艺术家的幻想，根据罗丹的相貌雕塑的。这座像的作者请罗丹原谅他在老师头上安了两个小角。罗丹笑着说：

你应该这样做，既然你要表现的是潘神，况且米开朗琪罗也把类似的角给予他的摩西。这两个角是全能与大智的标志，你精心设计，给我这种荣誉，当然我很高兴。

中午到了，这位大师请我们到邻近的饭馆进行午餐。

我们走出去，到了爱丽舍田园大街。

在嫩绿的栗子树下，汽车和马车排列成光彩的队列行驰。这是繁华的巴黎之最辉煌迷人的市区。

布尔德尔带着一种滑稽的焦急的口吻问："我们到什么地方去吃饭？这里的菜馆，一般说：服务员都是穿礼服的——单是这一点，我就受不了，我害怕。照我的意见，我们应该到马车夫聚集的地方去。"德斯比欧跟着说：

"的确，那里吃得好。华丽的菜馆的菜，装潢漂亮，却并不地道。布尔德尔把心里话说出来了，因为他的谦逊是假的，实际上不过是嘴馋。"

罗丹随和着，任他们引到一个较小的菜馆中——这家菜馆在爱丽舍田园大街附近的一条街上。我们选了位子坐下，很舒服，自在。

德斯比欧心情愉快，爱说笑话。当他向布尔德尔递过一盘菜时，说道："请用，请用，布尔德尔。虽然你不配受人侍候，因为你是一个艺术家，就是说，一个无用的人。"

布尔德尔说："我原谅你的无礼，因为你自己已经拿去一半菜了。"

无疑是一种悲观情绪涌上心头，因为他接着说："而且我不愿意反对你的话；的的确确，我们毫无用处。我的父亲是锯匠，当我想起他时，我自言道：这个人是在做社会所需要的工作。他准备材料，用这些材料盖起人类的房屋。我又看见我善良的老父，不分冬夏，在临风的厂房里细心地锯石头。他是一位很耐劳苦的工人，现在没有这样的人了。

"但是我……但是我们，对于人类作出了什么贡献呢？我们不过是市集上娱乐群众的江湖术士、卖艺者和怪诞的人罢了。要引起人们的兴趣，使他们关心我们的努力，是不可能的事。很少人能够理解我们的努力。连我自己也不明白，我们是否配接受他们的关心，因为世界很可能用不着我们。"

二

到这里，罗丹说："我想，布尔德尔没有很好地思考他所说的话。至于我，我的意见完全和他所说的相反，我相信艺术家是最有用的人。"

布尔德尔笑道："这是因为你爱好自己的职业，蒙蔽了眼睛。"

罗丹说：绝对不是。我的判断是有牢靠的根据的，而且我能够使你们同意我的理由。

我说："大师，这些理由我很想知道。"

罗丹说：你喝一点酒吧。这种酒是掌柜介绍的，能使你们有较好的心情来听我的话。

他替我们倒了酒以后，说道："第一点，在现代社会中，艺术家，真正的艺术家，可以说是惟一能够愉快地从事自己职业的人，你们有没有想过？"

布尔德尔喊道："当然，工作是我们的全部快乐，整个生命……但是这不等于说……"

罗丹说：不要忙。我们这一时代的人所缺乏的，在我看来，就是对于自己职业的爱好；他们仅以厌恶的心情来完成他们的任务。他们有意识地草率从事——自上至下，社会各阶层都是如此。政客们凭借他们的职权，所注意的无非是能攫得物质的利益，他们似乎不懂得过去的伟大政治家把国家大事管理得很好时所感到的愉快。

"实业家，不想保持自己创立的商标荣誉，只求伪造货物，得到更多的利润；工人们，用了多少是合法的对资方的敌视态度，草率地做他们的工作。工作本应看作是我们生存的理由和我们的幸福，可是今天几乎所有的人都视为可怕的强迫劳动、可诅咒的苦役。

　　"然而不要以为自古以来就是这样——遗传下来的大革命以前的无数物件，如家具、器皿、织物，告诉我们制造这些物件的人是多么认真细心。

　　"一个人能够把工作做好，也能够做坏。我认为把工作做好这第一种情况更能令人高兴，因为更适合人的天性。但是人有时听好的教训，有时听坏的诱导；现在，正是爱听坏的。

　　"如果工作对于人类不是人生强索的代价，而是人生的目的，人类将是多么幸福！

　　"为了使这神奇的变革能够实现，希望所有的人都变成艺术家——因为我认为艺术家这个词的最广泛的含义，是指那些对自己所从事的职业感到愉快的人。所以希望在一切职业中都有许多艺术家：木工艺术家，熟练地装配榫头和榫眼而觉得快乐；泥瓦艺术家，心情愉快地捣烂泥灰；驾车艺术家，由于爱护他们的马匹，不撞踏路人而感到骄傲。这样就能造成一个可赞美的社会，是不是？

　　"由此可见，艺术家给予人的教诲，内容是非常丰富的。"

　　德斯比欧说："辩护得妙，我取消我的话。布尔德尔，我承认你的食物是理所应得的。请用些龙须菜吧。"

三

　　我于是向罗丹说："大师，毫无疑问，你有说服人的天才。但是，总而言之，何必要证明艺术家有用处呢？当然，如同刚才你指出的，他们对于工作的热情可能是一个能起好作用的榜样；但是他们所做的工作本身，不是毫无用处吗？正因为如此，不是在我们反倒有价值吗？"

　　"你是怎样理解的呢？"罗丹说。

　　我说："我是要说，多亏艺术品不列入有用的事物中，就是说不列入那些使我们可以吃，可以穿，可以住，一句话，能满足我们肉体需要的事物中；因为，正相反，这些艺术品把我们从日常生活的束缚中救拔出来，而且为我们打开梦与冥想的迷人的世界。"

　　罗丹说："我亲爱的朋友，对于所谓有用与无用，一般人都弄不清楚。适应我们物质生活的需要而称之为有用，这个我同意。然而今天，把那些仅仅为求虚荣和让人羡嫉而铺张夸耀的财富，也视为有用——这些财富不仅没有用，而且是累赘。

"在我看来，凡是带给我们幸福的东西，我便称之为有用。世界上没有比冥想和幻思更使我们幸福，这正是现代人最易忘却的东西。衣食不足，不减其乐，而以智者的态度享受眼与心灵时刻遇到的无数神奇，这样的人好似神仙下凡。他怡然欣赏四周那些热情洋溢、精力充沛的美好生灵，人类和动物值得骄傲的榜样，正在运动着的年轻的肌肉，活泼、柔软、矫健、强壮的可赞美的身体。他遨游于山谷中、丘陵上，春天变成豪华的节日，到处是红花绿叶，阵阵芳香；到处是蜜蜂的细语，鸟儿的飞翔和爱情的歌声。他对着银白的波浪出神，这些银白的波浪，在江面上不断涌来，好像在微笑。春天的大地像一位不肯露出脸来的羞怯的情人，举起云幕，而太阳之神阿波罗如何把这些云幕揭开，看到这一切使他精神振奋。

"什么生灵比这个人更幸福呢？既然是艺术启导我们，帮助我们来享受这样的快乐，谁能否认艺术为我们作出伟大的贡献呢！

"但这不仅是精神愉快的问题，还有比这个更重要的。艺术向人们揭示人类之所以存在的问题：它指出人生的意义，使他们明白自己的命运和应走的方向。

"当提香描绘一个美好的贵族社会时，其中每个人物，他露在脸上的，刻画在姿势中的和标示在服装上的，都是智慧、权威和财富的骄傲——他向威尼斯的贵族提出了他们希望实现的理想。

"当普桑绘制那些好像'理性'在起主导作用的风景画时，使画的布局明朗而堂皇；当蒲热（Pierre Puget，1622—1694，法国雕塑家、画家）使他的英雄们鼓起肌肉时，当华多将他可爱而幽怨的多情儿女藏在神秘的树下时，当乌东使伏尔泰露着微笑，使猎神狄安娜轻快地跑行时，当吕德雕塑《马赛曲》，号召老少拯救祖国时，这些法兰西的大师，他们先后把法兰西灵魂的某些面磨炼得发光：这一个是秩序，那一个是毅力，再一个是优美，另一个是精神，还有一个是英雄主义。他们大家全在表现生活和自由的愉快，而且通过这些形象保持我们民族的特点。

"现代最伟大的艺术家波维·德·夏凡，他不是把温暖的宁静，我们大家渴望的温暖的宁静，大力散布在我们中间吗？在他崇高的风景画里，神圣的'自然'好像把可爱的，同时是明理的、严肃的、淳朴的人类抱在怀里，这些画对于人类不是很好的教诲吗？救助弱者，爱劳动，专诚，尊重高尚的思想，这位无比的天才统统表现出来了！他是我们这个时代的一道神奇的光芒。只要看一看他的杰作《惹纳维埃芙圣女》，巴黎大学里的《圣林》，或是市政厅楼梯上的《向维克多·雨果致敬》就会感觉到能够作出高尚的行动。

"艺术家和思想家好比十分精美、响亮的琴——每个时代的情境在琴上发出颤动的声音，扩展到所有其他的人。

"毫无疑问，能够欣赏好作品的人是不多的。在美术馆里，甚或在广场上，只引起少数观众的注意。但是这些艺术品所包含的思想感情，总不免要渗入到广大的群众中去。事实是这样的，除天才作家之外，还有许多才气较低的艺术家继承那些天才作家的概念而使之普及。著作家受画家的影响，画家也受文学家的影响；在同时代的人的脑中，思想不断地在交流。新闻记者、通俗小说家、插图和肖像画家，他们把强有力的智慧所发现的真理纳入群众能够理解的范围内。精神好比流水，先是无数急流到处喷射，最后形成一泻千里的洪瀑，代表一个时代的思想潮流。

"不应该像一般人说的那样，艺术家只反映他们所处环境的意识就够了。诚然，给别人一面镜子以帮助他们认识自己，这并非不当之事。但是，艺术家要做的还更多。他们在传统积聚下来的公共财富中大量汲取，但他们也充实了这个宝藏。他们确实是创造者和引导者。

"为了证实这句话，只要观察一下许多伟大的艺术家就够了。在他们生活的年代里，他们的艺术才能往往不受到重视，一直要到以后才获得胜利，甚至是一个很长的时期。普桑早在路易十三时代就画了好多杰作，这些作品的尊贵的法则，预示了下一个时代的性格。华多的作品之缠绵娇媚，似乎支配了路易十五整个时代；但他却并不是这个时代的人，而是生于路易十四时代，死于摄政时代。夏尔丹和格累兹，赞美小资产阶级的家庭，好像预示将有一种民主形式的社会产生，他们却生在帝政时代。普吕东，神秘的、温和的和厌世的普吕东，在帝王喧噪的军乐声中，要求爱的权利，静思和梦想的权利，而且他确认自己是浪漫主义的先驱……离我们近一些的库尔贝和米勒，他们不是在第二帝国时代表现了平民阶级的穷苦和高贵吗？这一阶级，到了第三共和国时代，在社会上占如此重要的位置。

"我不是说，受到他们精神影响的巨大潮流是这些艺术家决定的。我仅仅是说，他们不自觉地促进了这种潮流；我是说，他们是创造这种倾向的一部分优秀知识分子。当然，所谓优秀知识分子，不仅包括艺术家，而且还有著作家、哲学家、小说家和政论家等。

"此外还能证明大师们带给我们的时代的是新思想和新方向，因而他们的思想和方向很难为当时人接受。有时他们几乎一生要和流俗斗争——他们越有天才，越会长期不被了解。柯罗、库尔贝、米勒、波维·德·夏凡，我只引这几位作为例子，他们到了老年，才受到人们的一致赞赏。

"为人类做好事，不会没有责难。但至少艺术大师们，由于他们丰富人类灵魂的顽强意志，理应受到后人的尊敬；他们的名字是神圣的。

"朋友们，关于艺术家的贡献这个问题，我要向你们说的就是这些。"

四

我声明，我已被说服了。

布尔德尔说："我也是，因为我热爱自己的职业，而我刚才的俏皮话，毫无疑问，是一时发发牢骚，随便说说的。或者可以这样说，为了要听到别人出来替我们的职业辩护，我的做法就像爱俏的姑娘那样，故意自怨丑陋，以博得别人的赞美。"

大家静默了一些时候，思索刚才的谈话。我们的食欲并没有因此减退，所以这时候就动起刀叉来了。

后来，我觉得，罗丹在指出过去大师的精神影响时，他非常谦虚不提自己。我对他说："你自己，对于你的时代已发生了影响。这种影响，毫无疑问，会扩大到未来的后代。你以宏伟的力量来赞美有灵魂的人，你促成现代生活的改进。

"你指出我们今天每一个人，对自己的思想、感情、梦想和欲情的迷惑，给以不可估量的价值。你反映了爱情的沉醉、处女的幻想、欲望的狂热、沉思的眩晕、希望的兴奋、压抑的邅变。

"你不断地探索人心的神秘的领域，而你发现这个领域总是越来越广大。

"你观察到，在我们的时代中，没有什么比自己的感情和内在人格更为重要。你看见我们每个人，思想的人，实践的人，母亲、少女、情人，各以自己的灵魂成为宇宙中心——这种意向，在我们几乎是无意的，你却把这种意向显示给我们。

"维克多·雨果，在诗中倾诉个人的悲欢，他歌唱婴儿摇篮边的母亲，女儿坟上的父亲，幸福的纪念物前面的情人。继维克多·雨果之后，你在雕塑中，表现了最幽深、最奥秘的心灵。毫无疑问，这种冲洗旧社会的个性发展的巨涛，会使旧社会逐渐改观。毫无疑问，伟大的艺术家和伟大的思想家，既然要求我们每个人自己能够满足自己，而且按照自己的愿望去生活，那么人类能够铲除仍在压抑个人的一切专横，消灭社会上种种不平——这些不平等的制度逼迫穷人做富人的奴隶，女人做男人的奴隶，弱者做强者的奴隶。

"你已经尽很大的努力，用你的艺术的真挚，来逐渐促成这种新秩序的来到。"

讲到这里，布尔德尔马上说道："从来没有人说得这样正确。"

但是，罗丹微笑地说："你深厚的友谊给了我一个过于美好的位子，使我能够置身于现代优秀的思想家中间。至少，确是如此，我是力求成为有用，作出贡献，将我心目中的人和事物，尽可能明确地表达出来。"

德斯比欧正在像一个内行那样尝一小杯露酒。他说："我要记住这个饭店的地址。"

我向他说："真的，如果罗丹大师和他的高足每天到这里来谈论，我愿意来这里包饭。"

过了一刻，罗丹又说："我所以坚持我们的贡献，我所以一再坚持我们的贡献，那是因为，只有这种看法，才能在世界上有权利赢得人类的同情。今天，大家只知道利益。我很希望这个讲求实利的社会能够明白，尊重艺术家比起尊重工厂主和工程师来，至少应得到同样的待遇。

※ 艺术的神秘性（罗丹 述 葛赛尔 记）

一天早晨，我到伟峒去看罗丹，有人在屋子的走廊里告诉我说，他病了，在屋中静养。

我正打算出来的时候，忽然梯上的门开了，听见这位大师叫我："请上来，你会使我高兴的！"

我急忙上去，只见他披着睡衣，头发蓬松，脚穿便鞋，坐在熊熊的炉火前，因为正是11月。

他说："每年这个时候，可以准许我生病。"

罗丹说："是呀！在所有其他时间内，工作那么忙，事务那么多，时常要操心，简直喘不过气来，但是疲劳愈压愈重，毫无办法，所以将到岁末的时候，不得不停止几天工作。"

我一面听他的知心话，一面望着墙上的大十字架，架上钉着有原型四分之三大小的一个基督像。

这是一个着色的雕塑像，质地很好。神圣的尸体好像庄严的布悬挂在受罪的木架上——肌肉受伤，染血，呈惨绿色，低着头苦痛地忍受着这样死去的天人，似乎永远不会复活了，因为这是彻底神秘的牺牲。

罗丹向我说："你赏识十字架上的耶稣像！像很奇特，是不是？这座像，因为具有写实主义的风格，令人想起布尔谷地方的圣克斯多教堂中的那一座，如此动人，如此骇人，可以说如此可怕，真像是一具尸体的标本……"

实际上这里的基督像，比较起来是不太粗野的。躯体和手臂的线条，多么纯粹和谐！

当我看见我的主人正在出神入化，我有意问他是否信仰宗教。

他回答我说："那要看对于这个字的解释如何了，如果把信教理解为仅仅限于执行某些仪式，崇奉某些信条，那我当然不是教徒。在我们这个时代谁还信教呢？谁能扔掉他的批评精神和理智呢？

"但是，在我看来，宗教不等于不清不楚地念些经文。宗教是对世界上一切未曾解释的，而且毫无疑问不能解释的事物的感情，是维护宇宙法则，保存万物的不可知的力量的崇拜；是对自然中我们的官能不能感觉到的，我们的肉眼甚至灵眼无法得见的广泛事物的疑惑；又是我们的心灵的飞跃，向着无限、永恒，向着知识与无尽的爱——虽然这也许是空幻的诺言，但是在我们的生命中，这些空幻的诺言使我们的思想跃跃欲动，好像长着翅膀一样。

"在这种意义上，我是教徒。"

现在罗丹正面对着壁炉，随着木柴迅速如波的火光，移动他的视线。

他又说："如果宗教不存在的话，我要创造一种宗教。真正的艺术家，总之，是人类之中最信仰宗教的。一般人以为我们只用官能生活着，满足于表象世界。有人把我们当作孩子，醉心于鲜明的颜色，而且像玩耍木偶一样玩耍形体……这就没有很好地了解我们。在我们看来线条和色调不是别的，是内在真实的标志；我们的目光透过表面一直潜入内心，当我们后来表现这些轮廓时，便会用内涵的精神丰富轮廓本身。名副其实的艺术家，应该表现自然的整个真理，不仅外表的真理，而且特别是内在的真理。

"当一位优秀的雕塑家塑造人体时，他表现的不仅是肌肉，而且是使肌肉运动的生命……甚至更超过生命，他表现的是一种威力，这种威力使肌肉成为肌肉，而且给予肌肉以优美或强壮，或爱的魔力，或不驯的粗暴。

"米开朗琪罗创造的力量在他生动的人体肌肉中发出吼声……路加·德拉·罗皮亚（Lucadella Robbia，1399—1482，意大利雕塑家）创造力量，则是神圣的微笑——所以每位雕塑家，由于性情不同，给予'自然'的灵魂也有所不同，或是可怕的，或是温柔的。

"风景画家也许更进一步——不仅在动物身上看见宇宙灵魂的反映，而且在树木、荆丛、原野、山丘中也看见。一般人看来不过是树木和土地，在伟大的风景画家眼中，却像是硕大动物的形象。柯罗在树顶上、草地上和水面上看见的是善良；米勒在这些地方所见的却是苦痛和命运的安排。

"伟大的艺术家，到处听见心灵在回答他的心灵。什么地方找得到比他更信宗教的人呢？

"雕塑家不是在作礼赞的举动吗？当他看见研求的形体具有雄伟性格的时候，当他知道把易逝的线条固定为永恒的典型的时候，当他似乎通过神性领会到这是概括所有人物的不变的标志的时候，譬如，请你看一看埃及雕塑家的杰作，人像或动物像，你说主要轮廓的加意刻画，其动人的效果是否像一首神圣的颂歌。使概括种种的形体，就是说既显示出这些形体的逻辑性而又并不去除它们的生动的真实性，凡是有这样天才的艺术家，是会激起同样的宗教情绪的——因为他把他在不朽的真理前亲自感受到的东西传给我们。"

我说："这有些像访问奇异的'母亲'王国的浮士德的感受——在那里浮士德和永恒的女性谈起伟大的诗人；而且在那里，他默察人间现实的生生不息的思想，这些思想瑰伟而稳固。"

罗丹叫道："多么壮丽的场景，歌德有那么辽阔的幻象！"他继续说："神秘好像空气一样，卓越的艺术品好像浴在其中。"

的确，这些卓越的作品表达了天才作家在"自然"前面的感受。这些作品是用了人的头脑在 "自然"中所能发现的光明和美来表达"自然"的，但也必然要碰到包围着极其渺小的可知世界的那广漠无垠的"不可知"；因为我们在世间所能感到的和所能理解的，仅仅是事物的一端，而事物只能够借此一端，才呈现在我们面前，影响我们的官能和心灵。至于其他一切，则伸入到无穷的黑暗中；甚至就在我们身边，隐藏着万千事物，因为知觉这些事物的机能我们并不具备。

罗丹静默了一会儿，我也没有说话，只背诵了维克多·雨果的诗句：

> "我们从来只见事物的一面，
>
> 另一面是沉浸在可怕的神秘的黑夜里。
>
> 人类受到的是果，而不知道什么是因：
>
> 所见的一切是短促、徒劳与疾逝。"

罗丹笑着说："诗人说得比我好。"

他继续道:"好的作品是人类智慧与真诚的崇高的证据,说出一切人对于人类和世界所要说的话,然后又使人懂得,世界上还有别的东西是不可知的。

"每一杰作都有这种神秘性,总有一些迷惑。你也晓得芬奇的画提出多少谜;但是我不该以这位伟大的神秘家来作例子,因为我的论点在他身上太容易证实了。还是看看乔尔乔内(Giorgione da Castelfranco,1478—1510,意大利威尼斯画家)崇高的《田园合奏》吧!这是表现生活之甜蜜愉快,但是却蒙上一层醉人的忧郁;什么是人类的快乐?从何处来?到何处去?

"人生的哑谜!

"如果你乐意,我们来谈谈米勒的《拾穗》吧!其中一位妇女,在烈日之下疲劳不堪,立起来远望。我们似乎懂得她,通过心灵的一闪,在受损害的头脑中提出一个问题:何必呢?

"这就是弥漫在整个作品中的神秘。

"何必要有这种规律,把人类牢系在生活之上,使他们受苦呢?何必要用这种永恒的诱惑,使他们喜爱生命,可是生命又那么苦痛呢?苦恼的问题!

"这不仅是基督教文明时代的杰作会给人这种神秘的印象,在古代艺术的杰作前,譬如说,在巴提侬神殿里的三位'命运女神',人们也有同样的印象。我称之为'命运女神',因为这是习用的称呼,虽然有些学者认为这些石像是表现别的女神的;可是这有什么关系呢?……

"这不过是三个坐着的女人,但是她们的姿态如此宁静、如此尊严,好像具有某种肉眼看不见的瑰伟的性质。的确,无限的神秘高临在他们之上——那是无形的、永恒的'理性',整个自然要服从这个理性,这三位女神也就是这个理性的侍女。

"所有的大师就这样地前进着,直闯'不可知'的禁地。可惜有几个碰伤了头额,有几个想象力比较愉快,在墙内神秘的果园里听到了飞鸟的和鸣。"

我用心听我的主人发表他对艺术的宝贵见解。强迫他在熊熊的炉火前休息的那种疲乏,好像反而使他的精神更为自由,更加兴奋地投入梦想。

我把话题转到他自己的作品上去。

我对他说:"大师,你总是谈别的艺术家,对你自己却一字不提,而你又是神秘性最浓的艺术家之一。在你最微小的一些雕刻上，都有一种像是不可见和不可解的苦痛。"

他用讥笑的神气看我一眼说："呵！我亲爱的葛赛尔，既然我在作品中表达了某些感情，那么用言语来唠叨是毫无好处的，因为我不是诗人，而是雕塑家。我的作品里的感情应该容易了解；否则的话，等于我自己没有体验过。"

"你说得对：这是要群众去发现的。我在你的灵感中观察到的神秘，让我来告诉你：请你也告诉我这种看法是否正确。"

"我觉得对于人类，你特别关心的，是束缚在肉体中的灵魂的莫名不安。在你的一切雕像中，总是心灵不顾肉体的沉重和卑怯，向着幻梦飞跃。"

"在《施洗者约翰》雕像中，一个沉重的，几乎粗鲁的人体组织向前伸展，而且好像被超越人间的神圣的使命所掀起一样。在《加莱义民》中，热爱崇高之永生的灵魂，牵引趔趄不前的肉体去受刑，好像向肉体喊出这句名言：'你在发抖，臭皮囊！'。在《思想者》中，妄想拥抱'绝对'的冥想，努力把一个强壮的身体抽缩，压弯成球形。甚至在《吻》中，肉体在焦虑地战栗着，好像预先感到两个灵魂所希求的不可分的结合是不能实现的。在《巴尔扎克像》中，被莫大的幻象迷惑的这位天才，抖动他的病体像抖动一块破布，因为这害他失眠，逼他受苦。"

"是不是这样，大师？"

"我同意你的话。"罗丹抚摸他的长须沉思地说。

"在你的胸像中，也许更加显露出这种勇敢的精神反抗物质的锁链。你的作品几乎都会令人想起这位诗人的佳句：

如同鸟儿飞时弯折了树枝，

他的灵魂损坏了自己的身躯！

"你表现的著作家都低着头，好像他们被压在自己的重量下，至于你表现的艺术家，他们都正视眼前的'自然'，但是他们似有怒意，因为幻想把他们牵引到所能看见、所表现的事物以外很远很远的地方！

"陈列在卢森堡美术馆里的那座雕像，是你的杰作：那个女子斜倚着，摇着身子，好像迷恋的灵魂潜入梦的深渊。

　　"总而言之，你的胸像往往使我想起伦勃朗的肖像画：因为这位荷兰大画家也要明显地表达这无穷的召唤，他用一道下射的天光，照耀人物的头额。"

　　罗丹激动地喊道："将我比作伦勃朗，真是不恭！比作这艺术中的巨人，伦勃朗！哪里的话，我的朋友……在伦勃朗面前，我们应该俯首，不要把任何人和他相提并论！……

　　"但是你已经抓住要领了，当你看了我的作品觉察出我的灵魂向往着无边的真理，向往着自由的也许是虚幻的王国。的确，使我感动的就是这种神秘。"

　　过了一会儿，他问我："艺术是一种宗教，现在你信不信？"

　　我回答他说："当然。"

　　于是他俏皮地说："但要紧的就是要记住，对于那些愿意信奉的人，这种宗教的第一诫，是要懂得好好地塑造手臂、身段和大腿！"

（葛赛尔　记录）

※ 艺术的思想性（罗丹 述 葛赛尔 记）

　　一个星期日的早晨，我在罗丹的工作室中，立在他最动人的作品之一的模型前面。

　　是一个美丽的少妇，苦痛地扭着身子。她像是沉浸在一种神秘的忧愁中——低垂着头，闭着嘴唇和眼皮，像是睡了，但是她面目的苦痛表情，显露出她内心的斗争。

　　看这座塑像身时，最使人惊讶的是她没有手，没有足。雕塑家似乎对自己不满，一时生气，把她的手足截断了。这样一个有力的形象，可是手足不全，不免令人惋惜，可怜她受到摧残。

　　当我不由自主地在主人面前表示这种心情的时候，罗丹带些惊讶的神气向我说："你怎么责备我这个呢？你要相信，把这座像塑成这样，它表示的是，是我预定的计划：冥思，所以没有手来动作，没有脚来走路。事实上，难道你没有注意到当我们想得出神的时候，冥思暗示我们许多道理，这许多道理都可以作为最相反的决定的依据，所以冥思劝我们且勿动。"

这几句话足以使我重新回到最初的印象上去，而且从这时起，对那呈现在我眼前的那个形象的深邃的象征主义我加以赞美了。

这个女人，现在我了解，她是人的智慧的象征——她被她所不能解决的问题紧缠着，她被她所不能实现的理想逼恼着，她被她所不能捉摸的"无限"惊扰着，像身的减缩是表示思想的折磨和思想的那种光荣而徒劳的顽强性，一定要发掘一些她不能回答的问题。至于肢体的残缺，说明冥思的人对于物质生活有着不可调和的厌恶情绪。

可是那时候，我想着罗丹的作品时常引起不满的批评，既然我不牵连在内，我便向大师说了，看他怎样回答。

我对他说："你的雕刻所表现的真正的真理，文学家都赞美。但是有几个批评家，正因为在你的灵感里文学意味比雕塑意味还要浓厚，而都来责备你。他们认为，你所以能够巧妙地骗得文学家的称赞，那是你提供了一些题材，文学家在这些题材上可以大显身手。他们又说，艺术不允许有这样大的哲学野心。"

罗丹激动地说："如果我的塑像不好，如果我犯了解剖学上的错误，如果没有把动作表现得恰当，如果我不懂得使石像具有生命的学问，那么这些批评家非常有道理。

"但如果我的人像是正确而生动的，他们还有什么可说的呢？而且他们又有什么权利禁止我在作品中结合一些思想呢？他们有什么可抱怨的呢？如果我在我本行技术以外，又贡献给他们一些思想，如果我为了悦目的形象更加充实而给以一种意义？

"这是非常错误的，如果有人认为真正的艺术家可以满足于成为一个灵巧的工匠，而智慧是不必要的。

"恰巧相反，对于他们，智慧是不可少的，无论描绘形象或是塑造形象，其至一些好像最缺少思想性的仅仅悦人眼目的形象。

"当一位雕塑家塑造人像时，不管是一座怎样的人像，第一要全盘考虑总的动作；然后，一直到工作完成为止，要胸有成竹，牢牢记住这一座人像的总的概念是什么。为了把作品最细微的地方不断地归结到这个中心思想上去，和它紧密地结合在一起，如果没有十分强烈的思想上的努力，这是做不到的。

"有人相信艺术家可以不要智慧，毫无疑问，那是因为他们中间有不少人在现实生活中似乎缺乏智慧。在著名的画家与雕塑家的传记里，满载某某前辈的天真可笑的趣闻，但是要知道，伟大的人物，常因不断思考自己的作品而忽略日常生活。更要知道，有许多艺术家，虽然他们颇有智慧，但表面上好像肤浅得很，只是因为他们没有口才和应答不敏捷的缘故，可是对于那些浅薄的观察家来说，善于辞令是聪明伶俐的惟一标志。"

我说："当然不能够以不公正的态度来非难那些大画家和雕塑家的强健的脑力。但是，来谈谈这个较为特殊的问题吧！在艺术与文学之间，是不是有一条为艺术家不能逾越的分界线呢？"

罗丹回答："我老实告诉你，对我本人，我很难忍受那些'禁止通过'的命令。在我看来，没有任何清规戒律可以阻止一位雕塑家随着自己的心意，创作一件美好的作品。只要群众得益和喜爱，是雕塑或是文学，有什么关系呢？绘画、雕塑、文学、音乐，彼此的关系比常人所设想的更要接近。它们都是表现站在自然前面的人的感情，只是表现的方法不同罢了。

"但如果一位雕塑家，运用他的艺术技法，达到能暗示某些印象的地方，而这些印象平时只有文学或音乐可以做到，那么为什么要和他寻事呢？一个记者最近批评我的陈列在皇宫里的维克多·雨果像，说它不是雕塑，而是音乐：他又天真地补充，这件作品令人想到贝多芬的一首交响乐，老天爷也知道他说得对！

"我也不否认文学的表现法与艺术的表现法之间有着种种差异，多想想是有好处的。

"第一，文学有这样的特点，能够不用形象来表达思想。譬如它可以说：十分深刻的冥思结果往往变成静止，而无须表现一位沉思的女子处于不能动颤的状态中。

"这种用文字来和抽象的东西戏耍的技能，在思想的领域中，也许给予文学一种便利，为其他艺术所不及。

"还应该说明的，就是文学叙述故事，有开始，有发展，有结局。文学贯串不同的事件而得出一个结论。它使人物有所行动，而且指出了他们的行为的结果。因之文学所写出的场面由于自身的连续而更加有力，而且因为自身是促进情节发展的组织部分而才具有价值。

"对于造型艺术则不同——这种艺术只能表现一定行为的一定阶段。这就是为什么画家与雕塑家不宜取材于著作家，可是他们常常这样做。艺术家表现的是故事的一部分，但应该假定这个故事的其他部分自己都知道。他的作品要靠文学家的作品来支持：如果这个作品能被先后的事实说明，这样才能获得它完全的意义。

"画家德拉洛虚（Paul Delaroche，1797—1856，法国画家）根据莎士比亚的作品，或者可以说根据德拉维尼（Jean Francois Delavigne，1793—1843，法国诗人、剧作家）的作品表现互相紧抱的《爱德华的孩子》，为了对这景象引起兴趣起见，应该知道他们是国王的后裔，他们被关在牢里，而篡弑者所收买的刺客马上要来杀害他们。

"德拉克洛瓦——请原谅我将这位天才和非常庸俗的德拉洛虚相提并论——在拜伦（George Gordon Byron，1788—1824，英国诗人）的一首诗里为他的画《唐·璜的沉舟》汲取材料。他向我们指出，在波涛汹涌的海上有一只小船，船上的水手从一顶帽中抽出一些纸条。为了理解这一幕景象，应该知道这些不幸的饥饿者，正在询问命运，他们中间究竟是谁，不久要做他人的食物。

"处理文学上的题材时，这两位艺术家都犯了错误，都只是画出了本身没有具备完全意义的作品。

"可是，德拉洛虚的画所以不好，是因为构图冰冷，色彩生硬，感情浮俗。德拉克洛瓦的画所以令人赞美，是因为这只小船确实颠簸在碧波上；因为饥饿与哀痛使这些遇难者的脸上有凄惨的表情；因为画面上的颜色暗淡而狂热，显示出将有某种可怕的罪恶发生；最后因为，虽然拜伦的故事在这幅画里是被割裂了的，但这位画家弥补了这一点，他这颗热烈的、犷放的、崇高的心灵确实完完全全放在这幅画里了。

"从以上两个例子得到的教训是：经过成熟的思考，当你对艺术提出合理的规条时，你有理由责备那些庸俗的人不遵守这些规条；但是你会非常惊讶地看见，天才的作者犯了这些法则而几乎不受处罚。"

罗丹和我说话时，我在他工作室中看见他的《乌谷利诺》（Ugolino，13世纪时意大利比萨的暴君，被推翻后，和他的孩子一起被关在塔中饿死），这是一座雄伟的写实主义的人像，这座像和加尔波的群像完全不同，可是似乎更加感动人。

在加尔波的作品中，这个比萨的伯爵的忿怒、挨饿和因看见自己的孩子将要死去而感到苦痛；他一面受折磨，一面咬着拳头。罗丹把这幕惨剧设想得更进一层。乌谷利诺的孩子是死了，他们躺在地上；而他们的父亲，为饿火所煎熬，变成野兽，用手与膝爬在他们的尸体上。他低下身子想吃他们的肉；但是同时，他猛烈地直起头来，表示不愿这样做。在他心里激起了可怕的斗争——野兽和有思想的人，有情感的人，憎恶这样惨无人道的行为的人，二者之间的斗争，再没有比这个更惊心动魄的了！

我对这位雕塑大师说："这是一个例子，可以和《唐璜的沉舟》的例子加起来，证明你的话是对的。因为一定要读过《神曲》方能表达你的乌谷利诺所受的惨酷的情状；但是，即使不知道但丁的诗的人，也不能不为流露在你的人物的姿态和面貌中的那种可怕的内心苦痛所感到。"

罗丹又说："的确，当一种文学的题材已为人所熟悉，艺术家可以拿来用，而不必怕人不懂。在我看来，画家与雕塑家的作品，最好本身具有完整的价值。艺术确能启发思想与美梦，而不必求助于文学；用不着去描绘诗中的景象，只要把非常明显而不加省略的象征借用过来就够了。一般说，我的方法便是如此，而且我觉得很适合。"

周围的雕像用无声的语言肯定了我的主人刚才所说的话——我的确看见他许多作品很有思想性。

我观察这些像。

我赞美陈列在卢森堡美术馆里的《思》的复制品。

谁能忘记这奇特的作品呢？

这是一个非常年轻、神秀，面目俊美的女性头像。她低着头，周围萦绕着梦想的气氛，显得她是非物质的。头额上帽子的边缘，她像她的梦想的羽翼一样。但是她的颈项，甚至她的颔都在一块粗大的石头上，好像夹在不能摆脱的枷板中一样。

这样的象征，自然为人了解。不具形的"思想"在静止的"物质"中，花一般地吐放出来，而且用辉煌的光彩照亮了这物质，但是她丝毫没有办法摆脱现实的沉重束缚。

我在欣赏《幻象，依加尔的女儿》。

这是一位可爱的、年轻的仙女，她正展开巨大的翅膀飞翔，而一阵狂风把她打落在地，可怜娇媚的容颜在石上撞毁了，但是翅膀完整如初，还在鼓动；因为她是不死的仙女，我们可想象，她又要高飞，然后又跌下来，与第一次一样悲惨。不倦的希望，"幻象"的永久的厄运！

我的注意又被第三件雕像所吸引：《人面马身的女妖》。

这虚构的动物用失望的上半身扑向她的伸长的手臂不能达到的目的物，但是她的后蹄用力蹬着在地上壮健的后半部马身，几乎要陷进淤泥。可怜的怪物所具有的这两种天性，受着这样可怕的苦痛：这就是心灵的影子，心灵本欲飞向天空，可怜仍旧做了污俗的肉体的囚徒！

罗丹向我说："这一类题材的思想，我以为不难了解。这些题材，无须外来的帮助，即使唤起观众的想象力，不但不把想象力围在狭小的圈子内，而且使他远飞，随心所欲地漫游。在我看来，艺术的任务就在于此。艺术所创造的形象，仅仅给感情供给一种根据，借此可以自由发展。"

这时，我走到《比格马里昂及其雕像》（Pygmalion，神话传说中的古代雕塑家，他爱上了自己所作的女仙雕像，后爱神维纳斯给雕像以生命，与雕塑家成婚）的面前。古代的雕塑家热烈拥抱的作品，在他拥抱下，作品显得非常生动。

忽然罗丹说："我要使你吃惊。应该把初稿给你看一看。"

随后，他领我到一件翻制的石膏像前面。

果然使我吃惊。他指给我看的那件作品，和比格马里昂的故事毫不相干。是一个头上生角身上披毛的羊脚神，紧抱着一个喘气的水仙，态度粗暴，线条大致相仿，但是题目很不相同。

罗丹似乎喜欢我的默不作声的惊讶。

这种启示把我窘住了，因为，与我所见所闻恰巧相反，我的主人就这样向我表明了，在某些情况下，他对题目的选择是漠不关心的。

他用几乎是狡猾的神气望着我。

他向我说："总之，不应该过分重视要表达的题材。毫无疑问，这些题材本身有其价值，而且足以吸引观众，但是，艺术家最大的考虑，应该是塑造活生生的全身肌肉，其余都不重要。"

然后，他好像猜透我的思想有些紊乱，忽然说："亲爱的葛赛尔，你不要以为我刚才说的话和我前面说过的话相互矛盾。如果我认为一位雕塑家可以只表现栩栩如生的肌肉而不去注意任何主题，这并不是说我要排斥他的工作中的思想性；如果我声明他不必去找寻象征，这并不是说我赞成从事于缺乏精神意义的艺术的人。

"但是，老实说，一切都是思想，一切都是象征。所以，一个人的形象和姿态必然显露出他心中的感情，形体表达内在的精神。对于懂得这样看法的人，裸体是具有丰富意义的。一位伟大的雕塑家，一位非狄亚斯，在人体轮廓的壮丽的节奏中，能够看到神的智慧散布在整个自然界里的静穆和谐；单是一般躯体，十分匀称、稳定、健美而有神采的躯体，就能暗示他支配世界的全能的理性。

"美丽的风景所以使人感动，不是由于它给人或多或少的舒适的感觉，而是由于它引起人的思想；看到的线条和颜色，自身不能感动人，而是渗入其中的那种深刻的意义。伟大的风景画家，如鲁易斯达尔（Jacobvan Ruysdael，1628—1682，荷兰风景画家）、居易柏（Albert Cuyp，1606—1683，荷兰风景、动物画家）、柯罗（Camille Corot，1796—1875，法国风景画家）、罗梭（Théodore Rousseau，1812—1867，法国风景画家）他们在树木的阴影中，在天边的一角中，觑见了和他们的心意一致的思想；这些思想有时和蔼，有时庄严，有时大胆。

"因为艺术家感情丰富，不能想象一件东西不像他自己那样真有感情。在整个自然中他认为有一种伟大的意识和自己的意识相适应。没有一个活的有机体，没有一件静物，没有一团天上的云，没有一颗园地上的绿芽，不向他倾吐秘密，蕴藏在一切事物下的无穷的秘密。

"你看一看艺术的杰作吧！艺术的整个美，来自思想，来自意图，来自作者在宇宙中得到启发的思想和意图。

"我们哥特式的大教堂为什么这样美呢？因为在它的各种生活的表现中，在装饰于大门上的人的形象中，甚至在点缀那柱头的植物的枝条中，可以发现天国的爱。我们中世纪的可爱的雕塑家，到处看见无限的善良发出光芒；而且，他们天真可爱，把和善的回光甚至反射在魔鬼脸上，给予魔鬼一种可亲的狡猾，好像是和天神有亲族关系的神气。

"请看一看任何一位大师的画吧，譬如说，提香、伦勃朗。

"在提香所作的王公大人身上，可以看出有一种高傲的毅力；这种毅力，无疑地，推动他自己的生命。他的华贵的裸体妇人，令人崇拜，好像确实有支配能力的女神一样。他的风景中有壮丽的树木，和渲染着瑰伟的落日，其昂然之态不亚于他的人物，华贵、高傲支配了他的一切创作，这就是这位天才的固有思想。

"另一种高傲——伦勃朗所画的年老手工艺者，脸面皱而黝黑，然而发着光辉；这种高傲使得他的烟熏的阁楼和瓶底一般的小窗，显得尊贵，使得他的朴实古拙的风景放出雨后的天光；这种高傲美化了他的刀子常喜欢刻在铜板上的茅屋，这表示出诚实人的美德，表示出人们所喜爱的日常用品的神圣，表示出乐天安命的那种谦虚的伟大。

"伟大的艺术家的思想，如此活泼、深刻，在主题以外也可显示出来。表达思想不必形体完整。无论你拿起何种杰作的片断，你就能在这上知道作者的心灵。如果你喜欢的话，请你把提香的画与伦勃朗的画比较一下，提香所画的手是为掌权的，伦勃朗所画的手则谦逊、勇敢。"

他对艺术的思想性说出以上这些至理名言，我听得很兴奋。但是，不久，我又有了不同的意见。我说："大师，没有人不相信，绘画和雕塑能把最深刻的思想暗示给观众，但是，也有人怀疑，认为画家和雕塑家本来没有这些思想，而是观众自己硬把这些思想放进作品中去的。这些人认为：艺术家纯粹听从本能，好像古代老女巫一样，在三足椅子上，宣告神的预言，至于预言说些什么，连自己也不知道。"

"你的话说得很清楚，至少你的手不断为思想所指挥。伟大的艺术家是否都是这样呢？你们工作时是否常在思想呢？赞美他们的人在他们作品中所发现的东西，艺术家自己对此是否有明确的概念呢？"

罗丹笑着说："我们应该这样理解！至于某些头脑复杂的歌颂者，把一些完全料想不到的思想加在艺术家身上，这些人，我们不要管。但是你要深信，伟大的艺术家总是完全意识到他们做的是什么。"

他摇摇头又说："实在说，你提到的那些怀疑者，如果知道艺术家有时要有多大的毅力，才能表达出一颗星星强烈的感受，那么他们必然不再怀疑图画或雕塑中的光辉，正是艺术家所追求的。"

过了一会儿，他又说："总之，最纯粹的杰作是这样的：不表现什么的形式、线条和颜色再也找不到了；一切都融化为思想与灵魂。而且这很可能，当这些伟大的艺术家用他们的理想来充实自然时，他们自己眩惑了自己。这很可能，'自然'是由一种无情的'力量'或一种'意志'所支配，我们的智慧无法探测其用意所在。艺术家表现他所想象的宇宙时，至少，他确定了自己的美梦。说起'自然'，其实他颂扬的是自己的灵魂。因而，也就丰富了人类的灵魂。

"他既然以自己的心灵渲染了物质世界，这便是向那些怡然神往的同时代人显示出千变万化的感情的色调。他使这些人在自己身上发现从来不知道的宝藏。他给他们以种种新的理由、新的内在光明，来热爱人生，来做人。

"像但丁提起维吉尔（P.VM Virgil，公元前70年—公元前19年，拉丁诗人）时所说的一样，他是'他们的领导，他们的贵人，他们的主人'。"

（葛赛尔　记录）

※ 艺术中的运动（罗丹 述 葛赛尔 记）

在卢森堡美术馆中，有两座罗丹雕的像特别吸引我——《青铜时代》和《施洗者约翰》。这两座像可以说比其他作品更有生气。陈列馆里这一作者的其他作品，肯定地都充满着生气，产生真实的肌肉的印象，都在呼吸：但这两座像则是在动作。

一天，在这位大师的佯峒的工作室中，我告诉他，我特别喜欢这两座人像。

他向我说："这的确可算是我的作品中着重表现动作的两座像。我也做了一些有生气的其他作品，譬如《加莱义民》《巴尔扎克像》（Honoréde Balzac，1799—1850，法国小说家，著有《人间喜剧》等）、《行走的人》等。即使我的某些作品中并不显著地表达动作，但我总是找出一种姿态来说明：我很少表现完全的静止，我常用肌肉的跳动来传达内在的感情。甚至连胸像，我也常常做得斜一些，偏一些，带一些表情，来加强相貌的意义。

"没有生命便没有艺术，一个雕塑家想要说明快乐、苦痛、某种狂热，如果不首先使自己要表现的人物活起来的话，那是不会感动我们的，因为一个没有生命的东西……一块石头的快乐或悲哀，对于我们有什么相干呢？在我们的艺术中，生命的幻象是由于好的塑造和运动得到的，这两种特点，就像是一切好作品的血液和呼吸。"

我对他说："大师，塑造问题你已经和我谈起过了，而且我觉得从那时起，我更能体会著名的雕刻了；现在我想请教你关于艺术中的运动问题，我觉得这是同样重要的。

"当我注视你的《青铜时代》的人物，他从睡梦中醒来，肺部吸满空气，举起手臂的时候，或是当我注视你的《施洗者约翰》，他好像要离开石座，到处去传播信仰的时候，我又是赞赏，又是惊讶。我认为要使铜像有动作，在这一学问中是有某种魔法的，此外，我也时常观察光荣的前辈的杰作，譬如吕德（Francois

Rude，1784—1855，法国雕塑家）的《奈伊将军》和《马赛曲》、卡尔波的《舞蹈》、巴里的《野兽》——我承认关于这些雕刻对我所产生的印象；从没有找到一个非常满意的解释，我只有自问，这些铜块或石头怎么真像在移动；这些分明是静止的形象，怎么会像在行动，甚至显得很有气力。"

罗丹回答说："既然你把我当作魔法师，那么，我要保持我的荣誉，来完成一个任务：这个任务，比起那使铜像显得生动的任务来，对于我是更困难的——那就是说明我如何能够做到使铜像显得生动。

"首先你要记住：'所谓运动，是从这一个姿态到另一个姿态的转变。'这个好像很不足道的简单的说明，其实就是神秘的钥匙。

"你一定在奥维德（Ovid，公元前43年—公元前17年，拉丁诗人，著有《变形记》等）的书中读过达芙尼怎样变成月桂、勃罗涅怎样变成燕子的故事。这位可爱的作家表现出达芙尼的身子披着树皮和树叶，勃罗涅的肢体生出羽毛，使我们在这两个人的形体上，还能看见将要消失的女身和将要变成的树形和鸟形。你也记得在但丁（Alighieni Dante，1265—1321，意大利诗人，著有《神曲》等）的《地狱》中，盘着罪人的身体的那条蛇怎样变为人，而人又怎样变为蛇——这位伟大的诗人把这个景象描写得非常巧妙，使人们在这两个形体上，看到两种天性的争斗：这两种天性互相侵逼，互相替代，向前发展。

"画家或雕塑家要使人物有动作，所做的便是这一类的变形。他表达从这一姿态到另一姿态的过程：他指出第一种姿态怎样不知不觉地转入第二种姿态；在他的作品中，还可以识辨出已成过去的部分，也可以看见将要发生的部分。

"举个例子来说明，你就更加明了了。

"方才你说起吕德的《奈伊将军》这座像你记得相当清楚吗？"

我向他说："是的，这位英雄，举起剑来，向他的队伍大声叫喊道：'前进！'"

罗丹说："不错！那么，以后，当你从这座雕像前面经过的时候，你再好好地看一看。

"那时候你会注意到，这位将军的两腿和按剑鞘的那只手——这种姿势是拔剑的姿势；左腿有些斜，使右手便于拔剑；左手有些临空，好像在举起那个剑鞘。

"现在你观察一下身体吧。当它做出方才我描写的那种举动的时候，应该稍微侧向左边，但是你瞧又伸直了，你瞧他的胸膛挺起来了，你瞧他的脸，转向兵士们，吼出进击的命令；最后你瞧他高举右臂，挥动刀剑。

"这样，你就可以证实我对你所说的话了：'这座像的运动不过是两种姿态的变化，从第一种姿态，这位将军拔剑时的姿态，转到另一种姿态，即他举起武器奔向敌人时的姿态。'

"这就是艺术所表现的各种动作的全部秘密。雕像家，可以那么说，强制观众通过人像，前前后后注意某种行动的发展，在以上的例子里，眼睛必然是从两腿看到高举的手臂，而且，因为在移动视线的时候，发现这座雕像的各部分就是先后连续的时间内的姿态，所以我们的眼睛好像看见它的运动。"

我们所在的大厅中，我注意到运动乃是自下而上，情况与奈伊将军的雕像一样，这个没有全醒的青年的两腿，依旧软弱无力，几乎站立不稳；但是越往上看，越见得他的姿态逐渐坚定——肋骨在肌肤之下鼓起，挺着胸部，面对青空，舒展两臂，以驱睡魔。

所以这雕像的主题，是这样一个过程，是一个人从沉睡中醒来，将要有所行动的过程。

况且，这种苏醒时缓慢的动作所以显得特别宏伟，就在于能够透露出象征的意义，因为确实，一如作品的题目所指出的，这个动作是表现尚是崭新的人类意识第一次的激动，是表现理性对于史前时代之兽性的第一次胜利。

随后我用同样的方法来研究《施洗者约翰》。我看见这座像的节奏，还是归根于这个所谓两种平衡之间的变化，一如罗丹所说的，这个人物起先用那全力踏在地上的左足支撑身体，但他的眼光逐渐移动向右方，他就似乎逐渐在移动，只见他的全身转向这一方面；右腿向前，用力着地；同时，耸起的左肩好像要把体重拉到这一边来，以便后面的腿再向前移动。可见这位雕塑家的学问，的确全在于迫使观众不能不接受我——叙述的那些证明，因而获得运动的印象。

还有《施洗者约翰》的姿态，也像《青铜时代》一样，含有精神上的意义，这位先知用了几乎是机械似的庄严来移动身子的——似乎他听见他的足步，像那个传说中的骑士雕像的足步一样响亮，我们感到有一种神秘的、强大的力在拉他，在推他。因此，行路这个如此平凡的动作，在这里却变得壮伟，因为这是去完成一种神圣的使命。

"你有没有注意过用快相拍摄的行走的人？"罗丹忽然问我。

我作了肯定的回答后，他又说："那么，你注意到些什么呢？"

"他们的神气不是在前行，一般说，他们好像站在一条腿上，一动也不动，或者好像独脚跳。"

罗丹说："非常正确！你瞧，譬如我的圣约翰是两足着地的，如果把那做着同样动作的模特儿摄成一张快相，那么这张快相所显出的，可能是举起后足向前移动；或者相反的，前足还未落地，如果后腿在相片中的位置是和我雕像中的位置相同的话。

"正因为这个道理，相片中的模特儿也许会有奇怪的模样，好像忽然瘫痪了，僵化在某种姿态中，如同在贝罗（Charles Perrault，1628—1703，法国文学家，作有童话《鹅妈妈的故事》等）的美丽的故事一样。睡美人的仆人，正在服侍的时候，忽然都僵化不动了。

"这就证实刚才我对你所说的关于艺术中运动的话了——快相中的人物，不错，虽然是在不断动作时摄取的，他们却好像忽然僵化而不忠实的缘故，那是因为他们的身体各部分是二十分之一秒，甚至四十分之一秒丝毫不差地摄取的，它们不能像在艺术中那样，使姿态逐渐地开展。"

我向他说："我懂了，大师，但是我觉得——请你原谅我冒昧——你有些自相矛盾。"

"什么意思？"

"你不是对我说过好多次吗？艺术家必须以最大的真诚来抄写自然？"

"毫无疑问，而且我坚持这个主张。"

"那么，当一个艺术家在运动的表现上和照相完全不一致，而照相是一种无可指摘的机械的证明，这显然是艺术家改变了真实。"

罗丹回答："不，艺术家是说真话的，照相是说谎话的，因为实际上时间不会停止。如果艺术家能够做到使人觉得这一姿态是在好几个时刻内所完成的姿态，那么他的作品，比起那时间猝然停止的机械的照相来，当然是不会依样画葫芦的。

"也就是从这点，可以判定近代某些画家的错误，这些画家所表现的奔马的姿态，是快相所供给的姿态。

"他们批评席里柯（ThéodoreCéricault，1791—1824，法国画家），因为卢浮宫陈列的《爱普松的赛马》那幅画里，他画的马，像俗语说的那样，肚子碰着地奔跑——就是说马蹄同时伸向前后。他们说，照片中从来没有过这种情况。不错，在快相中，当马的前蹄到了前面，后蹄一蹬推动全身，又立刻收回到腹部下面来，预备再蹬——这便使得四脚几乎悬空地收拢在一起，因此这匹马就好像从地上跃起一样，而且僵持在这个姿态中。

"我深信席里柯反对照相是有理由的，因为他的马确实像在奔跑——这是由于观众，从后面到前面注意这些马时，先看见后蹄作出普遍跃进的努力，然后看马身的伸展，最后是前腿往远处着地。若说是发生在同一时间内，那么这样的动作是虚假的，但是从各部分相继地观察，那便是真实的了。既然它是我们所见到的真实，给我们深刻印象的真实，而我们认为，就是这种惟一的真实。

"此外，你要记住，画家和雕塑家，当他们把一个行动的不同阶段集合在雕像中的时候，不是用推理和人工的方法来处理的。他们表达自己所感觉到的非常直率；他们的心灵和他们的手，好像被牵引到姿态的方向中，而本能地表达出这一姿态的发展。

"在这里，像在艺术领域中的其他部门一样，诚挚是惟一的法则。"

我良久默不作声，思考罗丹对我所说的话。

"我还没有说服你吗？"罗丹问。

我说："说服了！……我赞叹绘画与雕塑把瞬间连续的动作凝合在一个形象中，真是奇迹。但现在我思索的是绘画、雕塑和文学，尤其是戏剧，在表现人物的运动这一方面，究竟竞争到什么程度。"

"说实在的话，我以为这种竞争不会持久的。在这个领域中，用画笔和凿刀的大师，比起用文字的大师来，是注定要失败的。"

他嚷道："我们的不利，绝不是像你所想的那样。如果绘画和雕塑能使人物活动起来，那么谁也不能禁止它们更向前推进一步。有时，当它们在同一张画面上或同一组群像里表现着几个连续的场面的时候，绘画和雕塑能做到和戏剧艺术相等的地步。"

我说："是的，但可以说有些糊弄人。因为我想你指的是某些古代作品，这些作品赞述某一个人的生平，把这个人在同一个画面上出现好几次，表示他所经历的不同的境遇。例如在卢浮宫里，有一张15世纪意大利的小幅照，叙述着欧罗巴的传说（希腊神话，欧罗巴是芬尼克斯之女，她的美丽吸引了众神之王朱庇特，朱化为一公牛，将欧罗巴劫往克里特岛）便是这样——先看见年轻的公主在草地上和同伴嬉戏，接着同伴扶她骑上天帝朱庇特变成的那头公牛；再远一些，则见这位公主非常惶恐地被这头野兽背负到波涛中。"

罗丹说："这是很原始的一个方法，可是这个方法，连某些伟大的画家也采用——因为，在威尼斯的王府里，委罗奈斯（Paul Veronese，1528—1588，意大利威尼斯画家）曾用同样方式来画这欧罗巴的同样传说。

"但是，虽然有这个缺点，委罗奈斯的画是可赞美的——我倒不是指这种如此幼稚的方法，因为你也想得到这种方法我并不赞成。

"为了要你明白我的意思，我先问你记不记得华多（Jean Antoine watteau，1684—1721，法国画家）的那幅画，《发舟爱之岛》。"

"记得很清楚，好像就在眼前。"

罗丹说："那么，不难解释了。在这幅杰作中，如果你愿意留些神。'动作'是从右边的最前面的部分开始，而终止在左边的最后面的部分。

"在这幅画的前面的部分，先看见的是少妇和她的崇拜者这两个人，他们在阴凉的树下，一座绕着玫瑰花环的维纳斯的半身像前，男的穿一件爱情短服，上面绣着一颗戳伤的心，这是这次旅行的委婉动人的标志。

"他跪着，多情地恳求这位美人随从他的心愿：而她则用一种也许是假装的对他漠不关心的态度，只注意自己扇子上的装饰，好像很感兴趣……"

我向他说："在他们旁边，有一个小爱神，光着屁股坐在箭袋上，他觉得这位少妇过于迟缓了，就扯她的裙子，请求她不要那么无动于衷了。"

罗丹说："正是这样。但是直到此时，旅客的手杖和爱经依旧丢在地上。这是第一个场面。以下是第二个场面：在刚才那一对男女的左边，还有一对情侣，男的伸手来扶女的起来，女的接受了。"

我说："是的，我们只看见她的背，她有金黄色的颈窝，华多画得如此秀媚而肉感。"

罗丹说："再远些是第三个场面：男的搂着情人的腰，带着她向前，她回顾自己的同伴姗姗而行，又不免有些羞涩，可是温顺地被引去了。

"接着，情人们走下河滩，他们彼此都很情投意合，一面笑着，一面走向小船；男子们无须再需求——女的自己来挽着他们。

"最后是他们把情侣扶上小艇，小艇在水面上摇荡着船头的金色怪兽，鲜花绿叶的装饰和红色的绸巾。划船人扶住桨等候着。而那些小爱神在和风中飘然飞舞，引导这些旅客驶向远处的绿岛。"

"大师，我看你很爱这幅画，因为最细微的情节。你也记得很清楚。"

罗丹说："这是不能忘怀的一件快事。

"但是你有没有注意这个哑剧的讲展？实在，是戏剧呢？还是绘画呢？这很难说。所以你很可以看出，艺术家当他喜欢这样做的时候，不但能表现暂时的姿态，而且能表现——如果借用演剧艺术上的一个术语，一种长久的'动作'。如果艺术家要表现'动作'，他只要把人物安排得使观众先看见开始这'动作'的那些人，然后是继续这动作的那些人，最后是完成这动作的那些人。

"你要不要在雕刻方面举一个例子呢？"

于是他打开一个硬纸夹子，在里面找了找，抽出一张照片来。

他向我说："这就是《马赛曲》，是雄伟的吕德雕在巴黎凯旋门的那面墙上的。"

"'武装起来，公民们！'胸前披着铜甲、展开双翼飞驰而过的自由之神，在用力呼喊着。她的左臂高举在空中，把所有的勇士集合到她身边；另一只手持着短剑，指向敌人。

"毫无疑问，最先看到的就是她，因为她支配着整个的作品，她跨开腿像要奔跑，如同用强音唱出高昂的战歌。甚至似乎听到她的声音，因为她那雕成的嘴正是震耳欲聋地呼喊着。于是，经她一号召，战士们纷纷前来。

"下面是动作的第二阶段：一个有着狮子般的髭须的高卢人挥动着他的帽子，好像在向女神致敬。现在你瞧，他的小儿子要求和他同去：'我已够强壮的了，我是一个男人，我要去打仗！'孩子紧握剑柄，好像这样说。'来吧！'父亲说，他用骄傲的慈爱望着他的儿子。

"动作的第三阶段：一个老兵，在全部装备的重量下弯着腰，尽最大的努力紧紧跟随，因为他要用最后的力量前往作战。另一个上了年纪的人，一心要追随这些战士，他做着手势，好像在申述他从经历中得来的教训。

"第四阶段：一个弓手，弯着筋肉坚实的背，正在拉他的弓，一个号兵向队伍吹出激昂的号音。旗帜在大风里飘扬，枪矛一齐簇列在前面。信号已经发出，战斗已经展开了。

"如上所说，这又是一幅出现在我们面前的真正戏剧性作品；但是《发舟爱之岛》宛如马利伏（Pierre de Marivaux，1688—1763，法国戏剧家与小说家）的细腻的喜剧，而《马赛曲》却是高乃依（Pierre Corneitle，1606—1684，法国戏剧家与诗人）式的壮阔的悲剧。我更喜爱哪一个连我自己都不知道，因为二者同样是天才的作品。"

他带着狡黠而挑战的意味，望着我说道："我想，你不至于再说雕塑和绘画是不能和戏剧竞争的吧？"

"当然不！"

这时候他把《马赛曲》的照片重新放入纸夹里，我看见里面有他的宏伟的《加莱义民》的照片。

我说："为了证明在你的教诲之下我得益匪浅，请让我在你最精美的一件作品上试验一下。因为你刚才用以启发我的那些原则，我知道你自己也曾应用过。在你的《加莱义民》中，可以看出一系列的场面，和你在华多及吕德的杰作中所指出的完全一样。

"你的群像，位置在中间的那一个，最先引人注意；用不着怀疑，这位就是欧斯达施·德·圣彼埃尔。他低下头，须发长长的，严肃而可敬；他毫不迟疑，毫不恐惧。他从容前进，眼睛载向自己身内的灵魂；如果他有些蹒跚，那是因在长期的围城中他受到种种困难和饥饿。

"是他鼓舞了其他的人——他第一个挺身而出，甘愿牺牲，作为六义士之一。按照战胜者的媾和条件，这六个人的死可以避免屠城。在他旁边的那一位也同样勇敢，虽然他不为自己伤心，但全城的降服使他感到无比的痛苦。他手里拿着将要交给英国人的城门钥匙，挺直身子，想找到一些力量来忍受这不可避免的屈服。和他们并列在一起的，靠左边的那个人，比较缺少勇气；因为他走路过于匆忙，好像下了决心以后，但求尽可能地缩短那分隔自己的生存与死亡的时间。在他们后面，有一个义民双手紧捧着脑袋，沉溺在极端的失望中；也许他想着他的妻子，他的儿女，他的亲友——将要遗留在一无依靠的生活中的那些人。第五个义民用手遮眼，好像要驱散一个可怕的噩梦。他东倒西歪，因为死亡使他如此恐惧。最后，第六个义民比其他几个都年轻，他似乎还犹豫不决。他愁眉苦脸，无限忧伤，是不是念念不忘情人的倩影呢？……但是他的同伴往前走，他在后面跟随着，好像向那'命运'的斧子伸长颈项。

"此外，虽然这三位加莱义民不如前三位那样勇敢，他们应该同样受人尊敬；因为他们的牺牲越大，他们的爱国热忱越显得有价值。所以，通过你的《义民》，可以看到他们由于欧斯达施·德·圣彼埃尔的威严和榜样，随着各人不同的气质而产生的或快或慢的动作；可以看到他们逐渐受到他的影响，一个个决心前往。

"无可置辩的，这是最好的证据，来说明你对艺术的戏剧性的那种见解。"

罗丹说："亲爱的葛赛尔，如果你对我的作品的好意并不过分的话，我会承认你完全识破了我的用心。

"尤其是你根据他们英勇、义愤的程度，很好地指出了我的《加莱义民》的安排。从前我为了加强这种效果，想把这些雕像——你一定知道这件事——一个接着一个依次安置在加莱市政府前面的广场上，好像一连串苦难和牺牲的活念珠。

"这样，我的人像似乎从市政府走向爱德华三世的军营，而今日的加莱市民几乎要和他们摩肩接踵，也许更能感觉到这些英雄烈士的优秀传统与自己联系在一起，我相信，这样必然会使人深深感动。然而我的计划不被采纳，定要我加上一块石座，既不好看，又是多余。我认为这是不对的。"

我向他说："唉！艺术家常和因袭的世俗之见合不来的。如果艺术家的美梦能够实现一部分，那他们真是太幸福了！"

（葛赛尔 记录）

※ 素描与色彩（罗丹 述 葛赛尔 记）

罗丹常爱作画，或用钢笔，或用铅笔。从前，他先用钢笔勾出轮廓，然后用毛笔加色，黑的或白的，这样画出来的水粉画，好像浮雕的摹绘，或是圆雕群像的临摹。这些画纯粹是属于雕塑家的印象。

后来，他用铅笔画人体，上面染一层肌肤的色泽，这些素描比以前的画更加自由，姿态比较不停滞，更空灵。可以说这是属于画家的印象。线条有时是恣纵的，有时整个人体借用线一笔勾成，可见这位艺术家有些性急，他怕失掉了这个十分容易消逝的印象。肢体上涂了几笔，算是肌肤的色泽；颜色有厚有薄，好像简略的塑造，下笔神速，甚至没有时间去管笔触带出来的余滴。这些速写捉住了非常快速的姿态，或是那么有变化的曲线，我们只能在半秒钟内得见的全貌，这既不是线条，也不是色彩，而是运动和生命。

最近，罗丹还是使用铅笔，而不用毛笔了。他满足于用手指从轮廓线擦出暗影来，这种银灰色调的皴擦，像云雾一般围绕着人的形体，使人体更显得轻盈，而虚幻使人体沉浸在诗意与神秘中。我相信，这些最近的习作，十分美好，既明朗，又生动，而且充满了情趣。

我当着罗丹的面看了许多这一类的画，我告诉他，这些画和一般得到众人赞许的雕琢的素描，有着多么大的差别。

他回答我说："确实，无知的人所喜欢的，就是在制作上那种毫无表现力的烦琐，虚假的高贵姿态。庸俗的人完全不懂得这种大胆的简练，将无谓的细节迅速放过，只注意整体的真实。

"他们也完全不懂得诚挚的观察，这种观察厌恶故意做出来的把式，而喜欢现实生活中那些极其单纯、更加动人的姿态。

"关于素描，一些难以矫正的错误见解在支配着。

"有人以为素描本身是美的，而不知素描所以美，完全是由于所表达的真实和感情。一般人赞美这样的艺术家：讲究技法，只知勾写没有意义的轮廓，处理人物时轻率自负毫不虚心。一般人醉心于这样的姿态：在自然中从来找不到，可是他们认为艺术的姿态，因为这些姿态，好像意大利的模特儿要求工作时所做的忸忸怩怩的样子。这就是通常所谓'美的素描'，其实是只能骗骗傻子的玩意儿。

"艺术上的素描，好比文学上文体的风格。装腔作势，故意炫耀的文体都是不好的。好的应当是：使读者忘记这是风格，而把全副注意力集中在所处理的主题上，所表达的感受上。

"炫耀自己的素描的艺术家，想在自己的文体上博得好评的文学家，好比穿了军服在人前夸耀，而不肯前去作战的军人；或者好比把犁头擦得很亮，而不去深耕的农民。

"真正好的素描，好的文体，就是那些我们想不到去赞美的素描与文体，因为我们完全为它们所表达的内容所吸引。关于颜色，也是一样。实际上，无所谓好文体、好素描、好颜色。美只有一种，即宣示真实的美。当一个真理，一个深刻的思想，一种强烈的感情，闪耀在某一文学或艺术的作品中，这种文体、色彩与素描，就一定是卓越的；显然，只有反映了真实，才获得这种优越性。

"有人称赞拉斐尔的素描，是有道理的；但应该称赞的不是素描本身，不是用了或多或少的技巧而描绘的匀称的线条，而应该从所表达的意义上来赞美他的素描。拉斐尔的素描所以有价值，乃是他用自己的眼睛看，用自己的手表达灵魂的明朗幽静，乃是衷心流露出来的对整个自然的爱。有些人，丝毫没有这种温柔的感情，却想从这位乌伟诺的大师那里模仿他的有节奏的线条和人物的姿态，那么所能做到的，无非是些非常乏味的剽窃。

"在米开朗琪罗的素描中，可赞赏的不是线的本身，不是大胆的透视缩减和精研的解剖，而是这位巨人像雷鸣似的那种绝望的威力。模仿米开朗琪罗而没有他的灵魂，只是把半弓形支柱般的姿态和紧张的肌肉抄下来，这样的人多么可笑。

"在提香（Tiziano Vecellio，约1487—1576，意大利威尼斯画家）所施的色彩中，应该赞赏的不是悦人的和谐，而是色彩所表达的意义：它所以非常明快，就是因为它显示出一种无上的华贵。

"委罗奈斯的色彩的真正的美，是由于用微妙的银色光泽来表现贵族的嘉会。鲁本斯（Peter Paul Rubens，1577—1640，法兰西德斯画家）的色彩本身，算不了什么：如果不能给予观众那生命、幸福和强烈的官感的印象，那这些辉煌的色彩也就徒有其表，不起什么作用。

"也许可以说，没有一件艺术作品，单靠线条或色调的匀称，仅仅为了视觉满足的作品，能够打动人的。比方说，12世纪和13世纪教堂里的彩色窗玻璃镶嵌画，深蓝的颜色仿佛丝绒，紫得如此温柔，红得如此激烈，充满爱娇的意味，非常悦目。因为这些色调表达出了那个时代虔诚的艺术家希望在梦想的天国中能享受的那种神秘的幸福。又如波斯瓷器，上面画着碧色的落阳花，之所以能成为可爱的珍品，是因为这些瓷器的色调奇怪得很，会把人的灵魂带到那莫名的仙境梦乡。

"所以，一幅素描或色彩的总体，要表明一种意义，没有这种意义，便一无美处。"

"但是难道你不怕在艺术中轻视技法……"

罗丹说："谁告诉你轻视技法呢？毫无疑问，技法不过是一种手段，但是轻视技法的艺术家，是永远不会达到目的，体现思想感情的——这样的艺术家，就像一个忘记给马喂料的骑马人。非常明显的，如果素描缺少功夫，颜色处理不当，最强烈的感受也将无法表达。解剖学上的不正确更会令人发笑。这是今日青年艺术家遭受的不幸。艺术家本欲打动人心，却由于他们没有经过严格的训练，而时时暴露出他们的缺点。他们的用意是好的，但是一只太短的手臂，一条腿向内弯曲，一种不正确的透视，都会使观众看了不舒服。

"那是因为任何瞬息的灵感，事实上不能替代长期的工作，要想给眼睛以形象和比例的认识，要想使心手相应，长期的劳作是必要的。

"当我说技法应该忘记自己是技法时，我的意思绝对不是说艺术家可以不要学问。

"恰巧相反，应该要有熟练的技法来隐藏人所共知的东西。毫无疑问，在庸俗的人看来，能用铅笔画些花样，用色彩涂些炫耀的焰火，或是用古怪的文字写些光彩的句子，这些空头作家，就是世界上最机巧的人；然而艺术上最大的困难和最高的境地，却是要自然地、朴素地描绘和写作。

"你看一幅画，你读一页书，你没有注意那素描、色彩、主体，但是你心里深深感动，你不必担心弄错了，素描、色彩、文体一定是很完美的。"

我说："可是，大师，是否有些非常动人的杰作在技法上可能有毛病？例如，不是有人说吗？拉斐尔的画色彩有时不好，伦勃朗（Rembrandt Harmenszvan Rijn，1606—1669，荷兰画家）的画，素描有时成问题？"

罗丹答："请你相信我，这些人说错了。

"拉斐尔的画所以令人神往，那是因为在这些杰作中，色彩和素描一样，一切都在促成这种魔力。

"你看一看卢浮宫里那幅《圣乔治》、梵蒂冈教廷中那幅《巴尔拿斯山》、南肯星顿美术馆里壁毯的画稿，这些作品的和谐，令人心神怡悦。拉斐尔的色彩和伦勃朗的色彩完全不同，但这正是拉斐尔的灵感所需要的色彩。这种色彩，清新艳丽，这种色彩有鲜明、灿烂、愉快的调子，它有拉斐尔本人的永恒的青春，它像是幻想出来的，但这是乌伟诺的画家观察得来的真实，而不纯粹是实际事物的真实。这是感情的领域，那里的形体和颜色，在爱情的照耀下起了变化。

"当然，呆板的现实主义者，会说这种色彩不恰当，但是诗人觉得是恰当的。使人确信不疑的事实，那就是伦勃朗的色彩或鲁本斯的色彩，如果和拉斐尔的素描配在一起，是非常可笑而古怪的。

"同样，伦勃朗的素描不同于拉斐尔的，但并不因此逊色。

"拉斐尔的线条柔和而纯净，伦勃朗的线条就往往粗犷而触目。二者成为对比。这位伟大的荷兰画家爱观察衣服的粗糙，脸上的皱纹，穷人手足的胼胝，因为，在伦勃朗看来，所谓美，无非是人的躯壳的凡庸和他内在的光辉之间的对照。所以，如果他要在优雅精致这一方面和拉斐尔较量，他怎么能够表现以外表的粗陋和内心的伟大组成的这种美呢？

"因此你要承认他的素描是完美的，因为它绝对适合于他的思想的要求。"

我说："那么，照你的意思，一个艺术家不能同时是优秀的色彩家和卓越的素描家，这种想法是错误的。"

罗丹说："当然，我不明白这种偏见当初是怎样形成的，到现在还是这样流行。

"那些大师所以才大无碍，所以使我们完全悦服，很明显的，是因为他们的确具有他们所需要的各种表现方法。

"我刚才引用拉斐尔和伦勃朗作为例子说明，其他一切伟大的艺术家也是这样。譬如有人指责德拉克洛瓦（Eugéne Delacroix，1799—1863，法国画家）不会素描，事实恰相反，他的素描和他的色彩配合得非常神妙：像他的色彩一样，他的素描慷慨激昂，有生龙活虎之势；像他的色彩一样，有时很放纵，而臻于至美。色彩和素描，不能把二者孤立起来赞赏，因为二者是统一的。

"一知半解的人见解错误，是因为他们认为世间只有一种素描，拉斐尔的素描。或者不如说，他们赞美的，还不是拉斐尔自己的素描，而是他的模仿者的素描，大卫的（Louis David，1748—1825，法国画家）和安格尔（Jean Auguste Dominiquelngres，1780—1867，法国画家）的……素描，实在说来，世界上有多少艺术家，就有多少种素描和色彩。

"阿尔勃列希特·丢勒（Albrecht Dürer，1471—1528，德国画家），时常有人说他的颜色生硬、干枯。绝对不是的。但他是一个德国人，一个喜爱概括的人；他的构图是精确的，富有逻辑性；他的人物是结实的，富有典型性，这就是他的素描如此有工力和他的色彩如此坚毅的原因。

"荷尔拜因（Hans Holbein，1497—1543，德国画家）和丢勒同一画派：他的素描没有佛罗伦萨画派的温婉，他的色彩没有威尼斯画派的艳媚，但是在他的线条和色彩中，有一种在任何别的画家那里也许找不到的力量，庄严和内在的意义。

"像以上这两位深思的艺术家的素描，可以说特别紧凑，而他们的颜色，力求好似数学的真理那样的严格精确。

"其他一些画家则不然。这些画家是心灵的诗人，例如拉斐尔、柯累乔（Antonio Allegri Correggio，约1488/1494—1534，意大利画家）、安得莱·德·萨尔托（Andrea del Sarto，1486—1531，意大利画家）他们的线条更圆润，他们的颜色更妩媚温柔。

"另外还有许多一般人称为现实主义的画家，就是说他们的敏感更表面化，例如鲁本斯、委拉斯开兹、伦勃朗，他们的线条能伸能缩，气势生动，他们的颜色有时明耀如太阳的光芒，有时晦淡如烟雾的朦胧。

"所以，这些天才画家的表现方法各个不同，一如他们的心灵。我们丝毫不能说他们中间某几位的素描和色彩优于或者不如另外几位。"

我说："很对，大师。但是，艺术家一向被分为善用色彩的和善画素描的两种，现在你把这习惯的分类法取消了，却没有想到那些可怜的艺术批评家会感到多么不安，因为那种分类对他们很有用处。听了你的话后，我很高兴。喜欢分门别类的人似乎可以找到一种新的分类原则。

"你说色彩和素描只是方法而已，主要是去认识艺术家的灵魂，所以我认为按照画家的性情来归类才对。"

"是这样。"

我又说："譬如说，可以把那些注重逻辑的画家，如丢勒和荷尔拜因归为一类；把以感情为主的画家另列为一类：拉斐尔、柯累乔、安得莱·德·萨尔托，这几位你在前面都曾提到的，当列在缠绵婉丽的作家的最前列；另一类应由那些对活跃的生命、现实的生活感到兴趣的大画家所组成，而鲁本斯、委拉斯开兹、伦勃朗是其中最明亮的星辰。最后，第四类是克劳德·洛兰（Claude Lorrain，1600—1682，法国画家，善作历史风景画）和透纳（Joseph Mallord William Turner，1775—1851，英国风景画家）等这些艺术家，把自然看成为一连串辉煌而易逝的幻影。"

罗丹说："对，亲爱的朋友，这样的分法很好，无论如何要比以色彩和素描来区别的这种分类更加正确。

"然而，由于艺术本身的复杂性，或者不如说由于以艺术为语言的主类灵魂本身的复杂性，一切区分都冒着徒劳无益的危险。譬如伦勃朗，他时常是一位崇高的诗人；而拉斐尔，他往往又是一位劲健的现实主义者。

"我们努力去了解伟大的作家吧，爱他们，陶醉在他们的天才中吧。但是我们要小心，不要把他们贴上标签，像药剂师的药品那样。"

（葛赛尔 记录）

※ 女性美（罗丹 述 葛赛尔 记）

比隆厅不久以前还是一所圣心修道院，大家知道现在租给外客居住了，而雕塑家罗丹便是房客之一。这位大师尚有其他的工作室，在侔峒，在巴黎，在大理石仓库，但是他特别喜欢这里的工作室。

说实话，这里是一位艺术家所能向往的最美好的地方。《思想者》的作者租了好几间，房屋高大，墙上镶着白色的壁板，上面饰有可爱的金线。

他在其中工作的那间屋子是圆形的，高高的门窗正对着美丽的花园。

几年以来，这个地方无人管理被弃置了，但是在乱草中还能辨出，沿着小径栽植的黄杨树，在纵横的葡萄藤下还留有绿色的凉棚；每到春天，花坛里的花儿又鲜艳活泼地在草木中间吐放。人类劳动在荒芜的自然中逐渐消灭，这真叫人又甜蜜又心酸。

在比隆厅内，罗丹的时间几乎都花在了画素描上。

在这修道院的幽居里，他喜欢面对着年轻美貌的裸女，把她们柔软的姿态用铅笔画成无数草稿。

从前这里是那些童女在修女的监督下受教的地方；现在这位雄伟的雕像家在

这里崇仰那人体美了。他热爱艺术的心是很虔诚的，绝不亚于圣心院的女童熏陶其中的笃信。

一个晚上，我和他一起看他自己画的一系列的习作，我欣赏那些以和谐的阿拉伯风格在纸上表现的各种人体节奏。

那些一笔挥就的轮廓，表达了各种运动，有奋激，有疏懒。他用大拇指在线上擦了几下，这种十分轻淡的云烟，显露出塑造的妩媚。

在给我看他的素描的时候，他心里又想起画中的那些模特儿，他常常叫道："呀！这个女人的肩膀，多么令人心醉！真是完美的曲线……我的画太笨拙了！……我是用心画的……可是……你瞧！这也是照着同一个女人画的素描，可是这一张更像一些……然而……

"你看这个女人的胸部：饱满的乳房，美妙无比，令人爱煞，如此的优美，简直非人间所有！

"你看另一个女人的臀部：多么神奇的起伏！软玉温香中，肌肉多么美妙！真要令人拜倒！"

他默默的眼光迷恋着自己的回忆：好像一个东方人在穆罕默德的乐园中。

我问他："大师，美丽的模特儿容易找到吗？"

他答："是的。"

"那么在我们国内美人不算太少？"

他答："不太少，我对你说。"

"美貌能保持很久吗？"

他答："变化得很快。我并不是说女人好像黄昏的风景，随着太阳的沉没而不断改变，但是这个比喻几乎是对的。

"真正的青春，贞洁的妙龄的青春，周身充满了新的血液、体态轻盈而不可侵犯的青春，这个时期只有几个月。

"怀孕期内身体的变化不必说，那欲念引起的疲乏和欲情的狂热，使一个女人的肌肉组织和线条很快地松弛了。少女变为妇人：这是另一种美，还是值得赞美的，但是比较不纯粹了。"

"然而，请你告诉我，是否你认为古代的美远胜于现代的美，现在的女性远不能和菲狄亚斯的模特儿相比呢？"

他答："绝对不是这样的！"

"可是希腊的维纳斯像是至善至美……"

罗丹说："那时的艺术家有看得见美的眼睛，而今日的艺术家都是瞎子，所有的区别就在这里。希腊女子是美的，但她们的美，大都是存在于表现她们的雕塑家的思想中。

"今日也有和上面所说的完全一样的美女，主要是南欧的女子；譬如现在的意大利妇女，和菲狄亚斯的模特儿一样，同属于地中海型的。这一类型的主要特征，是肩部和骨盆大小相等。"

"但是野蛮民族侵入罗马领土，没有因为异族通婚而损害了古代的美吗？"

罗丹说："没有。假定野蛮民族不如地中海的民族那样美，那样匀称，这是可能的，但是时间已担负起这个责任，把那由于血液的混合而产生的缺点消除了，使古代型的和谐重新出现。

"在美与丑的结合中，结果总是美得到胜利。由于一种神圣的规律，'自然'常常趋向尽善，不断求完美。

"地中海型之外，尚有北方型。许多法兰西女子，日耳曼和斯拉夫族的女子，都属于这一类型。

"在这一类型中，骨盆很发达，两肩比较狭。举个例子，若望·古戎（Jean Goujon，1515—1566，法国雕塑家）的水神、华多的那一幅《巴利斯的评判》里的维纳斯、乌东的猎神狄亚娜，那在她们身上观察到的，就是这种结构。

"此外，胸部一般是前倾的。至于古代与地中海型的，恰巧相反，是挺直的。

"实在说，所有的类型，所有的种族，都有她们自己的美，问题就在于去发现它。

"我以无限的愉快，曾经替那些最近和她们的国王同来巴黎的柬埔寨的舞女画了几张素描。苗条的腰肢，轻盈的状态，有一种特殊的奇妙的吸引力。

"我也曾经替日本女艺人花子画了几张习作。她并不胖，但肌肉鼓鼓的，好像一种狸犬的肌肉一样；腿上的粗筋那样结实，关节粗大；她非常强壮，能举起一足，成直角形，用另一足站立在地，而且能够持久，那样，她像树林一般，生根在泥土中。所以她的人体解剖完全和欧洲女子不同，但是她特殊的健康也是很美的。"

过了一会儿，他又回到那个他心爱的意念，向我说："总之，美是到处都有的。对于我们的眼睛，不是缺少美，而是缺少发现。美，就是性格和表现。

"而且，'自然'中任何东西，都比不上人体更有性格。人体，由于它的力，或者由于它的美，可以唤起种种不同的意象。有时像一朵花：体态的婀娜仿佛花茎、乳房和面容的微笑、发丝的辉煌，宛如花萼的吐放；有时像柔软的常春藤、劲健的摇摆的小树。尤利西斯向诺西加说：当我看见你的时候，我以为又看见了德洛斯的阿波罗神坛旁的那一棵棕树，从地面上有力地耸入天空的棕树。

"有时人体向后弯曲，好像弹簧，又像小爱神爱洛斯射出无形之箭的良弓；有时又像一个花瓶。我常叫模特儿背向我坐着，臂伸向前方，这样只见背影，上身细，臀部宽，像一个轮廓精美的瓶，蕴藏着未来的生命的壶。

"人体，尤其是心灵的镜子，最大的美就在于此：

女人的肌肉，理想的泥土，奇迹呀，

崇高的精神渗入那

不能用语言形容的天神塑造的泥土中，

这些泥土，心灵在包裹的布里闪耀，

这些泥土，留着神圣的雕塑家的手印，

招来吻与感情的这些庄严的泥土。

女人的肌肤是这样地圣洁，

因为爱情是胜利者，把灵魂推向神秘的床边，

竟使人不知道欲情是不是就是思想。

女人的肌肤是这样圣洁，

竟使人不能不信，

当情热如火的时候，

紧抱着的美就是上帝！"

"是的，维克多·雨果（Victor Marie Hugo，1802—1885，法国诗人，小说家）很懂得这个！我们的人体中崇仰的不是如此美丽的外表的形，而是那好像使人体透明发亮的内在的光芒。

雷诺阿

奥古斯特·雷诺阿（1841—1919），法国著名画家。

本文是1908年美国画家华特·培渠探问雷诺阿的创作方法时，他作的即兴演讲。

※ 谈创作方法

我按照我所需要的那样来安排题材，然后我像小孩子那样开始画它。我要一种响亮的红色，响得像一个钟一样；如果它不能做到那样的话，我要用更多的红色或者其他颜色，一直到获得那种效果为止。我不比别人聪明。我没有规则与方法；任何人都可以看我的绘画材料，或者看我怎样作画——他会晓得我是没有秘密的。我看着一个模特儿：那里有无数小点的颜色。

　　我必须寻找那种使肉体在我的画布上活现的和颤动的颜色。现在他们要解释每一件事。但是如果他们要解释一幅画的话，这幅画就不会是艺术了。我把我所设想的艺术的两个性质告诉你好吗？这两个性质就是：艺术不能以言语形容与艺术不能模仿……艺术作品必须抓住你，使你沉湎在作品里面，使你为之倾倒。艺术是艺术家传达他的热情的手段；艺术是他所倾出的使你跟着他的热情一起被卷走的水流。

法朗士

阿纳托尔·法朗士（1844—1924），法国作家，原名阿纳托尔·弗朗斯瓦·蒂波，1921年获诺贝尔奖金。其作品在世界广泛流传。

代表作有《希尔维斯特·波纳尔的罪行》《苔依丝》《现代史话》《克兰克比尔》《在白石上》和《霞娜·达克传》等。

大师谈艺术

145

※ 苏珊

你知道，卢浮宫是一个博物馆，那里藏着许多美丽和古老的东西——这种做法很聪明，因为"古"和"美"都是同样值得敬仰的东西。博物馆里的名贵古物中有一件最感人的东西，那就是一块大理石像的断片。它有许多地方显得很破旧，但上面刻的两个手里拿着花的人却仍然可以看得很清楚。这是两个美丽女子的形象。当希腊还是年轻的时候，她们也是年轻的。人们说，那是一个完美无缺的美的时代。把她们的形象给我们留下的那位雕刻师，把她们用侧面像的形式表现了出来。她们在彼此交换莲花——当时认为是神圣的花。从这花儿的杯形蓝色花萼中，世人吸进苦难生活的遗忘剂。我们的学者们对这两位姑娘作过许多思考。为了要了解她们，他们翻过许多书——又大又厚的书、羊皮精装的书，还有许多用犊皮和猪皮精装的书。可是他们从来没有弄清楚为什么这两个姑娘各人手里要拿着一朵花。

他们费了那么多的精力和思考、那么多辛苦的日子和不眠之夜所不能发现的东西，苏珊小姐可是一会儿就弄清楚了。

她的爸爸因为要在卢浮宫办点事，就把她也带到那儿去了。苏珊姑娘惊奇不已地观看那些古代文物，看到了许多缺胳膊、断腿、无头的神像。她对自己说："啊！对了，这都是一些成年绅士们的玩偶；我可以看出这些绅士们把他们的玩偶弄坏了，正像我们女孩子一样。"但当她来到这两位姑娘面前时，看到她们每人手里拿着一朵花，她便给了她们一个吻——因为她们是那样娇美。

接着她父亲问她："她们为什么相互赠送一朵花？"

苏珊立刻回答说："她们是在彼此祝贺生日快乐。"她思索了一下，又补充了一句："因为她们是在同一天过生日呀。她们两人长得一模一样，所以她们也就彼此赠送同样的花。女孩子们都应该是同一天过生日才对呀。"

现在苏珊离开卢浮宫博物馆和古希腊石像已经很远了，她现在是在鸟儿和花儿的王国里。她正在草地上的树林里度过那晴朗的春天。她在草地上玩耍——而这也是一种最快乐的玩耍。她记得这天是她的小丽雅克妮的生日；因此她要采一些花送给她，并且吻她。

（叶君健 译）

弗洛伊德

西格蒙特·弗洛伊德（1856—1939），奥地利心理学家、精神病医师。
精神分析学派创始人。
主要著作有《梦的解析》《精神分析引论》《精神分析引论新编》等。

※ 论非永恒性

　　不久前，我在一位沉默寡言的朋友和一位年轻而又已负盛名的诗人陪伴下，在鲜花繁茂、富有生气的夏日景致中散步。这位诗人对我们四周大自然的美赞叹不已，但并不由此而愉悦。这一切美景注定要成为过去，夏日的明媚不久就会消逝在隆冬的严寒之中。不仅如此，一切人类的美景都逃不出这种命运的羁縻，人类所创造了的以及所能够创造的一切美与高雅都不能幸免，这种想法深深地咬噬着诗人的心灵。在他的目光中，他一向热爱和赞美的那一切，在已成为必然的非永恒性的命运的操纵之下似乎已暗淡失色。

我们知道，对一切美和完善所感到的深切失望，会在人的心灵上引起两种不同的冲动。在这位年轻诗人身上所萌生出的令人痛惜的厌世感就是其一，再就是使人对所谓的真实进行反抗。

可是那自然与艺术的一切魅力，外部世界给我们感官所带来的赏心悦目的美真会化为乌有吗？不，这不可能。相信一切魅力会消失殆尽，这或许太无意义，亵渎神明。它们一定会以某种方式继续存在，战胜一切毁灭性的威胁。

然而，这种对永恒性的欲求是我们满怀着希望来生活的一个成果，这一点是如此显著，以致这种欲求不可能得到现实的价值。痛苦确实存在着。我既不能断然排斥一般的非永恒性，也不能替美和完善找出一个永恒存在的例子。但是，我要驳斥这位情绪悲观的诗人，他认为美的短暂性会使美自身的价值受到贬低。

恰好与此相反，美的短暂性会提高美的价值！非永恒性的价值是时间中的珍品，对享受的可能性的限制同样提高了享受的价值。那种美的非永恒性的观点竟给我们对美的愉悦蒙上阴影，这实在不可理解。就大自然的美来说吧，它会在年年时令的摧残后于新年之际姗姗而至，而且与我们的生命延续比较起来，自然美的复返还被看作是一种永恒的东西。我们在自身的生命上面目睹着人的形体与容颜的美不断地枯萎，不过这种短暂性也给美的魅力增添了一种新的色彩。假如有一朵花，它只在惟一的一个黑夜开放，而我们却觉得它这种昙花一现并非因此就减少了姿色。我同样看不出艺术作品以及精神成就的美与完善竟会由于时间的局限性而失去价值。要是出现了这样一个时代，其时那些使我们至今还惊赞不已的绘画雕塑无人问津了，或者我们的后代对我们的诗人和思想家的作品完全陌生，不能理解了；或者甚至出现了一个地质的时代，在这个时代，地球上的一切生灵都哑默无语了，而一切美与完善的价值都要依其对我们的感性生活的意义来确定，到那时，美与完善本身就不需要再继续存在下去了，因为，它们已不依赖于时间的延续了。

我认为如此去看待这个问题是无可辩驳的，但我发现那位诗人和那位朋友对我的看法却不以为然。我从这一失败中推断出，有一种十分强烈的感情上因素在左右着他们，这种因素把他们的判断弄糊涂了。这必然是那种心灵上对悲哀的反抗，对使他们感到美的享受失去价值的悲哀的反抗。美会是短暂的这种观念使这两位多愁善感的人预先尝到了因美的衰败而引起的悲哀的滋味。由于下意识地逃避一切痛苦，他们深深感到，在享受美的同时，他们的心灵受到一种任何美都是过眼云烟的悲愁情感的浸渍。

因失去了所爱和所赞美的事物而引起的悲愁感在普通人看来是极为自然的事，以致他们把他们的悲愁感看成是理所当然的了。而对于心理学家来说，悲愁感却是一个很深奥的谜，它的奇特现象连我们自己也解释不清，但我们却把其他隐秘莫测的东西溯源到它那里。我们设想人具有某种程度的爱本能，亦即所谓的性力，它在其发展的最初阶段摄住了它自身上的自我以后，它又从自我转向了某个对象，这对象可以说是由我们以同样的方式纳入我们的自我中去的。这个转变实际上很早就开始了，一旦对象被毁灭，或者我们失去了对象，那么我们的爱本能就会面临着一种不可名状的惆怅。它可寻求另一对象来作为补偿，或者暂时返回到自我去。但是，我们还不明白，为什么性力脱离了它的对象就会产生这种痛苦的过程，此时只能从爱本能眷恋其对象，排斥他物这一点来推测。我们只是看到，性力紧紧钳住了它的对象，而一旦对象丧失，即使作为补偿的代用品已经纳入，性力仍然不愿放弃那失去的对象。那么，这就是悲愁感。

我同那位诗人交谈时是在大战前的夏天。一年以后战争爆发了，世界上美的东西遭到浩劫。战争不但毁灭了它所波及到的大自然的美景，毁灭了它蔓延时触及到的艺术品，而且战争还使我们失去了对自己的文化成就的骄傲感，失去了对如此众多的思想家和艺术家的崇敬，破灭了最终克服不同国家和不同种族之间的分歧的希望。战争玷污了我们的科学所具有的崇高的纯洁性，让我们的本能冲动赤裸裸地暴露无遗；一百多年来我们不断受到高尚的思想家的教育，使得我们相信自己已经束缚住了内心中那丑恶的幽灵，而战争却放纵它。战争使我们的祖国变得更小了，那彼岸世界越来越遥远。战争浩劫了我们许许多多心爱的东西，并向我们表明，在那些被我们所认为是永恒的事物当中，有些已经急遽衰颓。

我们的在其对象上蒙受了极大创伤的爱本能具有更加强烈的感情，这是不足为奇的。我们如今所剩下的只有对祖国日益增长的爱，对最亲近的人更加深厚的温柔情感和对我们共同所具有的东西的不断充溢的自豪感。但是那些如今已失去了财产的人们呢，在我们看来他们确实是丧失了价值，那么这是因为他们证明自己软弱无能、毫无抵抗力了吗？我们中间有许多人看来是这样的，但另一方面我认为并非如此。我相信，那些似乎认为一切都是暂时的，并且因为珍贵的东西已被证明不过是幻影沙器而开始逐渐放弃它们的人们，不过是处于因失去了所爱而引起的悲愁之中。我们知道，尽管悲愁极其令人痛苦，它还是会不胫而走，四处扩散。当它消灭了一切丧失对象后，它还会吞噬自己，于是，我们的性力又重新失去对象。因此为了自身，只要我们还年轻，还富有蓬勃的生命力，就应用有相等的价值或有更高价值的东西来代替所失去的对象。人们希望，毁灭性的战争不要再发生。只要悲愁感被克服了，那就表明，我们对文化财富所怀有的崇敬心对所出现的文化财富的衰颓现象并未熟视无睹。我们要重新建设被战争破坏掉的一切，兴许还比以前有更加坚实的基础和持久性。

（刘小枫 译）

柏格森

亨利·柏格森（1859—1941），法国哲学家和心理学家。
主要著作有《试论意识的直接材料》《物质与记忆》等。
1927年获诺贝尔文学奖。

※ 艺术之目的

艺术的目的是什么？如果现实能直接震撼我们的感官和意识，如果我们能直接与事物以及我们自己相沟通，我想艺术就没有什么用处，或者说，我们会全都成了艺术家，因为这时候我们的心灵将是一直不断地和自然共鸣了。我们的双眼就会在记忆的帮助之下，把大自然中一些无与伦比的画面，从空间方面把它们裁截出来，在时间方面把它们固定下来。我们的视线就全随时发现在人的身体这样有血有肉的大理石上雕刻着的和古代雕像一样美的雕像断片。

我们就会听到在我们心灵深处发出的我们的内在生命的永不中断的旋律，就像听到一种欢快，更多的时候则是哀怨，但总是别具一格的音乐一样。所有这一切就在我们周围，所有这一切就在我们心中，然而所有这一切又并不能被我们清楚地看到或者听到。在大自然和我们之间，不，在我们和我们的意识之间，垂着一层帷幕，一层对常人说来是厚的而对艺术家和诗人说来是薄得几乎透明的帷幕。是哪位仙女织的这层帷幕？是出于恶意还是出于好意？人必须生活，而生活要求我们根据我们的需要来把握外物。生活就是行动。生活就是仅仅接受事物对人有用的印象，以便采取相应的行动，而其他一切印象就必然变得暗淡，或者模糊不清。我看，并且自以为看到了；我听，并且自以为听见了；我研究我自己，并且自以为了解我的内心。然而我在外界所见所闻都不过是我的感官选择来指导我的行为的东西。我对我自己的认识只是浮在表面的东西，在行动中表现出来的东西。因此，我的感官和意识显示给我的现实只不过是实用的简化了的现实。在感官和意识为我提供的关于事物和我自己的景象中，对人无用的差异被抹杀了，对人有用的类同之处被强调了，我的行为应该遵循的道路预先就被指出来了。这些道路就是全人类在我之前走过的道路。事往都是按照我可能从中得到的好处分好类了。我所看到的就是这样一个分类，它比我所看见的事物的颜色和形状要清楚得多。就这一点来说，人无疑已经比动物高明得多了。狼的眼睛是不大可能会区别小山羊和小绵羊的；在它眼里，二者都是同样的猎获物，因为它们都是同样容易捕获，同样好吃。我们呢，我们能区别山羊和绵羊，然而我们能把这只山羊和那只山羊，这只绵羊和那只绵羊区别开吗？当事物和生物的个性对于我们没有物质上的利益的时候，我们是不去注意的。即使我们注意到的时候（例如我们区别这一个人和那一个人），我们的眼睛所看到的也不是个性本身，即形式与色彩的某种独特的和谐，而只是有助于我们的实用性的认识的一两个物征罢了。

总之，我们看不见事物的本身；我们十九只是看一看贴在事物上面的标签。这种从需要产生的倾向，在语言的影响下就更加增强了。因为词（除了专有名词以外）指的都是事物的类。词只记下事物的最一般的功能和最无关紧要的方面，它插在事物与我们之间，使我们看不到事物的形态——如果这个形态还没有被创造这个词的需要早就掩盖起来的话。不但外界的事物是如此，就连我们自己的精神状态当中内在的、个人的、只有我们自己亲身体会过的东西，也都不为我们所察觉。

在我们感到爱或者憎的时候，在我们觉得快乐或者忧愁的时候，达到我们意识之中的，真的就是我们自己的情感，以及使我们的情感成为真正是我们所有的东西的万千难以捉摸的细微色彩和万千深沉的共鸣吗？如果真能办到的话，那我们就都是小说家，都是诗人，都是音乐家了。然而我们所看到的我们的精神状态，往往不过是它的外在表现罢了。我们所抓住的我们的情感不过是它的人人相通的一面，也就是言事能一劳永逸地表达的一面罢了，因为这一面是所有的人在同样的条件下差不多都能同样产生的。这样说来，即使是我们自己的个性也是为我们所不认识的。

我们是在一些一般概念和象征符号之间转来转去，就像是在我们的力量和其他各种力量进行富有成效的较量的比武场里一样。我们被行动所迷惑、所吸引，为了我们的最大的利益，在我们的行动选好了的场地生活着，这是一个在事物与我们自己之间的中间地带，既在事物之外，又在我们自己之外的地带。但是，大自然也偶尔由于一时疏忽，产生了一些比较超脱于生活的心灵。我这里所说的这种超脱并不是有意识的、理性的、系统的，并不是思考和哲学的产物。我说的是一种自然的超脱，是感官或者意识的结构中天生的东西，并且立即就可以说是纯真的方式，通过视觉、听觉或思想表现出来的东西。

如果这种超脱是彻底的超脱，如果我们的心灵不再通过任何感官来参与行动，那就将成为世上还从来不曾见过的艺术家的心灵。有这样的心灵的人将在一切艺术中都出类拔萃，也可以说他将把一切艺术融而为一。一切事物的纯粹的本相，无论是物物世界的形式、色彩和声音也好，是人的内心生活当中最细微的活动也好，他都能感知。然而这是对自然太苛求了。即使就我们中间已经被自然培养成为艺术家的人们来说，自然也只是偶然为他们揭开了那层帷幕的一角。自然也只是在某一个方向才忘了把我们的知觉和需要联系起来。而由于每一个方向相应于我们所谓的一种感觉。这就是艺术的多样性的根源。这也就是人的素质的专门化的根源。有的热爱色彩和形式，同时由于他为色彩而爱色彩，为形式而爱形式，也由于他为色彩和形式而不是为他自己才看到色彩和形式，所以他通过事物的色彩和形式所看到的乃是事物的内在生命。他然后逐渐使事物的内在生命进入我们原来是混乱的知觉之中。至少在片刻之间，他把我们从横隔在我们的眼睛与现实之间的关于色彩和形式的偏见中解除出来。这样他就实现了艺术的最高目的，那就是把自然显示给我们。

另外一些人喜欢到自己的内心中去探索。在那些把某一情感形之于外的万千萌发的行动底下，在那表达个人精神状态并给这种精神状态以外壳的平凡的社会性的言事背后，他们探索的是那个纯粹朴素的情感，是那个纯粹朴素的精神状态。为了诱导我们也在我们自己身上试作同样的努力，他们想尽办法来使我们看到一些他们所看到的东西：通过对词的有节奏的安排（词就这样组织在一起，取得了新的生命），他们把语言在创造时并未打算表达的东西告诉我们，或者毋说是暗示给我们。

还有一些人则更深入一步。在严格说来可以用言语表达的那些喜怒哀乐之情中间，他们捕捉到与言语毫无共同之处的某种东西。这就是比人的最有深度的情感还要深入一层的生命与呼吸的某些节奏。这些节奏之的所以比那些情感还要深入一层，那是因为它们就是一种因人而异的关于沮丧和振奋、遗憾和希望的活的规律。这些艺术家在提炼并渲染这种音乐的时候，目的就在于迫使我们注意这种音乐，使我们跟不由自主地加入跳舞行列的行人一样，不由自主地卷入这种音乐之中。这样，他们就拨动了我们胸中早就在等待弹拨心弦。

这样，无论是绘画、雕刻、诗歌还是音乐，艺术惟一的目的就是除去那些实际也是功利性的象征符号，除去那些为社会主义约定俗成的一般概念，总之是除去掩盖现实的一切东西，使我们面对现实本身。由于对这一点的误解，产生了艺术中的现实主义和理想主义之间的论争。艺术当然只是现实的比较直接的形象。但是知觉的这种纯粹性蕴涵着与功利的成规的决裂，蕴涵着感觉或者意识的先天的，特别是局部的不计功利，总之是蕴涵着生活的某种非物质性，也就是所谓理想主义。所以我们可以说，当心灵中有理想主义时，作品中才有现实主义，也可以说只是由于理想的存在，我们才能和现实恢复接触。我们这样说，绝不是什么玩弄词义的反戏。

（徐继曾 译）

泰戈尔

罗宾德拉讷特·泰戈尔（1861—1941），印度诗圣、作家、社会活动家。

其所作歌曲《向祖国致敬》，1950年被定为印度国歌。

名著有《春歌》《晨歌》《园丁集》《飞鸟集》《新月集》；

小说《沉船》《戈拉》《家庭与世界》。

1913年以其诗歌《吉檀迦利》获诺贝尔文学奖。

※ 竹笛

笛音是永恒的音乐，它像湿婆蓬松乱发中飞落的恒河，在大地广袤的胸脯上奔腾不息；又如神王宫阙的仙童临世，用人世的尘粒做天国的游戏。

伫立路边聆听笛音，我竟不理解自己的心绪。我试图把我的迷惘与平素熟稔的苦乐加以糅合，但糅合不到一起。我发觉，它比常见的笑容明亮得多，比看惯的泪痕沉郁得多。

由此我推断，"已知"是不真切的，真切的是"未知"。我心里何以产生这种古怪念头，书籍里没有答案。

今天早晨，我忽然听见从迎亲人家传来的笛声。

结亲的喜乐与普通乐曲有什么相同之处？隐秘的不满，深深的失望，遭受欺压的愤恨，渺小欲望包藏的自私，龌龊乏味的唇枪舌剑，不容宽恕的狭隘的纷争，生活里习以为常的尘封的贫困——这一切的形迹，神奇的笛音中可以发现吗？

鼓乐，撕破世俗生活上盖着的全部常用词汇的重幕。永世年少的一对新人那纯洁的目光交融，躲在绛红色含羞的面纱之下，在乐音中才显露出来。在笛音袅袅中交换花环时，我看见此地的新娘——戴着金项链、金脚镯，立在泪海一朵欢乐莲花上。

乐曲声中，绝对看不出她是寻常女性。这位面熟的黄花少女，以陌生人家的媳妇身份出现了。

竹笛说，这就是真实。

※ 韵律琐谈

我们的身架承负肢体的重量，行走依赖于四肢的协调动作；对立的体重与活动配合默契地嬉戏，也就是跳舞。肢体的优美动作，丰富了身躯的职责，这不是出于谋生的需要，而是表现了创造的愿望，并给身躯以动态的艺术形象。我们称之为舞蹈。

形象创造的无穷的浪潮，就是宇宙。形象源于韵律，现代原子理论深刻地阐明了这一点。普通的电流释放光，散发热，从电线看不见形象。但当电子达到一定的数量和速度，叩击我们的感觉之门，我们面前形象立即闪现，有的化为黄金，有的则是铅。一定的重量和一定的速度协合为韵律；没有韵律的神力，形象无从显露。世界创造的韵律之奥秘，深藏在人的艺术创造之中。

《梨俱吠陀》云：人的艺术颂赞神的艺术，人的各种艺术是对神的艺术的模仿。换句话说，人的艺术追寻宇宙艺术的奥秘。那本原的奥秘在韵律中，在光波中，在声波中，在血液中，在神经的电子波中。

人首先在自己的身体上创造韵律，因为人体适宜于韵律创造。人奋力挣脱地球的吸引，腾向空中。从人走的每一步都可以察觉到不稳的平衡，其间既有颠踬，也有收获。对他来说，跌倒比疾行容易得多。山羊生下来就会行走，但婴儿要花很长时间培养富于韵律的迈步的能力。前后，左右，一步一晃悠，艰难地保持着平衡，朝前走去。这绝非易事，看着幼儿摇摇晃晃地努力掌握步履的节奏，就能深刻地理解这一点。在发现步行的节奏之前，他只会爬行，也就是说他屈服于地球引力，无舞姿可言。

四足动物终生爬行，它的行走是向地球投降的行走。它纵身跳起，片刻之后又回到大地的怀里，耷拉着脑袋。反叛的人，使沉甸甸的躯体冲出大地的统治，他的行走使他得以正常工作，进行生活中并非都需要的游戏。他依靠韵律的帮助，战胜地球引力。

《梨俱吠陀》云：艺术是心灵的文化。形象塑造属于文化，当然可以称为艺术。人调节灵魂，改造灵魂，也就是说给它丰富的形象，那就是艺术。不独树木、石头，人也是艺术的素材。人不断地完善自己，最后脱离了野蛮。这样的文化是他自己创造的具有韵律的艺术。古往今来，这种艺术在不同的国家表现为不同的文明，它的韵律是五彩缤纷的。

和人的灵魂一样，人类社会也需要富于韵律的文化。社会也是艺术。社会中有五花八门的观点、宗教和阶层。社会内部的创造理论如果十分活跃，它发明的韵律中，各种成分就不会有重量上的太大差别。

韵律的缺损，是许多社会成为残废的根由，韵律的罪过造成许多社会的死亡。社会中某种音调骤然间变得过于强烈，昏沉的社会行路便摇摇晃晃，偏离韵律。换句话说，繁杂的观点、信仰和习俗的包袱扛在肩上，呵护韵律的社会步履维艰，被压垮恐怕难以避免。运动是世界的特性，变化则是家庭的特点，它们的坐骑是韵律，没有韵律的运动是向地狱的下坠。

人富于韵律的身体不仅促进生命运动，也促进情感变化，这在其他动物中间是看不到的。其他动物体内也有情感的语言，但不像人的神态具有灵性，所以它既没有动力也没有隐喻。

事情到此并没有结束。人是创造者，进行创造，必须把人生阅历融于世界的真实之中。人千方百计把体验过的悲欢怨恼带出幽秘深心，熔铸为形象的要素。"我爱……"这句话可以用自己的语言说出来，表明一段人生经历。然而，更应让"我爱"这句话脱离"我"，用于艺术创造，这样的艺术创造属于人类和历史。例如，沙杰汉的悲恸创造了泰姬陵，沙杰汉的创造凭借绝伦的韵律，超乎了沙杰汉个人。

舞蹈艺术的第一篇序言，是以肢体无意义的优美写就的，只包含韵律的欢乐。最原始的歌曲只有单调的节拍和乐音的重复；那不过是节拍的感染力的累积，给听觉以震撼。渐渐地，其间掺入了情绪的感染力。但是，当情感的宣泄忘却自身，换句话说，当倾吐感情不是目的，最高目标是形象创造时，舞蹈便可为大家欣赏。那舞蹈可能被人遗忘，但存在的日子里，舞蹈形象上必然打上永恒的印记。

我们看见白鹤翩翩起舞，它的舞蹈不是动作的同义词，也就是说，没有在技巧中终结。我们在鹤的舞姿中能窥见情感和高于情感的东西。雄鹤决心打动情侣的芳心，它的心灵会设法设计舞蹈语言和舞韵的奇特表现方式。白鹤的心灵能以翅翼创造舞蹈艺术，因为它的身躯是自由的。

狗的感情炽热，可惜身躯典押给了大地。激动不已时，尾巴有节奏地摇摆，就是它的舞蹈，身躯似烦躁不宁的囚徒。

人的自由之躯跳舞，人的自由的歌喉也跳舞，其间韵律的创造的奥秘拥有很大的地盘。蛇是无足动物，完全不同于有足的人。它委身于泥土，从不跳舞，诱它起舞的是耍蛇艺人。外部的激情使它身躯的一部分自由了片刻，摇摆颇有韵味。可它的韵律是从别人那儿获得的，不是自己情绪的韵律。韵律意味着情绪的波动。人的情感企望在繁复的艺术和韵律中赢得形象。早已泯灭了的众多的文明的废墟中，被遗忘的时代的情绪的声音，仍在大量画作、陶器和塑像中回响。人的欢乐情绪是那韵律之戏中的舞王。各种语言的文学作品中，情绪随着新舞荡漾。

人的轻快步履中有隐形的舞姿，如同诗韵隐藏在散文语言中。我们说某人走路姿势优美，某人走路样子难看，差别在哪儿呢？差别在于如何解决驾驭体重的问题。人的体重太裸露，步态不优雅，说明未能妥善解决这个问题；解决得好，必定是优美的。

帆船行驶是优美的，船的重量和船的速度相得益彰，两者的和谐中诞生飘逸，具有韵律美，没有使蛮力时受的洋罪。水手划桨，船工撑篙，尽量以动作的协调减少劳累，姿势也很美。无始无终的流光中，茫茫宇宙承载巨大的重量，以和谐的韵律运行。这和谐确保露珠乃至太阳都以圆的韵律构成，所以，花瓣、叶片和涟漪，或艳丽，或翠绿，或清澈地漾散。

上面谈了可观的舞韵。人的无言的肢体率先表露韵律的欢悦，之后肢体的暗示从语言的暗示中透露出来。下面再谈谈语言的韵律。

动物的声音的传播范围并不太大，虽有强度，分量很轻。狗叫，狼嗥，传播时不会面临克服重量影响的问题。在某些场合，这种问题也曾显露端倪。我们无意不公正地对待毛驴。毛驴不仅驮一堆脏衣服，吃苦受累，由于自己的嗓音还背负沉重的恶名。当它拖长吭吭的叫声时，不得不一段段地分割重量。关注自己的洗衣房的生意，再说驮一堆很重的脏衣服的毛驴叫唤起来富于韵律，我们是很犹豫的。真不知如何评说它的叫声！

人应当掌握语言的长度，控制延续的语言的重量。当曲子与人的语句叠合，音乐艺术得以扩展，支撑它的是运用的各种节奏。但称节奏或格律是载体是不妥的，它不是扛麻袋的苦力。它把重量分布在各个音程，给予律动。富于形象的歌曲，能拨动我们的心弦。

我们以语言传递信息，确保文章的真实性是我们的惟一责任。但当我们展示形象时，较之真实，更需要的是韵律。"从前一只老虎喉咙里卡了一根刺。"这纯粹是信息。作为一个事件或一个故事，是无须分辨的。但想把喉咙里卡了刺的老虎的尾巴投映在心幕上，语言中应加添韵律的魔力。

有如闪电的长尾摇摆，

霹雳击穿乌云，落下滂沱大雨，

喉咙里卡刺儿的老虎

疼痛难忍，翻滚怒吼。

诗歌不只是趣味文学，更是形象文学。一般来说，语言的文字具有意义，但在韵律中却附丽于形象。

以上是我对韵律的粗浅看法。给世界和人的语言以形象，是韵律的职业。在这篇文章的第二部分，我将具体分析孟加拉诗歌的韵律。

桑塔耶那

乔治·桑塔耶那（1863—1952），美国著名哲学家，作家与散文家。

他一生著述极多，初期作品除美学著作《论美感》外，

主要为诗歌剧作等文学作品。进入20世纪以后，他的著述重点转入哲学理论，

主要著作有《理性的生命》（五卷）和《存在之领域》（四卷）。

除哲学而外，他还发表过大量文学研究与散文小说作品，

其中《最后的清教徒》颇为人们所称道。

大师谈艺术

161

※ 云雀

　　每一个善良的英国人的身上都有着几分诗人气质；在他的性格深处总是储藏着那么一团富裕精力，这些他平日的一般事务既用不着，他身上的艺术才能又不足以使之获得明白表现。他的确能汲取到它，而且以一种发之于自由自在的欢欣怡悦的心境去掬饮着它，但也仅限于少数清净或虔敬的时刻而已。他常常觉得，除非他的全部日常冗务能够暂时彻底脱身，他便一切总不自在。这正是为什么他

的宗教总是那么淡薄而又（按他自己说法）那么纯洁：这个宗教与任何具体激情或事件无干；纯是一片虚无之境，它寥寂而藐远，宛如那缥缈的晴空。这也是为什么他热爱大自然，热爱乡间生活，但却不爱城居和厌烦俗人；而他自己喜欢的那些，又难免觉得失之孱弱，伤感甚至过于美化。其实他心底的那副诗才正是一种抒情之才。一旦当他掬饮了这精纯的幸福醇醪，而再返回到人世，他便会感到，这时他对人对己又将变得格格不入，难道他过去对人对己不都是透过那世俗与假冒的纱幕去窥视的吗？这时他已不再能够心安理得和保持自尊；他不能在洞悉人的一切之后而仍对人保持友善。但是尽量对人友善和对己忠实却又是他心底的深刻愿望；因为即使人生在其不加掩饰的情况下难免是一团乱麻和一场混战，然而灵魂的完美却又不时映动辉耀其间，因此仍然不失为某种补偿。哈姆雷特便是这受禁锢心灵的一曲经典表达，而天端的云雀则似乎是心灵在其对自由的追求上的一个活的形象。

说起这些云雀，我很怀疑它们体躯之中那些不够轻快飘逸的部分，按比例讲，便一定要比我们少得许多。难道这些云中之物便无须去寻觅食物和养育子女了吗？难道它们便不必按其特有的方式去操劳、防护和担惊受怕了吗？很有可能，饥寒疾病对它们袭击的频仍与厉害程度远远超过我们。但是我们对它们的种种却往往未能设身处地想想，而是仿佛看戏那样，只把它们看作所扮演的那个动人角色，而再想不到其他。我们路过田野时，倒也经常驻足去听听他们的高空歌唱，但却可曾想到它们的家庭苦恼；当然这时连它们自己也似乎全都忘掉，至少它们还有足够的余闲精力去纵情欢唱一番。正是这种辉煌的（虽说短暂的）解脱，这种以极大柔情对内心生活的带反抗性的异样重视，才使得每个有着诗心的英国人氏都喜爱云雀；云雀此时在他心目中的观念无异是一种欣幸的兄弟情谊，甚至即是一名导师或者向导形象。

云雀甚至使雪莱都羡慕起它，至于我们常人对其才情就更无不去羡慕之理，而这点既见之于其狂烈，也见之于其空灵。即使说到雪莱，他平生的许多外界环境对他灵感的发挥也不可不谓有利，因而曾使他得以那般自由而热烈地去纵情咏唱；当然也有可能他误以为那邈远的地域会有更多的感人事物，因而幻想在那白云布谷之乡里面恶鸟与痼俗或许不致像议会制的英国那么专横跋扈。他似乎认为人性的目的绝非在于酒食征逐，游猎竞选等等，不是在大学里优游岁月，或念点希腊文之谓，而是应当进入那天真的、抒情诗般的狂喜境界和形成烈焰似的理想信念，但同时却又不可使人变得贪婪妒忌和刻薄用情，也不可强迫之，禁锢之，使人尽失其率性任情之自由。说实在，牛津回廊与伦敦市街对于天性所能进行的翔驰之有利程度并不亚于英国郊野之于云雀；那里有足够的事物可供思考。但是雪莱对于人的天性太不耐烦；他感到惊骇不置的是，社会这个罗网里面装的尽是一些冷酷无情，野心嫉妒，其中善良的东西实在太少。他忘记了人类生活本来便是这样渺茫不定，因而对付那些逆境劲敌的惟一武器便是善于行动和善于斗争。这一情况对于云雀也不例外，如果单就其生存的基本物质方面而言；然而正因为它们的飞翔有形可睹，正因为这种飞翔乃是来自生物精力欢畅的迸发流溢，而绝无半点人工或思虑成分，因此这种飞翔遂使人觉得那内在的自我获得了彻底的解脱，一种在人来说不可能实现的解脱。

然而云雀的飞翔，却由于命运某种罕有的惠顾，一切仿佛尽是天机、果敢与信赖的流露，俨然超越了物质的界限；其中见不出半点经营与拘谨的痕迹。它们空中的生涯，在宇宙万物的盲目的悸动之中，纯然是天机活泼，一片沉酣。它们是黎明时分的爽籁，是探寻经验而又忘却的童稚心灵；当它们似乎在啜泣抽噎时，它们只不过在屏息敛气。当它们从地面腾空而起的时候，其急骤有如焰火的猝发或飞瀑的奔进，简直是一天花雨，彩焕缤纷；它们一路盘旋而上，层层升入清溟，又节节降至低空。它们的歌声宛如清溪的潺湲，婉转多姿，令人难忘，但又起伏低昂，因风变幻。它们的欢畅在我们看来真是天使一般，这不仅因为这种喜悦降自那辉耀的天宇高处，仰首翘企，仍然无影无踪——这本身就有几分崇高意味——而主要因为那云雀竟为唱而唱而狂歌如此。显然它们是在欢庆自己的佳节，倾注其全力于一种永恒的而又全然无用的东西，一种俄顷间的销魂般的快乐（惟其是无用的与永恒的），正像一般祀典与祭献的举动那样。整个生命在它的躯体之中完全得到净化。这正是我们所艳羡的；正是这个，才使我们于倾听之际，难免会哽咽起来，不觉涕之无从。它们似乎那么辉煌卓越地取得了我们穷尽一切努力而终无所获的那些东西（然而也是惟一不负它们一番苦辛的东西）：幸福、无私与活在精神之中的片刻瞬息。这时我们就会情不自禁地对自己说：

"啊，但愿我也能把一切忘却，但愿我也能不再那么瞻前顾后，但愿那思想的苍白范型不要把我变成一个奴隶，一个懦夫！

其实像云雀这类纯属体躯性的欢畅即使在人来说也都不算什么稀奇，而它们所唤起的种种联想对于英人则是一种强烈诱惑，原因是，就其现状而言，他们在道德上还很年轻，仍然比较贪图嬉戏游乐，仍然自信能将自己的全部身心携入到某种天国里去，不论在爱情还是在政治宗教方面，而还不到听天由命之年，既无须将那属于自然的归还自然，也无须把属于上帝的瞒哄上帝。唉，只可惜等待在他们前面的不过是一番悲惨道理，只须他再添几岁，这事不愁他不能明白。除非由于长年修养，积之有素，或者天降奇迹，百能顺应，因而上述欢欣已与大自然的全部音籁节奏息息相通，融而为一，这种体躯方面的欢欣必然只会遇到不幸结局。歌舞也好，爱情、嬉戏乃至宗教热情也好，都无疑是一些强大酵素催化剂；诚能用不违时，自是人生佳事。然而一旦当这一切或因迫于外力，转为肩上职责，或因出于需要，变成严肃问题，例如成了伦理或科学的研究对象等等，这时同样会弄得乐不抵苦。这时前此曾经仿佛彩云似的驰骤于梦魂之际的那股灵感狂飙早已无影无踪。灵感这事乃是体躯性的，这点我们从柏拉图的书中便不难隐约看出。灵感来自幽谷深渊，来自那地母赫希亚的炉灶，因而异教徒自不免要钦崇不置，敬如神祇。然而惟有艺术和理性才是（就其伦理意义而言）更神圣的，这一节倒并非因为它们不及灵感那样更多本诸自然（那贮有不少物种与精气的地母乃是万物之源），而是因为它们能攀登到那秩序、美与智慧的无极高天，那永恒尊荣的最终显现。在这个浦博无垠的广域之中。即使这个身无羽翼的两足动物也尽可以凌霄翔骞，纵声高唱。不过广阔太空尚不是艺术与理性的惟一活动天地；现在飞行人员不也一样能够做到（他们不过是一种新型的水手）。他们的升空入地一是为去冒险，二是能挣高薪；那只是一种年轻人的玩意儿，它的浪漫魅力很快便会消失；他们的全部技巧与辛苦所能换回的无非是一点物质报酬。人的真正光辉只在他的智力；如果他在任何别的方面也有什么光辉；那只能是愚蠢昏庸与虚张声势而已。一个人只要智力并不缺乏，那么凭借着它，自能不为事物的表象所蔽，不为一己的官能与欲念所围，不为一时一地的偶然际遇所束缚，而是挺拔超绝，卓然于尘俗的樊笼之外，这时未来的一切在他看来不过尽是些过去的旧事，而过去的旧事又时刻如在目前；至于对己对人，则是既能谴责，又能原谅，既能废绝，又能热爱。一旦当他的内心深处可以无拘无碍，上通神灵，空中云雀的那种癫狂激越又有什么值得特别歆羡！

他的心智即是他的翅翼。这并非是说，有了这个，世间的一切功名荣耀在他的动物性方面便能充分得遂，这事是只会失败的；而是至少能将他的失败高高携入到那笑与光明的世界当中，那里才是他的真正幸福所在。他并不能真的像云雀一样，在某个天之将晓，以它那青春般的激切狂热，和以那无拘无束、喷溢磅礴的无限活力，在云天之上振翮翱翔，仿佛生命的开始已经急不可待：这种整体乃是一只笼中雀的扑打挣扎，一种对现实环境与凡俗平庸的叛逆举动，它的自身虽然显示出某种预兆与某种精神，但也仅是一种失去其自制的精神，尚不足语于幸福，更谈不上能产生幸福。思维才能做到这样，那足为人生的极致之冠冕的思维往往能伴随我们历尽生命的全部行程，且使我们能安于它的结局。心智的焕发更是灿烂耀目，光华四溢，精彩有如荷马。它对天性中的一切都能追本溯源，究其底蕴，不为所制而又不加干扰，事实上心智往往能使天性变得更加惬意可爱，并能将其从虚荣浮夸之中拯救出来。

感觉好比是紧贴我们身边的一个活泼儿童，总是叫喊，你瞧，你瞧，那是什么？意志好比是一名唠叨家伙，总是怒气冲冲地指责我们不该这样那样。至于历史、故事与宗教则都好像诗人，他们总是不断地在把许多事实拿来改编，以便重新赋予它们以其自身并不存在的某种悲剧的统一。心智的这种种表现形式都是精神方面的，因而从物质上讲，乃是多余之事和不大受到拘牵；但它们的精神则是虔诚的，极好对心智寻根追源，因而常不免显得忧心忡忡，不似云雀的音乐乃至人的音乐那般辉煌灿烂，洒脱不羁；然而思维就其本性来讲乃是更纯粹的音乐，仅是其题材内容带有追溯性质和较好操心具体事实。其实这种操心也是少不得的，因为精神在人的身上不可能只是悠闲自在，行若无事，仿佛云雀那样，而是要将其劳动与智慧成果认真著录下来。人的负担向来沉重，长期无所事事会使他活不下去。他未尝不想一味沉湎于他的语言文字、金字塔与神话传说之中；但是他的安全范围原很有限，因而不可能将其偌大精力心力轻快和气派豪雄的随意浪置虚抛在他的游乐嬉戏上面，仿佛云雀那样。人的音乐乃是有其歌词可寻的；他给事物样样起了名字；他对自身的一部历史也要尽量抽绎出其内在旋律，并自信它比那实际情形更加富丽壮观。他的喜庆节日浸透着沉重悲哀；这些往往即是他生命当中种种重大转折的标志记录——收获、殡葬、补赎、恋爱与战争，等等。而如果他真的将这种种烦心的事都一概不管不顾，那他不是放浪即是癫狂。对他来说，惟一的解脱之道即是一篇清醒哲学——但也是评论性的而非梦幻性的，此外再无其他。他的心智最为风发踔厉、飞扬激越之际即是当着他的生命最少消耗之时；因为如果说艰苦的思维有时令人感到头痛，那乃是思维来得艰苦，而不是由于思维本身；我们的糊涂头脑所以常是碰碰撞撞，反反复复，主要因为我们不善思考。但是如果你的东西井井有条，那时理解起来就不会过于辛苦。心智既是战争之花，也是爱情之花。然而不论战争爱情，关键仍在一个理解。试想，当着那灵感到来情与境会的快意时刻，我们对于事物的领悟曾是何等的神奇惊人，我们曾经怎样地海阔天空，一跃万里，我们曾经怎样把那百千事物一眼抓住！这时哪里还有什么辛苦，这时是既无龃龉，也无踌躇，也无对所需弄清之事的苦心焦虑，曲折困难，而有的只是对这个复杂精巧、方面广阔的有趣世界的一番喜悦，一番陶醉，其空灵要眇有如云雀，但比它更富于细节性状。如其说云雀的歌之能够偶然超迈绝尘是由于它的酣畅恣肆与空虚欢乐，我们之能够如此却主要来自我们的歌的包罗广阔。瞻前而顾后原也是人的情理中事；对于来日的种种毫不考虑，对于已逝的一切也毫不惋惜，那就未免既欠诚实也太无勇气了。我们必须从这个基础出发，以我们人的弥漫精力（亦即人的艺术）去代替百合花的宁静祈祷，以我们人的广阔领域（亦即外界知识）去代替云雀的热情倾诉。

在这个全然不同的高度之上，我们就真的不难变得"像云雀一样的快乐"，只要我们也能像它们那样对于其游乐不加限制，甚至愿意像猫咪那样到处活蹦乱跳，然而奇怪的是，至少在现代社会当中，一些人对于思想总是那么态度粗暴和很少宽容。他们对思想好像对瀑布那样，总是想把它驾驭控制起来，或者像对瞎了眼睛的参孙，硬要他踩着他们的利益或正统的踏车来为他们日夜辛劳！他们的这份愚蠢，这份奴性真是可恶至极！他们认识不到，当那自然在经历绝大坐蓐之苦，终于把某种新的生命降生下来，那不可免的思想早已就在那里，而且不索分毫，另外不到此时绝不早来片刻。其实头脑的激扬沸荡也正像歌唱与飞翔那样，同样具有实用性质，而一开始时确曾帮助云雀生存下来，那情形正与百合花的洁白可能得自它引来的蜂蝶的虫媒作用这事并无不同；退一步讲，即便就是生理感官，它们与实用之间也还存在着不小距离。大自然对于她身上许多巴洛克式的装饰玩意儿，甚至她的某些缺点，往往过于耽爱，非到再不可留之时，绝不肯轻易抛弃。某桩显属有益的发明，某个刻不容缓的改革，她也很少关心，而只是到了后来，万不得已，这才不得不去胡乱作点尝试。大自然既本无实利目的，也就无须特别重视节俭、匆忙与简朴作风。对于精神她尤无吝啬之必要，这在她说既非负担，又无消耗，只不过听听它的笑声而已，不过在她内心深处，倒也始终是个奇迹，是桩奥秘。全部动物性的官能，也不论其为有益无益，在精神的领域之中（即其中可能觅到的一切喜乐痛苦与美之类）都可说享有这第四度空间。精神会把它自己生活于其间的那些飞逝时刻缀以抒情诗般的炽烈感情。精神真的会给百合花去着色，为紫罗兰去添香；它会把万千形影化成活跃的现实，而这些，在精神的光焰将其点燃之前，只是纷纷溶溶在万汇的消极的秩序与真实之中，正如鸽泉之畔的露西的妩媚在未邀得华兹华斯的清眷之前那样。自然的微笑并不总是意义足称的；它那充满着变化的和谐，而这个正是精神之所自出——正像星球的会合与食蚀等现象，就其对官觉上的似乎简易一点来说，虽是明显不过的事实，但在物质上讲，对于那些运中注定必然各走各路的旅行者却只是他们行程当中的一些临时驻足之处。云雀的歌声恍如流星一般，势必陨落与消失；人的聪明才智才是那星体之间钧天广乐的一个永恒乐部。

斯坦尼斯

拉夫斯基

斯坦尼斯拉夫斯基（1863—1938），

前苏联著名演员，导演，戏剧教育家、理论家。原姓阿列克赛耶夫。

1888年创建莫斯科文学艺术协会，1898年参与创办莫斯科艺术剧院。

他一生导演和担任艺术指导的话剧和歌剧共有120余部，

并扮演过许多重要角色。

他创立的演剧体系继承和发展了俄罗斯和欧洲的艺术成果，

著有《我的艺术生活》《演员自我修养》等书。

※ 艺术大众剧院开幕时的讲话

正好在十年前的这个时候，我同费·彼·柯米萨尔日夫斯基和现已去世的亚·菲·费多托夫，为莫斯科艺术文学协会的建立和开幕的准备工作而奔忙。

因此，我们的新事业、艺术大众剧院开幕的日子，就跟艺术文学协会的十周年纪念日巧合了。这是献给我们受庆贺的协会的礼物，它应当和音乐协会平分这礼物。

有人说，艺术文学协会用自己十年的劳动博得了观众某种程度的喜爱。如果是这样，我们可以回忆一下，克服观众对它的冷漠态度的，是共同的、齐心协力的、步调一致的工作。就让这个座右铭，像父亲的遗嘱那样，成为今天这个新生儿生活中的指导思想吧。

我们大家的使命就是作它的教导员。对我来说，这是一个期待已久的天国的婴儿。

我们这样长久地期待它，并不是为了物质利益；我们为自己祈求它是为了光明，为了美化我们这平淡的生活。要好好地认清落在我们手中的东西的价值，使我们不至于去痛哭流涕，就像小孩儿因为弄坏了宝贵的玩具而啼哭那样。如果我们不是用干净的双手来从事这事业，我们就会玷污它，使它庸俗化，而我们就会分散到俄国的四面八方——一些人回到那平淡的日常生活工作中去，另一些人为谋生而在外省肮脏的半剧院半游艺场里亵渎艺术。请不要忘记，我们分散的时候是浑身污浊，活该受到嘲笑，因为我们所致力的事业不是具有普通私人的性质，而是具有社会的性质。

不要忘记，我们要努力去照亮贫苦阶级的黑暗的生活，使他们在那笼罩他们的黑暗中得到幸福的、美感的片刻。我们力求创建第一座合理的、合乎道德要求的大众剧院，而且我们要为这个崇高的目标奉献自己的一生。

可要小心，不要揉弄这美丽的小花朵，否则它会枯萎，花瓣会从上面完全掉落。

婴儿的天性是纯洁的。周围环境使人间缺陷在他身上生根。保护他避免这些缺陷吧，那么你们将看到，这个比我们更理想的、会使我们自己纯洁的生命将在我们中间成长起来。

为了这样的目的，把我们微不足道的恩怨留在家里吧，让我们在这里聚在一起，为了共同的事业，而不是为了琐碎的争执和蝇头小利。一定要丢掉我们俄国人的缺点，向德国人借鉴他们在事业方面的正派作风，向法国人借鉴他们的毅力和对一切新事物的向往。希望引导我们的是这句座右铭："共同的步调一致的工作"，那么，请相信我，对于我们大家……

……这天一定会降临眼前，

那时从这由我们建筑的

光辉灿烂的大理石圣殿

高处传出神圣的钟声，

悬在我们头上的乌云黑幕被撕成碎片，

珍珠和钻石为我们

向大地撒遍。

1898年6月14日

罗曼·罗兰（1866—1944），法国思想家、文学家、批判现实主义作家、音乐评论家和社会活动家。长篇小说杰作《约翰·克利斯朵夫》，于1913年获法兰西学院文学奖金，1915年被授予诺贝尔文学奖。

※ 音乐

生命飞逝。肉体与灵魂像流水似的过去。岁月镌刻在老去的树身上。整个有形的世界都在消耗、更新。不朽的音乐，唯有你常在。你是内在的海洋，你是深邃的灵魂。在你明澈的眼瞳中，人生绝不会照出阴沉的面目。成堆的云雾，灼热的、冰冷的、狂乱的日子，纷纷扰扰、无法安宁的日子，见了你都逃避了，惟有你常在。你是在世界之外的，你自个儿就是一个完整的天地。你有你的太阳，领导你的行星，你的吸力，你的数，你的律。你跟群星一样的平和恬静，它们在黑夜的天空画出光明的轨迹，仿佛由一头无形的金牛拖曳着银锄。

音乐，你是一个心地清明的朋友，你的月白色的光，对于被尘世的强烈的阳光照得眩晕的眼睛是多么柔和。大家在公共的水槽里喝水，把水都搅浑了；那不愿与世争饮的灵魂却急急扑向你的乳房，寻他的梦境。音乐，你是一个童贞的母亲，你纯洁的身体中积蓄着所有的热情，你的眼睛像冰山上流下来的青白色的水，含有一切的善，一切的恶；不，你是超乎恶，超乎善的。凡是栖息在你身上的人都脱离了时间的洪流，所有的岁月对他不过是一日，吞噬一切的死亡也没有用武之地了。

音乐，你抚慰了我痛苦的灵魂；音乐，你恢复了我的安静、坚定、欢乐，恢复了我的爱，恢复了我的财富；音乐，我吻着你纯洁的嘴，我把我的脸埋在你蜜也似的头发里，我把我滚热的眼皮放在你柔和的手掌中。咱们都不做声，闭着眼睛，可是我从你眼里看到了不可思议的光明，从你缄默的嘴里看到了笑容；我蹲在你的心头听着永恒的生命跳动。

厨川白村

厨川白村（1880—1923），日本文学评论家、研究家。

受到小泉八云、上田敏的影响，致力于翻译介绍欧美近代文学和文艺评论。

著有《文艺思潮论》《出了象牙之塔》《苦闷的象征》等。

他开展文学批评后，潜心研究弗洛伊德的学说，注意文学与性、潜意识的关系，

由此而倾倒英国诗人布朗宁。他的文艺批评的特点是，既追求欧美文艺的新倾向，

又拘束于现实中的日本伦理观念，这种矛盾正是厨川白村内心苦闷的根源。

《缺陷之美》选自《出了象牙之塔》，它既是一篇文艺批评，

也是一篇优秀的文学论、美学论随笔。

※ 缺陷之美

在绚烂的舞蹈会，或者戏剧，歌剧的夜间，凝了妆，笑语着的许多女人的脸上，带着的小小的黑点，颇是惹人的眼睛。虽说是西洋，有痣的人们也不会多到这地步的。刚看见黑的点躲在颊红的影子里时，却又在因舞衣而半裸了的脖颈上也看见一个黑点。这里那里，这样的妇女多得很。这是日本的女人还没有做的化妆法，恰如古时候的女人的眉黛一样，特地点了黑色，做出来的人工的黑子。名

之曰beautiful Spot（美人的痦子），漂亮极了。

也许有人想：这大概是，妓女，或者女优，舞女所做的事吧。堂堂乎穿着robedécolleté的礼装的lady们就这样。

故意在美的女人的脸上，做一点黑子的缘故，和日本的重视门牙上有些黑的瑕疵，以为可以增添少女的可爱相，是一样的。

如果摆出学者相，说这是应用了对照（contrast）的法则，自然就不过如此。白东西的旁边放点黑的，悲剧中间夹些喜剧的分子，便映得那调子更加强有力起来。美学者来说明，道是effect（效果）增加了之故云。悲剧《玛克培斯》（Macbeth）的门丁这一场就是好例。并不粉饰也就美的白皙人种的皮肤上，既用了白粉和燕支加工，这上面又点上浓的黑色的beautiful Spot去。粉汁之中放一撮盐，以增强那甜味，这也就是异曲同工吧。

"浑然如玉"这类的话，是有的，其实是无论看怎样的人物，在那性格上，什么地方一定有些缺点。于是假想出，或者理想化出一个全无缺点的人格来，名之曰神，然而所谓神这东西，似乎在人类一伙儿里是没有的。还有，看起各人的境遇来，也一定总有些什么缺陷。有钱，却生病；身体很好，然而穷。一面赚着钱，则一面在赔本。刚以为这样就好了，而还没有好的事立刻跟着一件一件地出来。人类所做的事，无瑕的事是没有的，譬如即使极其愉快的旅行，在长路中，一定要带一两件失策，或者什么苦恼，不舒服的事。于是人类就假想了毫无这样缺陷的圆满具足之境，试造出天国或极乐世界来，但是这样的东西，在这地上，是没有的。

在真爱人生，而加以享乐，赏味，要彻到人间味的底里的艺术家，则这样各种的缺陷，不就是一种beautiful Spot吗？

性格上，境遇上，社会上，都有各样的缺陷。缺陷所在的处所，一定现出不相容的两种力的纠葛和冲突来。将这纠葛这冲突，从纵、从横、从上、从下，观看了，描写出来的，就是戏曲，就是小说。倘使没有这样的缺陷，人生固然是太平无事了，但同时也就再没有兴味，再没有生活的功效了罢。正因为有暗的影，明的光这才更加显著的。

有一种社会改良论者，有一种道德家，有一种宗教家，是无法可救的。他们除了厌恶缺陷，诅咒罪恶之外，什么也不知道。因为对于缺陷和罪恶如何给人生以兴味，在人生有怎样的大的necessity（必要）的事，都没有觉察出。是不懂得在粉汁里加盐的味道的。

酸素和水素造成的纯一无杂的水，这样的东西，如果是有生命的活的自然界中，是不存在的。倘是科学家在试验管中造出来的那样的水，我们可是不愿意尝。水之所以有甘露似的神液（nectar）似的可贵的味道者，岂不是正因为含着细菌和杂质的缘故吗？不懂得缺陷和罪恶之美的人们，甚至于用了牵强的计策，单将蒸馏水一般淡而无味的饮料，要到我们这里来硬卖，而且想从人生抢了"味道"去。可恶哉他们，可诅咒哉他们！

听说，在急速地发达起来的新的都会里，刑事上的案件就最多。这就因为那样的地方，跳跃着的生命的力，正在强烈地活动着的缘故。我们是与其睡在天下太平的死的都会中，倒不如活在罪的都会而动弹着的。月有丛云，花有风，月和花这才有兴趣。叹这云的心，嗟这风的心，从此就涌出人生的兴味，也生出"诗"来。兼好法师喝破了"仅看花好月圆者耶"之后，还说——男女之情，亦岂独谓良会耶？怀终不得见之忧；山盟竟破；独守长夜；遥念远天；忆旧事于芜家；乃始可云好色。

不料这和尚，却是一个很可谈谈的人。

小心地不触着罪恶和缺陷，悄悄地回避着走的消极主义，禁欲主义，保守思想等，在人类的生活方法上，其所以为极卑怯，极屠头，而且无聊的态度者，就是这缘故。说是因为要受寒，便不敢出门的半病人似的一生，岂不是谁也不愿意过的吗？

因为路上有失策，有为难，所以旅行才有趣。正在不如意这处所，有着称为"人生"这长旅的兴味的。正因为人类是满是缺陷的永久的未成品，所以这才好。一看见小结构地整顿成就了的贤明的人们之类，我们有时竟至于倒有反感会发生。比起天衣无缝来，鹑衣百结的一边，真不知道要有趣多少哩。

毕加索

巴勃罗·毕加索（1881—1973），西班牙画家，法国立体派创始人及代表者。毕加索是20世纪在生前就最富有、最著名的画家之一。他的惊人的才智，永不衰竭的艺术生命力的神秘性质，使他在世时就成了一位传奇式人物。毕加索以现代人的精神需要为尺度，立足于主体创造的价值，成为塞尚的继承人和超越者。其代表性作品主要有《格尔尼卡》《亚威农少女》和目前世界上成交价最高的《持烟斗的男孩》。

大
师
谈
艺
术

179

※ 《亚威农少女》的诞生

我独自一人在那家吓人的美术馆内，里面放满各种面具、印第安人制作的娃娃和满是灰尘的模特儿。《亚威农的少女》一画的构思就是那天形成的，这绝不是缘于我见到的那些形态各异的艺术品，而是由于这是我创作的首幅驱妖降怪的作品，断然如此……当我来到特罗卡蒂罗美术馆时，那里的一切是那样令人恶心；跳蚤市场的气味是那么难闻；我孤身一人，急于想离开。

　　但我没有离开，而是留了下来，这对我来说极为重要。我身上正在萌发一种东西，难道不对？那里的面具已不再是其他雕塑品，完全不是，它们是一些神奇之物。可是，埃及和迦勒底作品为何不是如此？我们以前并未意识到，它们是原始作品，并非神奇之物。那些黑人作品是'中介'，从那以后我就记住了这个法文字。它们与一切分庭抗礼，与那些不为人知的威吓人的精神作斗争。我常常看着那些我崇拜的偶像，明白自己也是反对一切的。我同样相信一切都是未知数，世间的一切都是敌人！一切的一切！我并不具体指什么，诸如女人、儿童、婴孩、烟草玩耍，而是指一切。

　　为什么要以这种方式来雕塑而不是其他？不管怎么说，他们还不是立体派艺术，因为立体派艺术尚不存在。很显然，有人创造了模特儿，其他人则照搬照套，对吗？难道我们不正是将其称之为传统？然而，一切偶像都用作同一个目的——当武器。这些武器可以帮助人们免遭精神因素的影响，帮助他们获得独立。它们又是工具，假如我们给精神以某种形态，我们就可以摆脱它而获得独立。精神、情绪和无意识都是一回事，我也明白自己为何成为画家。

纪伯伦

卡里·纪伯伦（1883—1931），黎巴嫩旅美派作家、诗人和画家。
1920年发起创建《笔会》，任会长，遂成为阿拉伯旅美派文学领袖。
作品有浓郁的浪漫主义和象征主义色彩，常融诗情与哲理于一体，
寓意深刻、隽永，别具一格。作品甚丰，有中篇小说《折断的翅膀》、
散文诗集《泪与笑》《先知》等。

※ 论美

于是一个诗人说：请给我们谈美。

他回答说：

你们到那里追求美，除了她自己做了你的道路，引导着你之外，你如何能找

着她呢？

除了她做了你的言语的编造者之外，你如何能谈论她呢？

冤抑的、受伤的人说："美是仁爱的，和柔的，如同一位年轻的母亲，在她自己的光荣中半含着羞涩，在我们中间行走。"

热情的人说："不，美是一种全能的可畏的东西。暴风似的，撼摇了上天下地。"

疲乏的，忧苦的人说："美是温柔的微语，在我们心灵中说话。

她的声音传达到我们的寂静中，如同微晕的光，在阴影的恐惧中颤动。"

烦躁的人却说："我们听见她在万山中叫号，与她的呼声俱来的，有兽蹄之声，振翼之音，与狮子之吼。"

在夜里守城的人说："美要与晓曦从东方一齐升起。"

在日中的时候，工人和旅客说："我们曾看见她凭倚在落日的窗户上俯视大地。"

在冬日，阻雪的人说："她要和春天一同来临，跳跃于山峰之上。"

在夏日的炎热里，刈者说："我们曾看见她与秋叶一同跳舞，我们也看见她的发中有一堆白雪。"

这些都是他们关于美的谈说，

实际上，你却不是谈她，只是谈着你那未曾满足的需要，

美不是一种需要，只是一种欢乐。

她不是干渴的口，也不是伸出的空虚的手，

却是发焰的心，陶醉的灵魂。

她不是那你能看到的形象，能听到的歌声，

却是你虽闭目时也能看见的形象，虽掩耳时也能听见的歌声。

她不是犁痕下树皮中的液汁，也不是结系在兽爪间的禽鸟。

她是一座永远开花的花园，一群永远飞翔的天使。

阿法利斯的民众呵，在生命揭露圣洁的面容的时候的美，就是生命。但你就是生命，你也是面纱。

美是永生揽镜自照。

但你就是永生，你也是镜子。

（冰心 译）

※ 旅美派诗人

赫里勒把诗歌格律整理得井井有条，犹如把珍珠穿成条条项链。假如他想到这些格律会成为人们衡量才智的准绳，或者成为人们拴住思想贝壳的绳索，那他定会扯断项链，让珍珠撒落地上。

穆泰纳比和伊本·法里德曾写下许多诗。假如他们事先知道这些诗会成为一些枯竭思想的源泉，会成为束缚控制今天一些人的感情的缰绳，他们定会把墨水瓶扔向遗忘滩，随手折断所用的笔。

假如荷马、维吉尔、迈阿里、弥尔顿的灵魂有知，那似上帝心灵化成的诗篇，竟在权贵门前止步不前，那这些灵魂定会远离我们的地球，隐藏到其他星球后面。

我并非那么挑剔固执，但是，我不忍看到灵魂的语言从一些蠢材的嘴里说出来，不愿见到神仙的墨水从骗子的笔端流出来。并不是只有我一个这样看，很多人像我一样注视着这些要把自己吹成水牛的青蛙。

人们！诗歌是神圣灵魂的体现，是微笑，能唤醒心灵；是叹息，催人泪下；是幻影，住在心田，从灵魂吸收营养，从感情取得饮料。如果诗歌不是这样，那就是遭人唾弃的假基督。

啊，诗神！啊，埃拉托！请宽恕那些靠近你的人的罪过，他们喋喋不休，却不以自己的心灵的荣耀和思想的向往崇拜你。

啊！诗人的灵魂，正从永恒世界的峰顶注视着我们。我们本无缘接近你们用自己思维的珍珠和心灵的瑰宝装饰的祭坛，只是我们这个时代常常兵戎相见，作坊嘈杂，我们的诗歌才诞生，像火车一样笨重、冗长，如汽笛一般刺耳扰人。

真正的诗人们，请你们原谅我们。我们属于新的世界，我们始终追求着物质。在我们这里，诗歌已变成了物质，是用手来传递，而不是心灵的交流。

莫迪格利阿尼

莫迪格利阿尼（1884—1919），意大利著名画家、雕塑家。

一生始终不得志，但又充满理想、雄心与激情，这使他不得不用酗酒、

吸毒来进行自我安抚，并在沉迷中进行创作。在他生命的最后一年，

莫迪格利阿尼感觉到痛苦的不可抗拒以及某种悲剧宿命，

用纵酒等慢性自杀的方式结束了生命，时年35岁。

※ 在佛罗伦萨咖啡馆的演讲

我需要新的生命气息，我生来就是为了在紧张工作之余，享受生活的。我们和常人不一样，我们肩负着高于一般道德标准的使命。我们的责任不仅是牺牲自己，而且要实现梦想，要精神饱满地投入到那不可知的伟大战役中去，不畏艰难。

追求美是一个痛苦的经历，但这种追求本身会使我们的灵魂升到至善至美的

境地。我们每战胜一个困难都显示着我们个人意志的又一次强大，使我们的抱负得到一次必要的更新。必须坚定信心，最大限度地施展我们的创造力，并为此艰苦奋斗、超越自我的局限。我们怎能把自己的追求探索限制在常人的道德标准之内呢？一个人如果不能利用本身的能量产生新的追求，进行新的创造，不能肯定自我，冲击一切，那么他只能是一个贪图安逸的小资产阶级分子了，只是一个畸形人。而艺术家，应该是超人。

劳伦斯

戴维·赫伯特·劳伦斯（1885—1930），英国小说家、诗人、文学评论家。
代表作有《虹》《儿子与情人》《恋爱中的女人》《查泰莱夫人的情人》《羽蛇》等。
因在作品中存在大量的性描写而广受争议。

※ 直觉与绘画——《D.H.劳伦斯绘画集》自序

英国哺育出的画家是如此之寥寥，这并非因为英国这个民族缺少视觉艺术的真正感觉。诚然，看看英国的绘画，看看实实在在的英国风景被他们画成那个样子，你会认为他们是这样的民族。但这并不是上帝的错误使然。他们与任何别的民族一样天生具有审美的灵敏，错就错在英国人对生命的态度上。

英国人，还有尾随而来的美国人全因着恐惧而瘫痪了。就是这个挫折，歪曲了盎格鲁-撒克逊的存在。它同样挫败了生命，毁灭了视觉，扼杀了冲动。这压倒了一切的恐惧，到底是怕什么呢？盎格鲁-撒克逊民族到底被什么吓成这副呆板相？若要弄明白英国在视觉艺术上的失败，我们得先回答这个问题才行。是的，总的来说，英国视觉艺术是个败笔。

这是一种古而又古的恐惧，可以追溯到文艺复兴时期的英国人心理。没有谁比乔叟更可爱、更无所畏惧了。可到了莎士比亚就出现了可怕的恐惧，害怕后果。这是英国文艺复兴运动的奇特现象：对行为后果神秘的恐惧。它在16世纪末的意大利也有反应，出现同样的恐惧，不过不像英国的恐惧来得这样大，这样不可收拾。阿里蒂诺就不胆小，他像所有文艺复兴时期的小说家一样勇敢，甚至还更高他们一筹。

而16世纪末叶紧紧攫住北方人的是一种恐惧，是对性生活的恐惧。这正是从我们认为很不可一世的伊丽莎白时期开端的。哈姆雷特真正"致命的退缩"全然是性的萎缩——这小伙子怕的是与他母亲的乱伦。在我看来，性这东西带来了史无前例的混乱与无以言表的恐惧。在这一方面，俄狄浦斯与哈姆雷特则全然不同。在俄狄浦斯来说，他压根儿不惧怕性——希腊戏剧并没有向我们展示这一点。希腊悲剧向人们展示的是反抗命运——人被命运所束缚，因此感到恐惧。可是，文艺复兴，尤其是美国的文艺复兴却带来了对性的恐惧。奥烈斯特是为命运所驱使并被复仇女神逼疯的。可哈姆雷特却是害怕与母亲的肉体联系，这种恐惧也使他厌恶欧菲利娅，甚至厌恶已成鬼魂的亲生父亲。他一想到肉体联系就害怕，似乎那是什么见不得人的脏东西。

毫无疑问，这全是牺牲了本能——直觉意识去发展"精神—理智"意识的结果。人开始惧怕自己的肉体，谈性色变，于是开始死命压抑那激进、肉感和性感的本能——直觉意识。骑士诗和爱情诗已经开始脱离肉体了。堂恩早期狂热地写了一阵子亲亲爱爱的诗，后来就变神圣了。"只需你的双眸凝视我"已成了骑士的表达方式，这在乔叟的诗中是绝对没有的。

可到了伊丽莎白时期，人们的意识开始了大裂变。人的理智开始从肉体、本能和直觉那里退缩。对于王朝复辟时期的戏剧家们来说，性总的来说是件肮脏的事，可他们好歹还在肮脏中取点乐。费尔丁试图为人的犯罪本能辩护，却毫不奏效。理查德森清心寡欲，即便是激动也是偷偷摸摸的，他把什么都一扫而光。斯威夫特则对性和排泄发疯地反感。斯泰恩对同样的排泄显出幽默的态度。肉体意识最终由彭斯歌唱，从此就死了。华兹华斯、济慈、雪莱和勃朗特三姐妹全是些个死气沉沉的诗人。最重要的本能——直觉的肉体已经死了，他们只崇拜死了的肉体，这种做法才太肮脏。到了史文朋和奥斯卡·王尔德，他们试图把肉体从理智手中解救出来。可史文朋的"白色大腿"则纯属理智。

　　在英国，随后是在美国，肉体的自我不像在意大利或大多数欧洲大陆国家那样被蒙上遮羞布或遭到禁忌。在英国，它引起了奇怪的恐怖。这种超恐怖，我想，是来自对梅毒及其后果的震惊。梅毒这东西弄不清从哪儿来的，在15世纪末的英国还算件新鲜事，可到了16世纪，其危害大大明显起来，它震惊了人们的深谋远虑和富有想象的思想。英格兰和苏格兰的皇族们染上了梅毒，爱德华六世和伊丽莎白一生下来就受到这种家族遗传病的影响。爱德华六世还是个孩子时就因梅毒而死，玛丽则死而无嗣，为此抱恨。伊丽莎白不长眉毛，牙齿溃烂。她一定认为自己不那么适合结婚，可怜的人儿。这就是伊丽莎白女王盛誉背后隐藏着的恐惧。都铎家族就这样灭了，继承王位的却是另一个不幸的梅毒患者詹姆斯一世。很明显，苏格兰的玛丽女王也并不比都铎家族的人幸运。很明显，她丈夫丹利染上了梅毒，不过也许一开始玛丽并不知道。可是当圣·安德鲁的大主教给她的儿子、未来英国的詹姆斯一世施洗礼时，那老牧师手上梅毒淋漓，玛丽吓得魂飞魄散，生怕他把梅毒传给婴儿。其实她的担心为时已晚，因为这可怜的孩子已经从丹利这个傻父亲那里继承了梅毒。这位英格兰的詹姆斯一世于是就淌着口水，步履蹒跚，是基督教世界中最聪明的傻瓜。斯图亚特王朝也同样毁灭了，整个家族全让这种病给搞衰竭了。

　　英格兰和苏格兰的皇族们都是这副德性，我们就可以判断这两个民族中生活放浪、纵情胡搞的贵族们该是什么样的人。英格兰与东方和美洲都有贸易关系，于是它就不知不觉中为梅毒打开了大门。英国贵族四处旅行，品尝着爱的奇味儿，于是梅毒进入了这个民族的血液中，特别是进入贵族的血液中，他们更有传染的机遇。梅毒先是入血，随后进入思想，撞击着人们活生生的想象力。

　　很可能，梅毒的影响和人们对其后果的认识就在这个时期给西班牙人的心理带来了重大的打击。而意大利人的履历不太广，与美洲没什么联系，他们自成体系，因此受梅毒之苦就轻得多。真应该有人对伊丽莎白时期梅毒对各不同民族的心灵、感情和想象力所产生的影响做一番全面的研究。

对伊丽莎白时期的人和王朝复辟时期的智者们来说，这种影响是奇怪的。他们似乎只把这种事当玩笑，口头上用来咒人的话就是"让你得点梅"，听起来很好笑。这咒语也太一般了！"梅"这个词在人们心中和嘴中竟如此平常，伊丽莎白时期的人都不当一回事，他们很有男子气地对待它，如同福斯塔夫似的哈哈一笑了之！梅！你染了点梅！哈哈，你干了些什么好事儿？

这正如今天的普通人对待微小的性病一样。可能我的经验而言，梅毒已不再被看成一种玩笑了。光这个词儿本身就够吓人的了。你可以拿"梅"开玩笑，可"梅毒"二字却玩笑不得。一字之差就让人笑不起来。人们仍然拿"淋"开玩笑，因为这是一种无关紧要的性病。人们装作男子汉对待"淋"，甚至装作得了这病或装作得过这东西。

"什么！你连点淋都没染上过吗？真是的！"绅士们相互叫着。"怎么回事，你这辈子怎么活的？"

可如果换成"淋病"，就玩笑不得了。不过的确有年轻人面色铁青瑟瑟发抖地来告诉我他们怕是"染上了点淋"。

尽管伊丽莎白时期的人们都拿梅毒开玩笑，可对他们来说这并非儿戏。玩笑可以说是一种对付灾难的勇敢办法，但也可以说是一种胆小鬼的办法。我就觉得伊丽莎白时期的玩笑是一种纯粹懦弱的表现。他们并不以为这东西好玩。天晓得这一点都不好玩，可怜的伊丽莎白没有眉毛、牙齿溃烂，这并不好玩嘛。他们懂这一点。他们可能还不知道这是梅毒造成的直接后果。这个事实说明，没有哪个人患了梅毒或其他致命的性病而不感到震撼身心的恐怖，这恐怖会穿透他的生命之根，没有人看到别人得了性病而不深感恐怖的。我们的肉身注定了我们要一同分享这种恐惧感。这种恐怖太强大了，人们拿梅毒开玩笑不过是一种逃避，接下来就是一片寂静！巨大的寂静！人们被吓得魂不附体了。

现在么，有了药方治梅毒，我们不必太害怕了。怕了这许多年，我们可以开始正视这个问题了。最可怕的破坏总算过去了。

那令人失魂落魄的恐惧是人类心灵的一剂毒药，它就像一个可怕的毒瘤，从伊丽莎白时期起就毒害着我们的意识。那个时期的人第一次发现梅毒之毒会进入人的血液，于是大惊失色，梅毒令人代代恐惧。

我对医学一窍不通，也不大懂这病那病的，我举的几个例子都是读书中的偶然巧得。但是我相信，对于梅毒的悄然意识及其对梅毒的全然神秘的恐怖对英国和美国人的思想产生了巨大、无法估量的影响。甚至当这种恐怖只显露端倪之时它就已经很厉害了。我相信，莎士比亚悲剧中的某些恐惧和失望就是因为他意识到了梅毒的危害才有的。这并非是猜测莎翁是否也染上过梅毒，反正我自个儿是没得过这种病。但我承认我太怕这玩意儿了，不仅是怕，而且是恐惧。其实我倒不怎么怕得上，只是一想到这东西的存在我内心深处就不寒而栗。

说这些听起来似乎与绘画离题十万八千里了。可这不是什么听起来如何的问题。我们内心深处所想象的梅毒对我们的性生活着实是一大打击。从此以后，乔叟的真正自然淳朴就不存在了。为了生殖的性行为可能会导致一种脏病，那未出生的孩子一怀上的那一刻就沾上了这东西。想想就吓死人的事！是太可怕了，几个世纪以来尽管我们对此司空见惯，可还是怕它。它一直让人想着就害怕，为了让我们得到解脱，我们应该苦思冥想，尽力想办法，而不是像鸵鸟一样躲进沙丘中编几个傻乎乎的玩笑或更为愚蠢地置之不提。梅毒或任何别的性病会传染未出生的婴儿，这后果让人们害怕极了，它令任何做父亲的包括那些最干净的父亲深感震惊。

我们的思想真是个奇怪的东西，意识到了什么东西思想就会受到致命伤，尽管这东西并未直接触动我们。所以，我相信莎士比亚笔下的某些弑父情结，哈姆雷特对母亲、对叔父及所有老年男人的惧怕，这些全是因为他觉得父亲会传染给孩子梅毒。我甚至不知道莎士比亚是否的确意识到对患梅毒的父母所生育的孩子来说梅毒意味着什么。他或许没意识到，但他极有可能意识到了这一点。他肯定意识到了梅毒本身对人，特别是对男人的影响。这种意识撞击着他的性想象力，撞击着他做父亲的本能并给他的生殖行为增添了些许恐怖感。

恐怖感之所以进入人们对于性和生殖行为的想象中，部分原因是由于清教主义的兴起，对查理斯一世的处决和新英格兰殖民地的建立。如果真是美国人带来了梅毒，那么他们就该得到清教主义，会被梅毒彻底吓破胆。

比这更严重的是，这种恐惧感会使人的思想瘫痪。人之最基本的东西就是他的性与生殖生命，他不少强壮的本能和流动的直觉所依赖的就是他的性和生殖生命。人的亲缘本能使人们携起手来，这种血肉的亲和力促使本能意识的热流在人与人之间流淌。我们之所以能真正意识到对方，靠的是本能而绝非理智。人与人之间相吸引，实在凭的是本能和直觉，绝不是靠判断。或许在人与人的相互吸引中存在着人生最大的愉悦。相互的吸引可以使我们在两三个小时之内喜欢我们的旅伴，也可以加深感情，使之变成强大的爱，持续一辈子。

可梅毒造成的恐怖感对我们肉体的交流感觉带来一大打击，事实上它杀了它，我们从此变成了理智的人，我们只存在于各自的理念中而不是有血有肉的人。肉体和血肉亲和感崩溃了，取而代之的是我们思想上、社会上和政治上的同一，于是我们的直觉意识——人类那了不起的躁动也随之失灵了。我们惧怕自己的本能，惧怕自身的直觉。我们压抑本能，割断了我们与别人和这世界之间的直觉意识，其原因就是生殖自我受到了重大的打击。我们现在只把各自当成是思想、社会和政治实体，没血没肉，像萧伯纳笔下的人物一样冷酷。我们的本能已经死了，全变冷了。

只依靠直觉，人就可以真正地意识到他人或活生生的实体世界，仅凭着直觉男人就可以生活并且感知女人或世界。仅凭着直觉人就可以再现神奇意识的意象，我们称这东西叫艺术。过去的人再现了神奇意识的意象，现在我们按习惯仰慕这些东西。比如，习惯告诉我们要仰慕波提切利或乔基奈，所以什么旅行指南上都给他们的绘画标上星标让我们去瞻仰。可这全是伪造，甚至那些人的激动——甚至人们称之为激情的不过是这些旧画中潜流出的理性的激动。其实他们的直觉和本能的肉体深处并没有产生回应，并没有受到触动。他们不能这样，因为他们已经死了。一具僵死的直觉肉体站在那里凝视美丽的躯体时往往只会产生厌恶。有时他们会感到理性的闪耀，于是他们称之为狂喜或美的回应。

现代人，特别是英美人，是无法发挥自己全部的想象力去感受什么的。他们像瞎子看不到颜色一样地看待活生生的意象。想象力，包括肉体和直觉的感悟能力正是他们所没有的。可怜的人们，他们肉体和直觉的感悟能力已死了。他们站在波提切利所画的维纳斯前面——按习惯说这是一幅"美丽"的图画——就如同一个瞎子站在一束玫瑰、石楠花和麝香前一样，他们会说："请告诉我，哪个是红的，让我摸一下那红色吧！让我摸一下白色！哦，让我摸一下吧！我摸的这是什么？是麝香吗？是白的吗？你是说紫红加黄点点的吗？可是，我摸不出来啊！它到底是什么颜色啊？是白丝绒样的还是纯粹像绸缎？"

可怜的瞎子啊！可他也许对活生生的美有一种强烈的感悟。只凭着触摸和嗅觉，他的直觉就可以很活跃，因此他可以获得一种真正心灵上满足的想象经验。可这绝非图像，图像是他永远也不能企及的。

可怜的英美人在波提切利画的维纳斯面前就是这副瞎相，他们拼命地睁大眼睛，多么想看看啊。要知道他们的视力是没毛病的，可他们看到的只是一个光身子的女人站在碧水托着的一只什么壳子中。按一般常规，他们着实不喜欢这幅画的"做作劲儿"。如果他们是些高雅之士，他们从中获得的是一点儿自作聪明的审美快感。可是那更属于肉体的真正想象，意识却与他们无缘。"什么也没有啊。"正如人们问法国人天使们是否在天上做爱时他们所说的那样。

哦，这些情趣高雅之士，他们满怀狂喜地凝望着这幅画，从中获得一种毫无偏差的理智激动！这些高雅之士那可怜的肉体站在那儿就仿佛一座座死呆呆的垃圾箱，根本不能感受全部的想象在他们身上的震动。"什么也没有啊。"本能和直觉在他们身上几乎已经死了，他们甚至还害怕那仅有的一丁点儿。他们对本能和直觉的惧怕比听到英国男孩子的叫喊更甚——"喂，杰克！来看呀，这女孩儿一丝不挂，有两个醉鬼正朝她啐唾沫呢！"这就是他对波提切利的维纳斯的看法，对他来说这幅画就意味着这些，因为他不具备想象力，看不懂这画中的意境。不过，他至少不会像那些高雅之士一样故作一阵子理智上的激动，这些人才真正是毫无眼光呢。

没什么两样，有教养和没教养的，他们都受制于那种无可名状却压倒一切的对肉体深处本能的恐惧和仇恨，恐惧那对肉体奇妙的直觉意识。怕，除了思想他们什么都怕，思想中倒是不会有毒菌。可这种恐惧可以追溯到对生殖肉体的惧怕，也可以追溯到梅毒给人们带来的震惊。

对本能的恐惧包括对直觉意识的恐惧。"美是一个陷阱"——"美是肤浅的"——"行为美才是美"——"外表不算数"——"人不可貌相"——你如果意识到了的话你会发现有成千上百个诸如此类不值钱的谚语喋喋不休地吵了我们两百多年了。全是假的。美不是陷阱，也不肤浅，因为它总意味着形态的美，而行为美的人往往是些丑陋、令人生厌的人。如果你不在乎事物的外表，你会让英国布满贫民窟，最终导致精神上的沮丧，那简直是自杀。如果你不是凭外表作判断，也就是说如果你不相信事物给你留下的印象，那么你就是个傻瓜。所有这些低档次的谚语都是直接与直觉意识作对的。自然的是，人们从人体美、从事物外形的美感中得到不少生活的满足。老派的英国人满怀孩子似的乐趣建筑自己的房舍，这种乐趣纯粹是发自直觉的。而现代英国人有了几种舶来的思想，反倒不知该如何感受了，把感觉弄得一团糟，尽管他们也许是在建筑和造房子方面进行改良。那惟一把我们与肉体和实体直接相连的直觉已被窒息而死，我们已经不懂得去如何感受了。我们明知自己该去感触点什么，可，是什么呢？哦，告诉我们是什么吧！这是所有民族的现实，法国人和意大利人与英国人情况一样。看看法国的新式郊区吧！逛逛"贵妇商场"或其他法国的大商店，浏览一下那里的陶器的家具吧。在这些傻呆呆的丑恶东西跟前，你体内的热血都会冰冷了。在此你不得不承认现代中产阶级是大傻瓜蛋。

在所有的国度里，反本能、反直觉的运动都会打出一副道德腔调，它起始于仇恨。我们永远不能忘记，现代的道德扎根于仇恨，那是对本能的、直觉的和生殖的肉体所抱有的深仇大恨。这股子仇恨因为人们的恐惧而加深，而无意识中对梅毒的恐惧又是新添的一服毒药。于是，我们明白当代中产阶级的思想了，原来这思想是围绕着恐惧与仇恨之秘密支柱旋转的。这才是所有国家里中产阶级思想的轴心——惧怕和仇恨本能的、直觉的和生殖的男妇胴体。当然了，这恐惧和仇恨要以某种正义的面目出现，于是有了道德。道德说，本能、直觉以及生殖肉体的一切行为都是罪恶的；同时它还许诺，如果人们压抑这一切，就可以得到回报。这是了解中产阶级心理的一条主要线索——回报。这种心理在玛丽亚·埃基渥斯的故事中表现得最明显，她的故事肯定对普通人造成了难以言状的破坏。老老实实着，你就会得到金钱。恶毒，你最终会分文不名，那些好人会给你一点施舍的。这是世上顶有说服力的道德箴言了。事实上人们发现，即使在弥尔顿心中，《失乐园》中的真正英雄也该是撒旦。可大多数人受这种道德的引诱，还未等到意识到这一点就做了工业主义的奴隶；奴隶占有了财富，从而由金钱、机器和工资奴隶构成的我们的现代"文明"开始了。我们千万不要忘记，它的核心是恐惧和仇恨，极度地恐惧和仇恨自己的本能与直觉肉体，恐惧和仇恨别的男人和女人热烈的生殖肉体和想象力。

现在，这种恐惧和仇恨对造型艺术的影响变得明显了。造型艺术全然是依赖对物质实体的描述和对物质实体之真实的直觉感悟的。物质实体的真实只能通过想象来感知，而想象则是由直觉意识所主宰的激动状态中的意识。造型艺术都是虚幻的，虚幻是我们想象生命的实体，而想象生命是我们的一大乐事和满足，因为想象是一种较之其他东西更有力、更完整的意识流动。在真正想象的流动中，我们完整地——肉与灵同时在更为激动的意识支配下感知。想象的极致是我们达到宗教境界之时。如果我们否认自己的想象，没有虚幻的生活，我们就是一群没有生活过的可怜虫。

17世纪和18世纪有过对直觉意识的刻意否定，我们可以看到这种否定对艺术产生的影响，想象力变得更直观而缺少直觉，绘画竟开始繁荣。可那是什么样的绘画啊！瓦都、安格尔、蒲桑和沙代的作品还闪烁着一些真正的想象之光。在某种意义上说他们还是自由的。清教主义和理性主义还没有用恐惧和仇恨压垮他们。可是，请看看英国吧！霍迦斯、瑞诺兹和根斯波罗这些人早已变成了中产阶级。对于他们，衣服已经比人更重要了。衣服突然令人吃惊地变得重要起来，他们是如何给主体穿上衣服的呀。老瑞诺兹笔下着红色制服的上校更多的是强调他的红制服而不是一个个人。至于根斯波罗，我们可以用一句话打发他：多漂亮的衣服和帽子呀！货真价实的意大利绸缎！这类画着衣服的绘画一直很时髦，以至于到后来发展到萨尔金特的画画的全是最贵重的缎子，缎子上露着一个很标致的小脑袋。想象力已经快死了，那些画给人的视觉是一片耀眼的色彩。

提香、委拉斯凯和伦勃朗的画中，人尽管也穿着衣服，可那衣服上充满了个性的生命，热烈的生殖肉体的光芒透过衣服直射而出——不管那人是半瞎的老妪还是怪诞的西班牙小公主。可现代人呢，除了衣服再也不意味着别的什么了，只见头从衣服上露出，手臂从袖子中露出，真让人讨厌。或者在劳伦斯和雷本的画笔下，你看到的是些千篇一律可爱的小东西，画中极少透出本能和直觉的感悟力。

除了这些风景画及水彩画，严格地说，英国的绘画是没地位的。至少我认为，"拉斐尔前派"是没地位的，瓦兹也不行，萨尔金特也不行，现代的这些个画家更没有一个行的。

布莱克倒是个例外，除了风景画他不擅长以外，他是英国哺育的惟——个富有想象力的画家。可惜的是，画坛上没他的大戏唱，象征主义画派待他很薄。但无论如何，布莱克是以真正的直觉意识和坚实的本能感觉作画的。他敢于摆弄人体，当然有时他只把人体当作一种表意符号。再没有第二个英国人敢于像布氏这样以活泼的想象处理人体。英国的画家中也许就数瓦兹有成就了，可他们都没有超越陈腐气和感伤主义，瓦兹也是个失败的画家，尽管他尽了力。埃蒂的裸体画在约克郡遭到惨败，尽管这些画中透出些肉感。其余的如雷顿们甚至更现代的画家们也没什么真正的作为。他们的画不过是些室内模特儿的临摹和一些个陈旧的裸像，都只是些视觉图像而已。

不过英国的风景画倒还有其独特之处。可我觉得，风景这东西总要被什么所占领。风景画似乎意味着更强烈的生命想象力的背景，所以我觉得，风景画只是背景，而真正的主体却不在里边。

不过，风景画还是可以招人喜欢的，特别是水彩风景画更是这样，它是无实体的媒介，也不追求什么很实在的存在，太渺小无法攫取人的意识。水彩画永远只是一种说明而非一种体验。

总的来说，风景画大致如此这般，它无法唤起人类想象的强大回应，即肉欲激情的回应，因此，它成了现代绘画中的一种受宠的形式，毫无什么深刻的冲突。本能的和直觉的意识倒是有所动作，但很轻，很肤浅，因而无法与任何活生生的生殖肉身相撞击。

所以，英国人喜欢风景画，从而在这方面很有了点成就。这对英国人来说是一种逃避的形式，既可以借此逃避他们万分痛恨的真实的人之肉身，又可以借此发泄他们那了无情趣的审美欲望。一个多世纪以来，我们英国出了很不错的水彩画，而威尔逊、克罗姆、康斯特堡和泰纳就是几位了不起的风景画家。我觉得泰纳的一些风景画是有史以来最好的，它们甚至比凡·高和塞尚的风景画更让我满足，因为后两位的风景画对人的情绪撞击得太猛烈了些，为此会让人产生抵触，反正我不喜欢这类的风景画猛烈撞击我的感情。风景只是背景，里面不要有人物或该使人物缩到最小才好。凡·高笔下那澎湃般的土地和塞尚笔下那爆破性鼓噪着的平面让人觉得闹得慌。我不大对风景画感兴趣，因此，我喜欢它娴静些，别太闹了。

当然了，英国人喜欢风景画为的是逃避，永远是这样。北方民族太惧怕他们的肉体存在了，他们认为肉体这东西是个魔鬼，真是不可思议。你发现他们谈起隔壁有个男人正同自己的女人做爱时他们是那样不安、难为情、羞耻。他们渴求的是逃避，所以，艺术应该特别提供这种逃避。

在文学中逃避是容易的。雪莱就是个纯粹的逃避者，肉体在于他早已升华为空气了。济慈则逃得不太容易——你还可以感到肉体在不断的死亡中消融，死亡是件十分令人满足的事。小说家们日子则更好过。你可以看到海蒂·索利尔犯的淫荡"罪"，你可以欣赏对她作出的终身苦役判决。你可以为罗切斯特先生的激情感到惊讶，也可以看到他的眼睛烧瞎了而感到解气。就这些，"激情"的小说都是这条路子！

可在绘画中就不那么容易处理这样的主题了，你如果不真正地受到震惊你就绘不出海蒂·索利尔的罪恶或罗切斯特先生的激情。可你又不敢受那份震惊。就是出于这个原因瓦兹和米勒才洗手不干了。如果他们不是生在维多利亚时代，他们会成为好画家的。可他们生不逢时，没有成功。

这就是一部可怜巴巴的英国艺术史。我们是对不住伟大的霍尔本的。那么，上个世纪欧洲大陆上的艺术又如何呢？它更有趣，更全面些。一位艺术家只能创作他真正的、虔诚的——感受到的真理，血肉里真正感到的宗教真理。英国人永远也不会认为与肉体有关的东西有宗教意义，除了人的眼睛，所以他们描绘人的社会面貌，希望给他们美好的眼睛。可他们认为风景是有宗教意义的，因为风景中没有肉的真实，所以他们对风景大发宗教感想，尽自己最大的努力从各自的角度去描绘它。

在法国又如何呢？大概情况也差不太多，只有一丁点儿区别。更为理性的法国人认为肉体应该占一席之地，但要使之理性化才行。或许今日法国人的肉体是世上顶顶理性化的。法国人的性观念根本上是健康的，适度的性交对人是有好处的，有益于身体健康！这句话概括了法国人从身体角度对于爱、婚姻、饮食和运动所抱的观点。这当然比盎格鲁-撒克逊的恐惧要神圣得多。法国人也恐惧梅毒和生殖的肉体，不过不像英国人那么过分。法国人早就懂得可以采取预防措施，他们不够有幻想力。

所以法国人可以搞油画。但他们像所有的现代画家一样要躲避肉体，很注意其洁净，当然他们不那么太与肉体作对。甫维·德·沙旺的确像所有的感伤主义者一样多愁善感。雷诺阿就很乐观，他对肉欲的态度就是"有益于身体健康"。他说，如果一个女人没有臀部和丰乳，她就没有可画性。太对了。大师，您用什么作画？用我的阳物，怎么样！雷诺阿并不曾试图远离人体，但他总是躲躲闪闪的，剥夺了它的恐怖和它天生的魔鬼的一面。他是乐观的，但是个小庸人。有益于身体健康！即便是这样，他也比英国的同类人强多了。

库尔白、多姆耶和德加，他们都描绘人体，可多姆耶却拿它大加嘲讽，库尔白视之为折磨人的东西，而德加则把它看成是一个妙不可言的工具。他们全部否定其自身美好的品质、深邃的本能和纯而又纯的直觉。他们更喜欢拿它工业化，而否认它是最美好的想象存在。

现代法兰西艺术真正闪光之时、真正爆发出其欢愉之时是肉体的实体消融，成为阳光和阴影的一部分之时。不管我们怎么说，现代法兰西艺术的真正让人激动处在于印象派和后印象派（甚至包括塞尚在内）对于光的发现以及其后的一系列发现。不管塞尚怎么与印象派作对，是印象派画家们以其谵狂般的光和"自由"色彩的发现使他大开眼界。或许绘画史上顶兴奋的时刻就是早期印象派画家发现光和色彩之时。哦，就是从这以后，他们奔向了自由。奔向了无限，奔向光和狂喜。他们借此逃避了固体的强暴和群体的威胁。他们逃走了，逃离了纠缠人的黑暗，生殖肉体，逃到了露天地里、光线中和狂喜中。

就像其他各种人的逃亡一样，这意味着以后还会夹着尾巴被拖回来。逃跑者回来了，回到这物质的、普遍存在的审判——阴郁、固执的肉体拒绝变成纯粹的光、纯粹的色彩或任何纯粹的东西，它与纯粹毫无关系。生命不是纯粹，化学、数学和理念宗教是纯粹的，它们只算得上一星半点儿的生命，而生命本身又是肉体的存在，所以，化学什么的既算不上纯也算不上不纯。

逃向印象主义的纯粹光线、纯粹色彩和无形体之后（肉体变成了一道光线和色彩），可怜的艺术逃亡者阴郁地夹着尾巴而归。就是这种回归令我们感起兴趣来。我们知道这种逃避是一种幻想，幻想，幻想。逃走的猫是要回来的，所以我们现在实在看不起那些"光线"的鼓吹者们。我们还找不出个适当的词儿来形容他们这只是说说而已，其实他们也是很了不起的，尽管他们曾逃向伟大的虚无。

但逃走的猫终归是回来了。回头的浪子令人同情，雷诺阿让人同情；最让人同情的还是塞尚这位崇高的老猫，随后是马蒂斯、高更、戴乐、弗拉麦克和布拉克及其他挑战、嚎叫的猫们，他们必然要返归有形和实体，离弃那美好的虚无。

无须赘言，人们不禁为印象派画家逃离肉体感到有趣。他们使肉体变形，成为变幻着的光线和阴影，涂满了色彩。他们就用一团迷人的色彩涂抹出一个男人和女人来——一团乱糟糟交织着的阴影和光线。好极了！这不能不说也是真实，一种纯视觉的真实，是颜料要达到的效果。他们画得很有味道，不过有点儿太有味道了。一时间他们令我们厌烦了。不过赶时髦的批评家可用不着太厌烦，要知道，优秀的印象派画家的作品中还是有其十分美妙之处的。十年以后，批评家们会对时下这批后印象派画家感到厌烦（当然不会十分厌烦），因为这些后印象派们不像印象派感动我们的父辈那样感动我们。我们得说服自己，还要相互说服去对后印象派产生好感。总的来说，他们是让我们失望的。或许这对我们是件好事。

可是，现代艺术批评却是处在一种奇怪的困境中。艺术突破成为一种反叛，反叛所有为人接受的宗教、良好形式和一切的训诫。当印象派之猫从远足中归来时，虽已是支离破碎却张牙舞爪，毛发耸立。他们光辉的逃离全变成了幻想。世上有实货，这可真是岂有此理！有肉体，庞大笨重的肉体。你感到如鲠在喉。可这些的确是存在的，一堆堆的肉体。那就画它们吧。否则就只能画那苍白残缺的精神，这精神看上去憔悴得很，算是受到了报应。绘画让精神得到了报应。

后印象派们就是如此愠怒而反叛。他们仍然仇视肉体，仇视。但他们却在仇恨中承认了它的存在，把它绘成块状、管子、方块、平面、圆柱、球体、锥体和圆筒，全是些"纯粹的"数学形式。至于风景画，也是在同样仇恨下绘出来的，也是突然间变成了色块。凡·高不觉得它美妙、缥缈和清白，他发现它很实在，很肉感。凡·高把风景画处理得很沉重，塞尚不得不承认这一点。从克劳德·劳伦以后，风景不再是纯粹的流光溢彩及飘忽的阴影，它突然爆炸了，摇摇摆摆奔向艺术家的画布，变成了一堆堆色块。引用批评家们最喜欢的字眼儿说，从塞尚开始，风景画变得"明朗"了，是的，它一直明朗化着，明朗成了立体、锥体和金字塔什么的。

经过几个世纪的努力，印象派们最终把世界带入光的美妙同一中。终于，终于！嘿，神圣的光！伟大的、自然的同一，同一，同一者！我们没有分开，我们在光，可爱的光线中是一体！这首赞美诗还未唱起来，后印象派们便像一群犹大放弃了这场表演。他们的幻想爆炸了，破灭的幻想落在艺术的画布上成了一堆乱糟糟的块状东西。

当然，这种新的混乱需要新的解释者。他们于是群起为新的混乱表示歉意。他们对此感到有点儿内疚，于是又厚颜无耻地换了一副腔调，像原始派的艺术家那样提出挑衅。是的，他们的确是原始派艺术批评家。这些热衷于传教的绅士们立即匆忙搭起他们的教堂，搭成古罗马和拜占庭式——似乎这对于原始派艺术是最天然的形式，然后开始在颓废的荒野中吼出他们的教义。他们再一次发现，审美的经验是一种狂喜，一种只有少数人才被赐予的狂喜，他们是上帝的选民，而前面提到的这些批评家们则是上帝选民中的选民。罗斯金就是这号人，简直是艺术中的加尔文。让这些饕餮者们贪婪地给自己争抢美名吧，审美的狂喜的确是属于少数人，属于上帝的选民，但只是当他们放弃了他们虚假的教义之时，才属于他们。他们在绘画中放弃了"主体"的巨大财富，他们不再追求其巨大的"利益"，也不再追求艺术"表现"的奢华了。哦，净化你自己，然后你就会懂得审美的狂喜，到达"艺术灵感的雪峰"。净化你自己，莫再追求那讲滥了的故事，净化掉诸如此类低下的欲望。净化你自己吧，然后你就会懂得那惟一一条高尚的表现形式。我就是这种昭示和这种形式！我就是表现形式，毋庸置疑我的名字叫真实。哦，我是形式，是纯粹的形式。我是在幕后行动的精神生活的昭示。我现在走到幕前来让人们知道我是纯粹的形式，看吧，我是表现形式。

艺术新时代的预言者们就是如此这般地向大众高叫着，其实他们喊的全是信仰复兴的福音传教士们那一套陈词滥调，因为他们本身就是这样的福音传教士。

他们要复兴原始派艺术，拜占庭艺术，拉温那艺术，早期的意大利和法国原始派艺术（这些我们尚未了解），这些才是正确的、纯粹的、精神的、真实的艺术！早期罗马教堂的建筑者们，哦，我的兄弟！这些人在人们崇尚哥特式建筑前是些神圣的人。哦，回归吧，我的兄弟，回归原始艺术吧。抬起你的双眼求助于表现形式你就会得救。

可我一直是个新教教徒，压根儿不懂什么救世的语言。我从来不懂他们谈论的那一套是什么——他们大谈被拯救，在耶稣的怀抱里安全，在亚伯拉罕的怀抱里安全，看到了神光，获得荣耀。我根本不明白他们说的是什么意思，那似乎是在摆出一副自以为是的样子并让自己沉醉其中，然后再清醒过来难受一阵子。这就是我理解的如何获得荣耀。这个词儿本身就没有表达清自己的含义，它令我的头脑发昏，我不得不认为这是在刺激虚假的自傲。当荣耀只是一种抽象的人类状态而并非实体时我怎么能获得它？如果说荣耀真意味着什么的话，可以说它是当千万人怀着敬畏和喜悦的心情仰望一个人时这个人心中产生的狂喜。今天，荣耀就意味着是鲁道夫·瓦伦蒂诺。所以，所谓获得荣耀的无稽之谈只是用来虚晃一枪，激励人们的自傲感，是一种廉价的麻醉药般的词儿。

恐怕所谓"审美狂喜"这样的字眼在我听来也是如此这般地虚假。讲这话时你的口气中越带着规劝它越是虚假。它听起来就像把你硬拔上自傲的高度，像是造神般羽化登仙。讲这话时，如果还带点什么"为人普遍接受的庸俗世界之幕后的真实纯粹世界"和"通过视觉艺术进入上帝选民之列"之类的滥调，就更显得像自吹自擂。太多的福音，太多的颂诗和原始派艺术家，标榜自己的计谋也太明显了点。正如美国人所说，自己把自己封闭起来，把墙涂成天蓝色，然后自以为是生活在蓝天上。

再说说救世的巨大象征吧。当福音传播者说：看这上帝的羔羊，他想让人看到什么？我们是被请去看一只毛茸茸的羊蹦蹦跳跳地拉屎吗？那可太好了，可它与上帝或我的灵魂有何干系？与十字架又有何干系？他们想让我们从十字架上看到什么？是一种绞刑架吗，还是我们用来涂抹错字的标记号？算了吧！十字架被赋予的含义总是令我困惑羊之血也是如此。在羊的血液中沐浴！这种暗示总让我感到十分恶心。杰罗姆说：在耶稣的血中沐过的人永不需要再洗澡了！听着这话，我觉得像是立即洗了一个热水澡，甚至把那个暗示也一齐冲掉了。

同样我也对诸如"表现形式"和"纯粹形式"之类的空洞词儿感到困惑，这些词就像"十字架"和"羊羔的血"一样让我困顿。它们纯粹是些个呼神唤鬼的咒符，不会是别的了。如果你想召唤审美的狂喜，那就请站在某个马蒂斯式的人面前喘息不住地狂呼："表现形式！表现形式！"于是该来的就来了。这呼唤让我听起来像是在手淫，其目的是让自己的肉体按照理智的想法动作。

我怀疑，现代批评是否对现代艺术染指太多了些。如果说绘画能在福音教义的喷薄中幸存下来（肯定会的），那是因为人们总会恢复自己的理智，甚至在追求过最愚蠢的时尚之后。

所以我们尽可以回过头来谈现代法国绘画而无须在所谓"圣灵般的表现形式"这一怪物面前颤抖：只要我们在看一幅画时忘却自己的自傲感，这怪物就不存在了。

事实是，从塞尚开始，现代法国艺术迈出了向实体和客体回归的第一步。凡·高笔下的土地仍然是主观的，是投射在土地上的他自己。可塞尚笔下的苹果则表明他真的努力让苹果成为与别物无关的整体，他不再用个人的情绪使苹果变形。塞尚极力要让苹果离开画家自己，让它自成一体。这看来似乎是件小事，可这是几千年来人第一次真正表明自己愿意承认物质实际上是存在的这一事实。说起来都有点奇怪，自从人吃了禁果而"堕落"后，几千年来人们一直否认物质的存在，一直在试图证明物质不过是精神的一种形式。可我们终于认识到物质只是能量的一种形式，不管它是什么。与此同时，物质站立起来撞击我们的头颅让我们意识到它的绝对存在，因为它是浓缩的能量。

塞尚在对苹果的探索中产生了这种感觉。他突然感到理智的霸道，精神既苍白又傲慢，理性意识是一个封闭在自己绘成的蓝天里的自我。他感到这是一座天蓝色的牢狱。于是他心中开始了巨大的冲突。一方面他被旧的理性意识所统治，另一方面他死活也要冲破这个桎梏。他想表达他突然抽搐地认识到的东西！这就是物质的存在。他极想描绘肉体的真实存在，让它变得有艺术感。可他办不到，他没达到那个境界呢。这对他的生活是一种折磨。他想成为一个自我，一具生命的肉体，可他不能。他与我们大家一样，是一个十分理性的物件，或者说是一个精神的、利己主义的物件，他已经无法将自己与自己直觉的肉体相同一了。可他太想这样了啊。最初，他想通过虚张声势和大吹大擂来实现同一，可这办不到。后来他又像某批评家所说的那样，想变得谦逊些。可这根本不是一个谦逊与否的问题，这是一个放弃他的理性思想和他的"意志野心"然后接触实质的问题。可怜的塞尚，在他最初炫耀般的自画像中，他像一只老鼠那样探头探脑地说："我是个肉身人，不是吗？"他与我们一样，不那么有血有肉。有血有肉的人在过去几个世纪里被毁掉了，取而代之的是精神，理性人，自我和自我意识的"我"。塞尚那艺术的灵魂明白这一点，他极想作为一个肉身人挺立起来，可他做不到这一点。这实在令他痛苦不已。不过，他画出了这样的苹果，他借此冲出了自己的坟墓。

他想成为一个有血有肉的人，一个真正的人，摆脱那天蓝的囹圄进入真正的天空。他要真正肉体的生命，以自己的本能和直觉去感悟这个世界。他想成为有生命力的血肉之人而不仅仅是理智与精神。他太想这样了。可每当他努力的时候，他的理智意识都会像一个卑鄙的魔鬼一样阻挠他。当他要描绘一个女人时，他的理智意识却掣肘他，不让他绘出一个肉身的女人，不让他绘出一个没有遮羞布的夏娃。他办不到，他无法直觉地、本能地描绘人，他的理智念头总是先行，使他做不出直觉与本能的画来。他的画只是他的头脑接受物的再现，而不是他直觉的理念。他的理性不允许他凭直觉作画。他的理性总在插足，于是他的画印证的恰恰是他的冲突和他的失败，其结果是极其可笑的。

他的理性不允许他凭直觉去认识女人，他理性的自我这个无血无肉的魔鬼禁止他这样做，禁止他认识别的男人（只认识一点一滴），禁止他认识土地，可他的风景画却是对理性认识的反映。经过40年卓绝的奋斗，他终于成功地全面认识了一个苹果，并非如此全面地认识了一两个杯子。这就是他的全部成就。

这成就是显得小了点，为此他死得很痛苦。可这是决定性的第一步。塞尚的苹果要比柏拉图的《理想国》强多了。塞尚的苹果搬开了坟墓口的石头，这样一来，即便可怜的塞尚无法挣脱身上的寿衣和精神裹尸布，即便他还躺在坟墓中至死也没关系，他毕竟是给了我们一个生的机会。

我们这个历史阶段，正是人们牺牲勃勃的肉体以此去礼赞精神—理性意识的时候，真让人恶心反感。柏拉图正是这种牺牲的大传教士。艺术这个仆人谦卑而忠诚地为这种罪恶的行为服务了至少三千年。文艺复兴的剑戟刺透了早已上了十字架的身体，而梅毒又在被那想象力十足的剑戳出的伤口里注入毒液。这以后肉体又勉强存在了三百来年。到了18世纪它就变成了一具死尸，一具头脑异常活跃的死尸。如今这尸首都发臭了。

我们，亲爱的读者，我说的是你和我，我们一生下来就是死尸，我们是死尸。我怀疑，我们当中有哪个人能够认识一只苹果——一只完整的苹果。我们所认识的都只是影子，甚至我们认识的苹果只是苹果的影子。一切的影子，全世界的影子，甚至是我们自己的影子。我们身处在坟墓中，它庞大而阴暗如同地狱，尽管乐观主义者把它绘成天蓝也无济于事。我们认为这才是世界，它是个大坟墓，里头鬼影憧憧，塞满了复制品。我们都是鬼影，我们甚至不能触摸到一个苹果。我们对各自来说也是幽灵。我对你来说是幽灵，你对我也一样。你甚至对你自己来说都是影子。我说的影子指的是观念、概念、抽象的实在、自我。我们都不实在。我们都不是活生生的肉身。我们的本能和直觉死了，我们活活地被抽象之布裹着。每触到任何实在的东西我们都深感刺痛，这是因为我们的感知所依赖的本能和直觉死了，被割断了。我们行走、交谈、吃喝、性交、欢笑、排泄，可我们身上却一直缠着那一层又一层的裹尸布。

就是因了这个，塞尚笔下的苹果才刺痛了人们，刺得他们大叫。如果不是他的追随者们再一次把他说成个抽象派，他是不会被人们接受的。随之批判家们更向前跨了一步，把他那挺好的苹果抽象地说成表现形式，于是塞尚得救了，更为人们普遍接受了。但他等于又被人们结结实实地塞进了坟墓，堵坟墓的石头又滚回去了，他的再生又被耽搁了。

人类的复活被这些裹在教养尸布中善良的中产阶级无限期地拖延了。为此，他们要为复活中的肉体修起教堂，把这复活中的肉体扼杀其中，尽管它仅仅是一只苹果。他们可是警觉地睁大着眼睛呢。塞尚这些年来像一只可怜的耗子，极其孤独。在我们这精美的文明墓地中还有哪位能展现出一星清醒生命的火花？全都死了，死去的精神却在闪着灵光教人们审美的狂喜和表现形式。如果死了的能埋葬死了的就好了。可是死了的并不白死，谁来埋葬他们的同类呢？于是他们狡诈警觉地盯着任何一朵生命的火花，不失时机地埋葬它，甚至就像埋葬了塞尚的苹果还要给它压上一块白色的"表现形式"的墓石。

塞尚的追随者们除了凑热闹参加塞尚成就的葬礼外还能干些什么？他们追随他的目的就是为了埋葬他。他们干得很成功。塞尚被马蒂斯或弗拉明斯克们的追随给深深埋葬了，与此同时批评家们正读着悼词。

要认识马蒂斯、弗拉明斯克和弗里埃斯之类的人是很容易的事，他们不过是抽象化了的塞尚。他们全是些个骗子，尽管是聪明的骗子。他们全是理性化的利己主义者，利己主义者，利己主义者。正因此，他们才为聪明如死尸般的行家所接受。你不必害怕马蒂斯和弗拉明斯克这号人。你吓死了他们也不会为你收尸的。他们不过是一些影子，是些江湖骗子，就会在画布上胡折腾。或许他们折腾得还很有趣儿，我也十二分地喜欢他们的骗术。可这都是坟墓中的游戏，玩这游戏的是些僵尸，是精神化的男女。至于精神，塞尚说我拿它不屑一顾。或许根本不是这样！可是那些行家们却为此付出巨大的代价。这等于请死人为他们的娱乐付钱，可这种娱乐是毫无生气的！

现代艺术中最耐人寻味的也是惟一真正有趣的人物就是塞尚了。这与其说是因了他的成就倒不如说是因了他的斗争。塞尚于1839年生于普罗旺斯艾克斯城。他矮小、腼腆，但时而又显得好斗，敏感，一肚子的野心。但他仍然深深地受着天真的地中海式的真理观念的影响，或许你可以称之为想象力吧。他不是个魁伟的人，可他的斗争的确是富有英雄气概的。他是个小布尔乔亚，我们不该忘记这一点。他的收入微薄。但是说起来，普罗旺斯的小布尔乔亚比诺曼底的小布尔乔亚要真实得多，更有普通人的意味。他是更接近现实的人，可现实生活中的人对他那份可敬的低收入却不怎么感到敬佩。

塞尚算是天真到了极点，不过他可不傻。他一点都不大气，高雅令他深感压抑。但是，他心中燃着一朵小小的但顽强的生命之火——他的真理感。他并不为了成功而背叛自己，因为他不能背叛自己，他的本能不允许他背叛自己——他这人太纯真，他不会为了既得利益而去背叛那微小的真理火花。或许对于一个人这是最好的评价了。正因此，塞尚才得以跻身于英雄之列，尽管他低矮渺小，他绝不会放弃他那生机勃勃的想象力。

他像这阳光之乡里大多数人一样，被形状的奇光异彩所深深吸引。他极其崇拜维洛内塞、丁都莱多甚至后期平凡的巴罗克派画家们。他想成为那样的画家，他太想了。而且他的确在这方面下了苦工夫，可他总是失败。用批评家们的行话说就是"他作不成画"。弗雷先生说："尽管他禀赋非凡，可他却偏偏缺少描绘的普通才能，这种才能是任何绘图师在商业艺术学校中就应学会的。"

就凭这一句话就可断定现代批评是多么空虚。难道在一家商业艺术学校中就可以学到一种"才能"吗？我们无法不承认，才能是上苍、自然或任何我们无法选择的高级力量所赋予的。

那么，塞尚没有这种天赋才能吗？难道他连一只猫也画不像？一派胡言！塞尚的作品是很准确的。他那些效仿别的大师所作的小型作品画得很好——就是说画得很传统。他的不少风景画就是如此，甚至他画的那幅《M.杰夫罗伊》也是这样，而且这幅画还很有名呢。那为什么还有人说他不会作画呢？塞尚当然会作画，他跟别人一样画得好。他在艺术学校里学到了所有必须学的东西。

他会作画。可当他虔诚地摹仿文艺复兴后期风格或巴罗克风格作画时，他却画得很差。为什么呢？并不是因为他不会画，也不是他牺牲了"表现形式"去追求"非表现形式"或熟练的再现——这是批评家所描写的绘画。塞尚太懂绘画了，他也像批评家们一样懂得表现形式为何物。可他无法把东西画得很正确，他也不能把他的造型组合起来变成真正的形式。反正他失败了。

他在这方面失败了，可他的画技熟练的继承者却闭着一只眼都可以成功。这是为什么？为什么塞尚的早期绘画成了败笔？回答了这个问题，你就会更好地了解什么是艺术。他并不是因为不懂绘画、表现形式或审美狂喜才失败的，他什么都懂，但绝不对此认真。

塞尚的早期绘画失败了，那是因为他使唤自己的理性去做他的肉体不想做或无法做的营生。他实在太想象丁都莱多那样画点庞大而能满足肉欲和美感的东西。弗雷先生称之为"意志的野心"，这词儿太精当了。他还说要他学会谦逊，这个词儿可不好。

所谓"意志的野心"并不仅仅是意志的野心，它是一种真正的欲望。这欲望自以为会通过现成的巴罗克表现形式得到满足，其实它需要达到精神和物质的新结合。如果我们相信再生的话，那么我们就该相信，既然塞尚的灵魂一次又一次地在艺术家的肉体中诞生，他就会做出庞大而极富肉感的绘画来，但绝不是以巴罗克的形式。他真正毫无疑问的成功之作正是他向那个方向迈出的第一步——肉感、色彩浓郁，毫无巴罗克的痕迹，新颖，表现着人对实体的全新把握。

当然了，在塞尚想要描绘的什么与他直感中他能描绘的什么之间是有分歧的。当理智产生可能性时，直觉却在现实中动作。而只有你直觉地渴望着的，那才是可能的。你的理智或"意识"所渴望的十有八九达不到目的：你想把马车推上星球，可你却只能原地不动，所谓力不从心。

所以，按常理来说，这不是艺术家与媒介之间的冲突，而是艺术家的理性与他的直觉和本能之间的冲突。而塞尚要学会的绝不是谦逊（这是个庸俗黑话！）而是诚实，对自己诚实。这不是天才、表现形式或审美狂喜的问题，而是塞尚能否成为自我——仅仅是塞尚——的问题。当塞尚是他自己时，他就不再是丁都莱多、维洛内塞或任何巴罗克派画家。他本是一个实体，有血有肉，可他却把自己认同于那些艺术大师们。

顺便说说，如果我们以为亨利·马蒂斯这样的大师具有描绘宏大而色彩浓艳的巴罗克绘画的"意志的野心"，我们会知道，他用不着谦逊就可以动笔而一举成功。他能成功，那是因为他有大师的天分。所谓大师的天分其实就是说你用不着谦卑，用不着对自己诚实，因为你是一个聪明的理性动物，你有能力使你的直觉和本能服从你的理智。简而言之，你可以使你的肉体向你的理智卖淫；你可以使你的本能和直觉向你的"意志的野心"卖淫；在短暂的近似手淫的过程中，你终于可以作出毫无生气的艺术品。当然，维洛内塞和丁都莱多是真正的画家，他们可不像后来的某些人只是"艺术行家"。

这一点很重要。任何创作行为都占据人的整个意识，这是科学和艺术上伟大发现的真理。科学和真正艺术的作品所带来的真正伟大发现是人的全部意识通力合作的结果：本能、直觉、理性和智力融为一体，形成完整的意识去把握完整的真实、完整的想象和完整的有声启示。凡是一种发现，无论是艺术上的还是别的，多多少少都是直觉的和理智的发现，既有直觉也有理智在起作用。整体的意识时时都在介入。一幅绘画要求整体想象的运动，因为它是想象的产物。而想象正是整体意识的形式，它受制于直觉对形式和意象的意识，这就是对形体的意识。

与创作一样，欣赏一件艺术品或掌握一个科学定律也需要这样——全部的意识都要投入，不仅仅是理性或肉体。单单理性和精神是无法把握一件艺术品的，尽管它们或许会用手淫的方式撩拨肉体产生激动的反应。可这种狂喜只会死亡并变成一堆灰烬。为什么有那么多的小科学家在散布一些莫名其妙的"事实"？这是因为不少的现代科学家只用理性工作，他们强迫直觉和本能卖淫般地承受理性。所谓水是氢二氧一（H 2O）之说就是理性的专横作为。可我们的肉体，我们的直觉和本能却明白水不是氢二氧一（H 2O），这只是理性的蛮横所为。如果我们说在某些条件下水会分解为两个单位的氢和一个单位的氧，我们的直觉和本能会完全同意的。可硬要说水是由两个单位的氢和一个单位的氧组成的，我们的肉体却不能苟同。还缺点儿什么。当然，机警的科学并不要我们相信水是氢二氧一这一普通说法，可学校的学生却不得不相信。

同样的例子就是现代人对天文学、行星及其距离和速度的一通说法，大谈几十亿、几兆英里和几兆年等，实在玄妙至极。人的头脑在数字中陶然忘机，可直觉和本能却被忘却或向某种狂喜卖淫。其实，在诸如2,000,000,000,000,000,000,000,000英里或年这样荒唐的数字（这样的数字充斥着现代天文学的著作）后隐藏着的狂喜与那些过分理性的艺术批评家们的狂喜没什么两样，他们号称自己从马蒂斯的绘画中获得了这样的审美狂喜。纯粹是胡言乱语。它要么让肉体吓成僵尸，要么让肉体向荒谬的狂喜卖淫或冷漠视之。

当我从书上看到恒星离我们有多远，是由什么组成的云云，我就尽最大的努力去相信这些说法，尽量发挥自己的想象力。可一旦我的直觉和本能再也无法支撑我去把握这些数字时，我就不再思想了，我不再接受纯粹理性的断言。人的理智可以对任何事物下断言并佯装这断言得到了证实。我要把我的信念在我的肉体上进行考验，用我的直觉意识去考验我的信念。一旦我从那里得到了反应，我才接受这种信念。对诸如进化的规律这样的伟大科学"定律"我亦持同样态度。多少年来人们平白无故地、"谦卑"地接受进化规律，可现在我那生机勃勃的想象力却要对此作出巨大保留了。我发现，我就是费尽心机也无法相信物种是从一种普通的生命形式"进化"而来的。我实在无法感受到这一点。要让我相信它，我就不得不违背我的直觉意识和本能意识，因为我知道我的直觉和本能仍旧会受偏见的阻碍。于是我在这世上寻找一个能让我直觉、本能地感受这"规律"之真理的人，可我找不到任何一个这样的人。我发现科学家们像艺术家一样自以为直觉、本能地确信什么，其实那不过是他们的理性所为。一旦我发现一个直觉、本能地自信的男女，我就对他们肃然敬佩起来。可对科学上和艺术上的牛皮大王们你怎么能尊敬得起来？利己主义的介入是造成直觉上不自信的原因。本能和直觉上自信的人是不会吹牛皮的，尽管他会为自己的信仰进行殊死的斗争。

这又把我们的话题引回到塞尚身上——为什么他作不成画，为什么他绘不出巴罗克风格的杰作？这是因为他真诚，他只相信自我的表现，只相信它所表现的自身意识完整的一瞬。他不能让自己的某一部分向另一部分卖淫。无论是在绘画中还是语言上他都不会手淫。这很说明不少今日的问题、今日的世界，正是手淫意识泛滥之时，理智迫使反应敏感的肉体卖淫，强迫肉体有所反应。这种手淫意识一时间可弄出些耸人听闻的新鲜货色，但这东西来得快去得也快。我就怎么也折腾不出任何出奇制胜的花样来。

我们要感谢的不是塞尚的谦卑，而是他那拒绝理性自我花言巧语的骄傲而高尚的精神。他不至于因精神贫乏而轻浮起来，也不会谦逊到满足于视觉与情绪的陈腐气。尽管巴罗克风格的大师们令他震惊，可他还是意识到一旦自己模仿他们，他绘出的东西就一钱不值了，只能算旧货一堆。人的头脑里充斥着各式各样的记忆，视觉的、触觉的、情绪的、记忆群和记忆系列。一种陈货就是失去情绪和直觉之根的陈旧记忆，只能算一种习惯。而一种翻新的花样只是陈腐货色的再组装，是习惯性记忆的重新组合。这就是新花样易于为人接受的原因：它让你小有震惊，可它却不能搅动情绪和直觉的自我。它强迫你去看，却看不到什么新的货色。它只是陈旧货色的翻新罢了。塞尚的追随者们当中，大多数人的作品都仅仅是花样翻新，是旧货的重新组装，所以很快就没滋味了。而他们笔下的旧题材正是塞尚画过的旧题材，正如塞尚早期的绘画大都是巴罗克风格的旧题材一样。

画家塞尚的早期历史就是他与自身的陈腐斗争的历史。他的意识要获得一种新的实现。可他那陈旧的头脑为他提供的总是一种陈旧不堪的表达方式。但是，塞尚的内心是太傲慢了，他决不要接受那来自理性、充斥着记忆的头脑（理性似乎还不住地嘲弄他的绘画）的陈旧货色，于是他花大量的时间把他的表达方式砸得稀烂。对于一位真正的艺术家，对于生机勃勃的想象力来说，陈旧是一个不共戴天的敌人，塞尚与此进行了艰苦的搏斗。他千遍万遍地把它砸成齑粉，可它却仍旧被重视。

现在我们总算明白为什么塞尚的画不好了。他画不好，是因为他的画再现了一种被击碎了的陈旧货色。如果塞尚乐意接受传统的巴罗克陈货，他的绘画就会是"毫无毛病"的传统画，也就没哪个批评家说个不字了。可是，偏偏他觉得这种"毫无毛病"的画全走了样，是对他的一种讽刺。于是他对自己的画大光其火。他把画的形式全砸烂，让它干瘪无形。等他的画全走形了，他也为此疲惫不堪了，这才罢休。可他仍旧伤心，因为这还不是他所渴求的那种样子。从此，塞尚的绘画中注入了喜剧的因素。他由于仇视陈旧货色，所以对陈旧的题材全施以扭曲术，以至于扭曲到滑稽的地步，如《帕莎》和《女人》。

"你会成为陈旧题材，对吗？"你咬牙切齿地叫道。"那就随你便吧！"

于是他在极度愤怒中把绘画弄成一种滑稽品，他的怒火使他的作品看上去有些让人发噱，可那笑绝非是笑笑而已。

塞尚的一生中久久地与陈腐作斗争，要砸烂它。是的，这斗争一直伴随他至死。他一遍又一遍地调整自己的形式，其实就是紧张地展示陈腐的魔鬼并把它埋葬。可即便是当魔鬼从他的形式中消失了时，它还仍旧徘徊在他的画中，他仍旧得同形式的边沿与剪影作斗争，从而把魔鬼彻底消灭。他知道，只有他的色彩才不是陈腐。他把色彩留给了他的信徒们。

塞尚最优秀的绘画、最优秀的静物写生，在我看来是他最了不起的成就。就在这些作品中，仍蕴藏着与陈腐的斗争。在静物写生中，他终得避免陈腐的真谛——只需留下鸿沟，让陈腐从中坠落，落入虚无。就这样，他使他的风景画成功了。

在他一生的艺术生涯中，塞尚都纠缠在一种双重的运动中。他要表达什么，可在这之前他必须与纷呈变幻的陈腐作斗争，他永远也无法取得最后的胜利。在他绘画中表现顶充分的就是与陈腐的斗争。战场上的尘烟飞扬得浓厚，碎片四下里飞散，而他的模仿者们狂热地临摹的却正是这战尘和碎片。如果你把一件衣服给一个死搬硬套的裁缝去仿造，碰巧衣服上有一块织补的绣片，你看吧，这位裁缝会把新衣服悉心地挖一个洞，然后仿照原来的样子丝毫不走样地补上一块绣片。塞尚的信徒们似乎就主要忙于干诸如此类的营生，各国的信徒皆如此。他们着迷于生产模仿的错误。塞尚引燃了许多炸药，为的是轰掉陈腐的堡垒。他的信徒们也照此大规模地爆炸起来，却对于真正的攻击是怎么回事毫无所知。他们的确对忠于生活的表现进行了攻击，只因为塞尚的绘画把这种表现全炸烂了。可我相信，塞尚自己渴望的却正是表现，他要的是忠于生活的表现，他就怕他的画不能忠诚地表现生活。一旦你有了摄影，再想让绘画忠实于生活地表现什么怕是很难了。

　　塞尚是个写实派，他要的是忠于生活，可他决不容忍视觉上的俗套。印象派画家们使纯粹的视觉想象变得十分完美，让人觉得落入了俗套。从完美到俗套的过程竟是令人吃惊地迅速，塞尚看出了这一点。像古伯和多米耶这样的艺术家虽然并非纯光学派，但他们画中的智力的因素是一种陈腐。他们给这种光学想象增添了一种力的强压概念，如同液压一般，可这也是一种俗套式的机械概念，尽管它很流行。多米耶为它增添了一种理性的嘲讽，而古伯则为它添上点社会主义味儿。这两样全是毫无想象的俗套子。

　　塞尚需要的既不是光学，也不是机械和理性。可若要把一种非光学、非机械性、非理性—心理性的东西介绍到我们的想象世界中来，这需要一场真正的革命。这是一场由塞尚发起的革命，可很明显，却无人将其持续进行下去。

　　他想要再次直觉地触摸实体的世界，直觉地意识它并用直觉的语汇表现它。这就是说，他要用直觉的意识形式——触觉取代我们目前的理智—视觉意识——理性观念的意识。在过去的年月里，早期艺术家是凭直觉作画的，但他们遵循的方向却正是我们现在的理性—视觉方向，是观念意识。他们其实是渐渐远离了他们的直觉意识。人类从未信任过自己的直觉意识，而当有人要信任它时，这决断本身就标志着人类发展上一个极其伟大的革命。

　　塞尚这位躲在老婆、姐姐和信基督教的父亲背后胆小而传统的人其实是个纯粹的革命者，对此他并不自知。当他冲他的模特儿说"做一只苹果！做一只苹果"时，他喊出的是基督教理想主义者堕落的预言，不仅如此，还是我们整个意识形式崩溃的预言。他还预言将有另一种意识形式取而代之。如果人从根本上成为一只苹果，塞尚的意思是，那样就会有一个人的新世界：一个没什么思想要表达的世界；只需静坐一处，只做一个肉体，而没有精神。这就是塞尚"做一只苹果"的意思。他十分明白，一旦模特儿开始让人格与"理性"介入，那就又变成了俗套子和精神，他依此绘出的就只能是俗套子。他的不俗、不令人生厌之处就是这种"苹果"性质，这一点让她不再是活死人。她的肉体，甚至她的性本身被人了解了，这是件令人厌恶的事。了解！了解！没完没了的因果关系，可恶的陈腐之网纠缠得我们不得安生。他明白这一切，恨这一切，拒绝这一切，这个腼腆、"谦卑"的小个子。作为一个艺术家，他知道女人惟一没有陈腐气的地方就是她的"苹果"性质。哦，做一只苹果，什么思想，什么感情，什么理性和人格全都不要。我们对这些全了解，已经无法忍受了。不要这些个东西，做一只苹果吧！倒是塞尚画他夫人的那幅画中透出的"苹果"性质令人永远回味：这种性质同时还蕴藏着一种了解人的另一面的感觉——你所看不见的月亮的另一面。直觉对苹果的意识是实感的，它意识到的是苹果的全部，而绝非一个侧面。人眼只能看到正面，意识总的来说也只满足于看到正面。但直觉需要全体，本能需要内在物。真正的想象力总是要迂回到另一面，到正面的背后去。

所以，我觉得塞尚画他夫人的那些画像（尤其是着红装的那一幅）比《M.杰夫罗伊》、女管家和园丁的画像更有趣。同样，《两个玩纸牌者》就比《四个玩纸牌者》更让我喜欢。

但我们要记住，他在人物画像中虽然画出了"苹果"性，但他也有意画出所谓的人性、人格和"肖像"这些陈腐的物性东西。他刻意把这些绘出来，刻意把手和脸画得有缺陷，因为如果他画得太完美这些东西就又落俗了。一涉及到人，男人和女人，他就无法超越陈腐的观念，不得不让它们介入、影响自己。特别是对女人，他只能作出陈腐的反应，这一点真令他发疯至极。尽管他尽了力，可女人对他来说仍旧是一个已知的、陈旧的客体，他无法冲破理性概念用直觉去感知女人——他妻子是个例外，他至少了解到了她的"苹果"性。可对他的女管家他却做不到这一点，她很有点陈腐，特别是她的脸，M.杰夫罗伊亦是如此。

画男人时，塞尚时常为了避免陈腐而固执地画他们的衣服——棉布坎肩厚厚的褶子，帽子，袍子还有门帘子。《四个玩纸牌者》看上去是一张庸俗的画，那些充斥画面的东西、衣服和人太陈旧了。鲜亮的颜色、精巧的构图和色彩的"层次"等等都无法拯救陈腐的情感，最多不过是将陈旧的情感巧加伪装让它看上去有点戏看罢了。

如果说塞尚有时能够避免陈腐并能对客观实体进行完全直觉的解释，那都是在他的静物画中。我以为这些静物是纯粹的描述，很忠实生活。在此，塞尚做了他想做的事：他把东西画得很逼真，他没有故意舍弃什么，他成功地、极其直觉地给予我们的是几只苹果和几件炊具的视觉图像。一旦他的直觉意识占了上风并发出喊声，此时他是无法被人模仿的。他的模仿者们模仿的是他笔下的小物件，如卷成筒状的台布，可他们无法模仿他笔下的苹果和炊具。就是这种"苹果"气质让你无法模仿。每个人都该绘出新鲜的与众不同的作品才对，一旦你画得"像"塞尚画的，这画就不值钱了。

与此同时，塞尚的苹果成功了，他是在用"苹果"气与陈腐气作斗争。当他把夫人画得如此"静"、如此富有的"苹果"气时，他让世界不安。他的希望之一就是让人类的形式和生命的形式停下来，但绝不是静止。他要的是动的静。同时，他把不动的物质开动了起来：墙壁扭曲塌落，椅子弯了、翘了，衣服卷得像燃烧的纸。塞尚这样做的目的之一是要满足他的直感：没什么是真正静止的。当他看着柠檬萎缩或腐烂时他似乎更强烈地产生了这样的感觉（他保留了一组静物，为的是观察它们的渐渐变化）；目的之二是为了同这样的陈腐观念作斗争：无生物世界是静止的，墙壁是静止的。他否认墙和椅子是静止的，他的直觉感到了它们的变化。

他的这两种意识活动占据了他后期的风景画。优秀的风景画会以其景物神秘的动感迷住我们，它就在我们眼前动着。我们会激动地凭直觉意识到，风景画就是如此的真，它绝不是静止的。它自有其超自然的灵魂，对我们拭目以待的感悟力来说，它就像一只活生生的动物在我们的视野中变幻。塞尚的绘画就具有这种了不起的特色。

可在别的风景画中，塞尚又似乎在说：风景画不像这样，不像这样，不像这样……每一个"不像"都在画布上留下一个小小的空白。有时塞尚基本上是靠"省略"来构筑起一幅风景画的。他给陈腐的复杂空间镶上边框，然后把它奉献给我们。其否定的风格是有趣的，可这并不新鲜。因为，"苹果"气和直觉从中消失了。我们所有的只是一种理性的否定，这类东西占据了不少后期的绘画，可它却令那些批评家们兴奋了起来。

塞尚是痛苦的。他一生中从来都没有冲破可怕的理性玻璃墙去实际触摸生命。在他的艺术中，他触到了苹果，这已经很了不起了。他直觉地了解了苹果并直觉地把它送上了他绘画的生命之树。可一旦当主题超出了苹果变成风光、人，特别是裸体女人时，陈腐又战胜了塞尚。他被战胜了，他于是变得痛苦，愤世嫉俗。当男人和女人对你来说是旧货色而你又仇恨陈腐时，你怎么能不变得愤世嫉俗呢？大多数人是喜欢陈腐的，因为大多数人都是陈旧货色。尽管如此，人，甚至是裸体女人身上或许会有塞尚所能领会的"苹果"气。陈腐气干扰人们，所以他离陈腐而去。他最后的水彩风景画只是一些彩色的边框罢了，围在中间的是真空，他以此作为最终的誓言与陈腐作斗争。陈腐是一个真空，那些边框是用来说明其空虚的。

我们可以根据塞尚提供的少许启示就几乎可以立即恢复一整幅风景画，这个事实说明风景画是何等陈腐的东西，它是我们头脑中存在了许久的旧货，它存在于方寸之间，你只需得到它的号码就可以把它唤出来。塞尚最后的几幅水彩风景画是涂在白纸上的那么几刷子色彩，那是对风景画的讽刺。"它们给人留下很大的想象余地！"这句不朽的常用语让你知道什么是俗套子了。俗套就是为这个而存在的。那种想象力不过是一只杂货袋，里面装着成千上万陈旧而无用的素描和意象，全是俗套子。

我们可以明白，这是一场什么样的斗争——逃离陈旧理性观念的主宰，理性意识里充斥着陈旧货，像一块幕布把我们和生命完全隔开。这意味着一场永不休止的战斗。不过塞尚总算弄懂了一只苹果。除他之外我再也不知道还有谁在这方面作出了什么成就。

当我们把它具体到某个人时，应该说这是一个人自我的斗争：一方是占据了自诩的蓝天或自诩的黑地狱的陈腐理性自我；另一方则是他的另一个自由的直觉自我。塞尚一生中从未把自身从自我中解脱出来，他一直在经验的边缘上行。"我在生活中是个软弱至极的人。"他至少明白这一点，他至少为此感到痛苦，这已说明了他的伟大。可现在却有些个自鸣得意的中产阶级表示"欣赏"他呢！

或许现在该轮到英国人了，或许这正是英国人的可乘之机。他们一直与此无关，似乎在伊丽莎白时代他们的本能与直觉肉体就受到了致命的打击，从此他们就缓缓死去，至今他们已成了僵尸。正如一位聪明而又实在的谦逊的英国青年画家对我说的那样："我真的认为我们该绘出像样的画来了，因为我们已经很了解画好一幅画应懂什么知识了。你难道不同意说我们在技术上该懂的都懂了吗？"

我吃惊地看着他。很明显，一个新生婴儿都像他一样够格儿去作画了。在技术上他是懂得了绘画的一切：平面和立体的构图，色彩的维度以及从脱离形式的构图角度得出的色彩明暗对比度；层次的对比度，层次中角度的明暗对比度，同样的色彩在不同层次中的不同明暗对比度；边缘，可见的边缘，有形的边缘，无形的边缘；形式群结，群体中心的星座化；群体的相对性，群体的重心引力和离心力，群体的综合撞击，群体想象力的孤立；形状，线状，边状，色状和动感层次的模式；肌理，颜料的厚涂，表层和画布边缘效应及其哪里是画布上的审美中心，动力中心，辉煌中心，活动中心，数学中心和模仿中心以及前景的出发点、背景隐没点和介于这些点之间的各种各样的途径，就是说，乌鸦如何飞，水牛如何走，沉醉于知识的头脑如何眩晕，等等；如何点涂，点涂什么，点涂哪里，多少涂点，涂点间的平衡，涂点的消退，爆炸性想象中的涂点和辅助想象中的涂点；文学的兴趣以及如何成功地对观察隐瞒之；摄影描述及其所属的天堂和地狱；一幅画的性感召力；你何时因为诱惑而被逮捕，何时因为淫秽而遭逮捕；绘画的心理学：它感动心智的哪一部分？它决意去展示哪种理性状况？何以有同时排除展示其他理性状况的可能或者正相反，何以与此同时暗示与此有关的其他补充性理性状况；颜料的化学性质：何时用威尔逊和牛顿公司的，何时不用。对拉弗朗斯在颜料史上的地位给予相应深度的蔑视，镉是否可以经得住岁月的考验，青绿色是否会变黑、变蓝或变成一团油墨，它对我们数代子孙所常用的碳酸铅白和氧化锌会有什么影响……这年轻人什么都懂，天啊，他就要凭这些去作画。

凡此种种天真与诚恳的谦逊让我们确实相信，至少在绘画上我们英国人又变成了小孩子，小小孩儿，特小孩儿，婴儿，不，是未出生的胎儿。如果我们真的回到了未出生的胎儿阶段，或许我们是亟待出生了。在绘画上，英国人可以得到再生。或许，说实话，他们是第一次出生，因为他们压根儿不是画家。他们达到了这样一个阶段：他们纯真的自我全然被懵懂的浅蓝瓶子所封住，现在该跳出来了！

"你以为我们临近英国的黄金时代了吗？"一位顶有希望的青年作家带着与那位青年画家一样的胆怯和天真问我。我看看他——这可真是个可悲的年轻人，我几乎要把眼珠子瞪出来。黄金时代！他看上去一点都不"黄金"。尽管他比我要小上二十岁，可让我觉得像我的祖父一样老气横秋。好一个英国的黄金时代哟！货币像废纸！自我被封得毫无希望，与人生经济全然隔绝，与触觉和任何实在物相隔绝了。

"是不是黄金时代，这取决于你。"我说。

他默认了。

不过，此种天真和幼稚一定是什么东西的前兆。这是最后的一步了。为什么不可以说它是一个黄金时代的前奏？如果这种天真和幼稚是艺术表现方面的，同时又不是痴呆，它为何不能变得宝贵？年轻人很可以丢掉理性的茫然，发掘一下他们活生生的直觉油田，让它哗哗地淌出油来。为什么不呢？金子般的艺术井喷！"我们已经懂得了绘画的一切技巧。"好一个黄金时代！

1929年

※ 与音乐做爱

"对我来说，"罗密欧说，"跳舞就是与音乐做爱罢了。"

"所以你永远也不会跟我跳舞，我猜得对吧？"朱丽叶说。

"你瞧，你这个人个性太强了。"

这话听着奇怪。可是，前一代人的想法竟会变成下一代人的本领。我们总的来说，都继承了我们祖母的想法并无意识地依此行动。这种意识的嫁接是冥冥中进行的。观念迅速变幻，它会带来人类的迅速变化，我们会变成我们设想的那种人。更坏的是，我们已变成祖母设想的那样了。而我们的孩子的孩子又将会变成我们设想的样子，这真叫人觉得悲伤。这不过是父辈的罪恶对后代所做的心灵之造访。因为，我们的心灵绝没有我们的祖母所设想的那么高尚美好。哦，不！我们只是祖母之最强烈观念的体现者，而这观念大多是些隐私，它们不被公众所接受，而是作为本能和行为动机传给了第三代和第四代人。我们的祖母偷偷摸摸想过的东西真叫倒霉。那些东西即是我们。

她们都有过什么想法和意念？有一点是确定无疑的，她们希望与音乐做爱。她们希望人不是粗蛮的动物，达到目的就算完事。她们想要天堂的音乐在人们手拉着手时响起，想要一段新乐章在人们手搂住腰时勃然奏响。这音乐无限变奏着，变幻着优雅的舞姿从做爱的一个层次向另一个层次递进，音乐和舞蹈二者难分彼此，就如同两个相像的人一样。

最终，在做爱欢娱的顶点到来之前，是最大的降潮。这正是祖母的梦境和我们的现实，没有欢娱的顶峰，只有可耻的降潮。

这就是所谓爱的行为本身，即争论的焦点———一个可耻的降潮。当然争论的焦点是性。只要你与音乐做爱，迈着轻缓的步子与雪莱一起踏云而行，性就是件十分美丽令人愉快的事儿。可最终到来的却是荒谬的突降，不，先生，绝不可以！

甚至像莫泊桑这样明显的性之信徒也这样说。对我们许多人来说，莫泊桑是个祖父或曾祖父了。可他说，交媾行为是造物主同我们开的一个玩笑，意在玩世不恭。造物主在我们身上种上这些个美好而高尚的爱之情愫，令夜莺和所有的星星唱歌，不过做爱是把我们抛入这荒谬的情境中做出的可耻的动作，是一件玩世不恭之作，不是出自仁慈的造物主之手，而是出自一个冷嘲热讽的魔鬼。

可怜的莫泊桑，这就是他自身灾难的线索！他想与音乐做爱，可他气恼地发现无法与音乐交媾。于是他把自己一劈两半，厌恶地痛骂着自己的双目，然后更起劲地交欢下去。作为他的儿孙，我们变聪明了，男人一定要与音乐做爱，由弦琴和萨克斯管来伴奏。这是我们内在的需要，因为我们的祖父，特别是我们的曾祖父们在交媾时把音乐给忘却了，所以到了我们这一辈就只顾音乐而忘却了交媾。我们必须与音乐做爱，这是我们祖母的梦，它变成了我们内在的需要和潜在的动力，但你无法与音乐交媾，那就丢掉它，解决这个问题吧。

现代的大众舞蹈毫无"性感"可言，甚至是反性的。但我们必须划清界限。我们可以说，现代的爵士舞、探戈和查尔斯顿舞不仅不会激起交媾欲，反而是与交媾作对的。因此，教会尖着声音竭力反对跳舞、反对"与音乐做爱"就显得毫无意义了。教会和社会一般都对性没有特别的厌恶，因此，反对与音乐做爱就显得荒唐了。性是一个巨大的、包容一切的东西，宗教激情本身也都属于性，不过是人们常说的一种"升华"罢了。这是性的一个绝妙出路——令它升华！想想水银加热后微冒着毒气的怪样子吧，你就明白了这个过程：升华，就意味着与音乐做爱！道德与"升华"的性确实无争，大多数好东西均属"升华的性"之列。道德、教会和现代人类所仇视的只是交媾。话又说回来了，"道德"又是什么？不过是多数人本能的反感而已。现代的年轻人特别本能地躲避交媾。他们喜欢性，可他们打心里厌恶交媾，即便是他们玩交媾的把戏时也是这样。至于说玩这游戏，玩具既是给定的，不玩这个又玩什么？可他们并不喜欢这个。他们是以自蔑的方式这样做的。这种骑在床上的动作一完成，他们就厌恶地释然，转而与音乐做爱。

不错，这样只能有好处，如果年轻人真的不喜欢交媾，他们会很安全。至于婚姻，他们会依照老祖母的梦，完全因为别的原因结婚。我们的祖父和曾祖父们的婚姻很单纯，没有音乐做伴，只为了交媾。这是事实。所以就全留给梦了，那个梦是这样的：两个灵魂伴着六翼天使轻柔的节奏交合。而我们这第三四代人正是梦做的肉体。前辈梦想的婚姻是排除一切粗鄙之物，特别是交媾之类，婚姻只意味着纯粹的平等和谐和亲密无间的伴侣。现在的年轻人实践了这个梦。他们结婚后敷衍马虎、几分厌恶地交媾，只是要证明他们能干这个而已。就这样他们有了孩子。但他们的婚姻是与音乐的结合，唱机和无线电为每一种小小的家庭艺术配上了乐，伴人们跳着婚姻美满的小步爵士舞，这幸福美满意味着友爱、平等、忍让和一对夫妻能分享的一切。与音乐结婚！这音乐伊甸园里有一条半死不活的蛇，恐怕它是促使人们交媾的最后一丝微弱的本能了，是它驱使已婚夫妇为双方器官的不同而交火，从而阻止了他们成为一双相同的肉体。不过我们现在聪明了，很快就学会把这耻辱的行为扔个精光。这是我们惟一的智慧。我们正是我们老祖母的梦之产物，我们弱小的生命被一只手攥着。

当你在舞厅中目睹现代舞者与音乐做爱，你会想，我们的孙辈会跳什么样的舞呢？我们母亲的母亲跳的是四对舞和成套的方块舞，华尔兹对她们来说几乎是一种下作的东西。而我们母亲的母亲的母亲跳的是小步舞和罗格·德·考瓦利斯舞，还跳一些活泼欢快的乡村舞。这些舞会加快血液的流动，促使男人一步步靠近交媾。

可是瞧啊，就在她旋转而舞时，我们的曾祖母梦想着的是温柔律动的音乐和"某个人"的怀抱，和这个更为高雅些的人在律动和滑动中结成一体，他不会粗鲁地推她上床交媾，而是永远拖着她在黯淡而轰响的景物中滑行，永不休止地与音乐做爱，彻底抛掉那灾难性的、毫无乐感的交媾——那是末日的末日。

我们的曾祖母被攥着手甩起来并被抛上床，他们像一头双背怪兽震颤着。她就是这样梦想的。她梦想男人只是有肉体的灵魂，而不是令人厌倦的粗鲁的男性和主子。她梦想着"某个人"，他是集所有男人于一身的人，是超越了狭隘的个人主义的人。

于是现在她们的曾孙女就让所有的男人带着与音乐做爱了，似乎它就是一个男人。所有的男人如一个男人一样和她一起与音乐做爱，她总是在人们的怀抱里，不是一个个人，而是现代人的怀抱里。这倒不错。而现代的男人与音乐、与女人做爱，就当所有的女人都是一个女人一样。把所有的女人当成一个女人！这几乎像波德莱尔了，与大自然母亲本人做爱。可我们的曾祖父仍做着交媾的梦，尽管梦中什么都有。

可现代女人，当她们在男人的怀抱里伴着音乐滑行而过或与男人面对面跳着查尔斯顿时，她灵魂深处悄然萌动着的是什么样的梦？如果她心满意足了，那就没有梦了。可女人永不会心满意足。如果她心满意足，查尔斯顿舞和黑底舞就不会挤掉探戈舞。

她不满足，她甚至过了一夜后，比她那被交媾企图所激动的曾祖母还不满足。所以，她的梦尽管还没有上升到意识层面，却更可怕，更有害。

这个十五六岁的姑娘，变着花样跳着两步舞的苗条女子，她梦到的是什么？能是什么？她的梦是什么样，她的孩子、我的孩子或孩子的孩子就会变成什么样，就如同我的梦是精子一样，她的梦就是卵子，是未来灵魂之卵子。

她能梦的东西可不多了，因为，凡是她想的，她都能得到了。要所有的男人或一个男人也不要，要这个男人或那个男人，她可以选择，因为没有谁是她的主子。在无尽的音乐之路上滑行，享有一份无休止的做爱，她尽可从中选择。如果她乐意在尽头被抛入交媾之中，也可以，不过是证明交媾这东西多么像猴子的行为，在死胡同中这该有多么笨拙。

没有什么她不可以做的，所以也就没什么可想的了。没了欲望，甚至梦也是残缺的。残缺的梦！她可能有残缺的梦，但她最后的希望是无梦可做。

可是生命既如此，是件睡和醒的事儿，这种希望就永远不会被恩赐。男人女人都不能摆脱梦。甚至某个深受绅士们赞许的小女子也梦着什么，只有她、我们和他不知道而已。甚至那是个超越绿宝石和美元的梦。

是什么呢？那女子残缺、泯灭了的梦是什么样的？无论是什么样的，她永远也不知道，直到有人告诉了她，渐渐地，经过一番轻蔑的否定后，她会明辨这梦，这梦会渗透她的子宫。

我反正不知道这弱女子的梦是什么。但有一点可以肯定，它同眼前的生意全然不同。梦与生意，永不相容。这梦不管是什么，也不会是"与音乐做爱"，而是别的什么。

可能它是在重新捕捉人之初的一个梦，永远不会结束，永远不会被完全地展示。我在塔吉尼亚观看伊特鲁斯坎基穴中残剩的壁画时突然想到了这个问题。那画上，跳舞的女人身着鲜艳花边的透明麻衣，与裸体男人对舞，舞姿绝妙，浑然忘我。她们那样子很美，就像永不枯竭的生命。她们跳的是希腊舞，但又不全像希腊舞那样。这种美绝不像希腊的那么单纯，它更丰富，绝不狭隘。再有，它没有作为希腊悲剧意志基础的抽象和非人化。

伊特鲁斯坎人——至少在罗马人毁掉这些壁画之前——似乎不像希腊人那样为悲剧所缠绕。他们身上流露着一种特别的散淡，很有人情味而不为道德所约束。看得出，他们从不像我们这样说什么什么行为不合道德。他们似乎有一种强烈的感情，真诚地把生命当成一件乐事，甚至死也是件开心可爱的事。

　　道学家说：神之规律会抹去一切，答案是，神之规律会按时抹掉一切，甚至它自身。如果说那践踏一切的罗马人的力量就如同神之规律，那我就去寻找另一个神圣了。

　　不，我确实相信，这短发的现代女子灵魂深处不确定的梦，梦的就是我眼前的伊特鲁斯坎女人，忘情地与裸体的小伙子对舞，与他们相伴的是双笛的乐声。他们疯狂地跳着既沉重又轻快的舞，既不反对交媾也不那么急于交媾。

　　伊特鲁斯坎人的另一大优点是，因为到处都有阳物象征，所以他们对此习以为常了，而且毫无疑问他们都为这象征献上了一点小祭品，把它看作是灵魂的源泉。由于它成为日常生活的一部分，他们没有必要和我们一样因此而困扰。

　　很明显，这里的男人，至少是男性奴隶们，都一丝不挂地快活来去，一身古铜色的皮肤就全当衣服了。伊特鲁斯坎的女人对此毫不介意。何必呢？对裸体的牛我们不在乎，我们也不会给宠犬穿上小衣服，我们的理想就是自由嘛！所以，如果奴隶是赤裸着冲跳舞女人快活地喘着气，如果她的伙伴是裸着而她也穿着透明的衣服，没有人在意的，没什么可耻的，惟一的快活就是跳舞。

　　这就是伊特鲁斯坎之舞令人愉快的特质。它既不是为避免交媾而与音乐做爱，也不是在铜管乐伴奏下冲向交媾。他们仅仅是用生命跳舞。说到他们向象征阳物的石柱献上一点祭品，那是因为当他们浑身充满着活力时，他们感到心里充满希冀，而生命是阳物给予的。他们向奇形怪状的女性象征献上一点祭品，就摆在女性的子宫口处，那是因为子宫也是生命的源泉，是舞蹈动作力量的巨大源泉。

　　是我们使跳舞这东西变狭窄了，变成了两个动作——要么跳向交媾，要么通过滑动、摇摆和扭动来诱发交媾。与音乐做爱和让音乐成为做爱者都是荒唐的！音乐是用来伴舞的！现代的女青年对此有所感，深有所感。

　　人们就该与音乐跳，跳，跳。伊特鲁斯坎的女青年在两千五百年后仍快活地这样跳着，她不是与音乐做爱，皮肤黝黑的男伴儿也一样。她只是要跳出灵魂的存在，因为她一边向男人的阳物献上了祭品，一边向女人封闭的子宫象征物奉上了祭品，并且她自己与这两者相处得很好。所以她很平静，像一股生命运动的喷泉，与之对舞的男子亦是如此，他们是对手也是相互平衡物，只有双笛在他们赤足边鸣啭。

我相信这是或将是今日被音乐吓呆的可怜女子的梦，从而这梦成为她孩子的孩子的实体，变成第三代和第四代。

（毕冰宾 译）

※ 地之灵

我们喜欢把旧式的美国经典著作看成是儿童读物，这反倒说明我们太幼稚了。这些文学作品具有某种非美洲大陆莫属的异域风情。可是，如果我们坚持把它们当作儿童故事来读的话，我们就无法领略这一切了。

我们无法想象3、4世纪时那些性情高雅的罗马人是如何阅读罗克利希阿斯、艾普利亚斯、图塔里安、奥古斯丁或阿桑那希阿斯奇特的著述的。伊比利亚半岛上西班牙人那奇妙的声音，古老的迦太基人那神奇莫测的语言，利比亚和北非的激情，我敢说，那些高尚的罗马人从来没听说过这一切。他们是通过读旧拉丁文的结论来了解这些，正如我们是通过阅读欧洲人的陈旧结论来了解爱伦·坡和霍桑一样。

倾听一个新的声音是困难的，倾听一种未知的语言也同样是困难的。我们呢，干脆不去听。

而在旧的美国经典著作中是有一个新声音的。整个世界都在倾听并在叨念着这些儿童的故事。

为什么？是出自恐惧。这个世界比怕任何事都更怕一种新的体验。因为新的体验要取代旧的体验。这就如同启用从未使用过或僵硬了多年的肌肉一样，这样做会带来巨大的疼痛。

这个世界并不惧怕新的观念。它可以将一切观念束之高阁。但是它无法把一个真正清新的经验束之高阁，它只能躲避。这个世界是一个大逃避者，而美国人则是最大的逃避者，他们甚至躲避自己。

旧的美国书籍让人产生一种新颖的感觉，比现代书籍要强得多。现代书籍空洞麻木还自鸣得意。而美国的旧经典著作则令人产生一种"截然不同"的感知。这就是从旧的灵魂向新灵魂的过渡，新的取代旧的。这种取代是令人痛苦的。它割破了什么，于是我们像黏合割破的手指头一样用一块布来包扎伤口。

这同时也是一种割裂。把旧的情绪与意识割掉。不要问剩下了些什么。

艺术化的语言是惟一的真实。一位艺术家往往是一个十足的说谎骗子，可是他的艺术——如果算得上艺术的话，会告诉你他所处时期的真理。这是至关紧要的东西。没有什么永恒的真理。真理是随着时光变迁的，昨日优秀的柏拉图今日就是一个满口胡言者。

旧日的美国艺术家是一批毫无希望的说谎骗子。可是他们无论如何算得上艺术家，这一点连他们自己都没意识到。眼下健在的艺术家们更是如此。

当你读《红字》及其他白璧无瑕的美文，不管你是否接受霍桑这位如此美好、蓝眼睛的宝贝为自己伸张的一切（他同一切可爱的人一样是在撒谎），你感到赏心悦目。

艺术化语言之奇特在于它八面玲珑、谎话连篇却能自圆其说。我想这是因为我们一直在自欺欺人的缘故。而艺术正是用谎言模式来编织真理的。这正如陀斯妥耶夫斯基自诩为基督，可他真正露出的则是一副吓人的面孔。

真正的艺术是一种遁词。感谢上苍，如果我们想看破这遁词的话我们还是能做得到这一点的。艺术有两大作用。首先，它提供一种情感体验。其次，如果我们敢于承认自己的感情，我们可以说它可以成为真理的源泉。我们有过令人作呕的感觉，可我们从来不敢从中挖掘出切实的真理来，其实这真理与我们息息相关，是否与我们的子孙相关也未可知。

艺术家通常要（或者说惯于）挑明某种寓意并以此来使某个故事生辉。但往往这故事却另择他径。艺术家的寓意与故事的寓意竟是如此截然相反。永远不要相信艺术家，而要相信他笔下的故事。批评家的作用在于从创作故事的艺术家手中拯救这故事。

说到这里，我们明白了这本书研究的任务，这就是把美国故事从美国艺术家手中拯救出来。

还是让我们先来看看美国的艺术家吧。他最初是如何来到美国的？为什么他不像他的父辈一样仍然是欧洲人？

听我说，不要听他说。他会像你预料的那样说谎的。从某种意义上说他说谎你也有责任，因为你预期他会这样。

他来美国并非出于追求信仰自由的缘故。在1770年时，英国的信仰自由要比美国大得多。美国被向往自由的英国人征服了，于是他们在此驻足为此奋斗。他们终于获得了自由。是信仰自由吧？请读一读新英格兰最初的历史记载吧。

是自由吗？自由人的国土！这里是自由的土地！哦，如果我说句什么让他们不中听的话，这些自由的人群就会用私刑来折磨我的。这就是我的自由。自由吗？哦，我从未到过这样一个国家，在那儿人们如此惧怕自己的同胞。正如我前面所说，因为一旦有谁表示出他不是他们的同党，人们就可以自由地对他施以私刑。

不，不，如果你喜欢维多利亚女王的真理，那你就试试吧。

那些远游的父辈和他们的后代到美洲来压根儿不是为了寻求信仰自由。那他们在这儿落脚后建立起来的是什么呢？你认为是自由吗？

他们不是为自由而来。哦，如果是这样的话，他们会沮丧而归的。

那么他们是为何出走呢？原因很多。或许根本不是来寻求自由的——不是绝对的自由。

他们的出走更多地是为了逃跑，这是最简单的动机。逃跑。逃离什么呢？最终，是为了脱离自我，脱离一切。人们就是为这个才来美国的，人们仍在继续这样。他们要与他们的现在和过去决断。

"从而摆脱控制。"

不错，是这样的。可这不是自由。恰恰相反，这是一种绝望的限制。除非你找到了某种你真正向往的东西，那才算得上自由。而美国人总呼喊他们不是自己向往成为的那种人。当然，百万富翁或即将成为百万富翁的人是不会这样吼叫的。

但无论如何，他们的运动是有其积极的一面的。那洪水一样乘船从欧洲跨过大西洋流向美洲的人们并非简单地是随大流要摆脱欧洲或欧洲生活方式的限制。当然，我相信这仍然是这种大规模移民的主要动机。但除此之外，还有别的原因。

似乎人时而会产生某种要摆脱一切控制的疯狂力量。在欧洲，古老的基督教是真正的霸主。教会和贵族创造了基督教教义，这似乎有点反常，但事实的确如此。

霸权、王权和父权力量在文艺复兴时就被摧毁了。

就是在这个时期人们开始漂洋过海奔向美洲。人们摆脱掉的是什么呢？是欧洲的旧权威吗？他们是否从此逃脱了权威的限制并获得了一种新的绝对自由呢？或许是吧。但还有更重要的东西。

自由固然好，但人是不能没有主子的，总有一个主人。人要么心悦诚服地信任一个主人，要么与主人发生冲突，要毁灭这主人。在美国，与主人的冲突一直是一个重要现象，它成为美国人的一大动力。可是奴性十足的欧洲人蜂拥而至，为美洲提供了顺的劳动阶级。当然这种驯服不过是第一代人的问题。

可是，在欧洲却端坐着他们的老主人，他像一位家长一样。在美洲人的心灵深处蕴藏着一种反欧洲家长的力量，但是没有任何美洲人感到自己彻底摆脱了欧洲的统治。于是美洲人就这样压抑着自己的反抗情绪，显得很有耐心地忍受着，与欧洲若即若离。他们在忍耐中服从着旧的欧洲主人，很不情愿，反抗情绪毫不减弱。你无论如何是没有主人的人。

※ 咔，咔，凯列班

找一个新主人，做一个新人。

我们可以说利比亚共和国和海地共和国的人是逃跑了的奴隶。仅利比亚就够了！我们是否也用同样的眼光看美国人呢？说他们整整一个国家的人都是逃亡的奴隶吗？当你想到东欧的游牧部落时，你可以说他们是一大批逃亡奴隶。可是谁也不敢这样称呼闯美洲的先驱们。为此理想主义十足的老美国人和现代的美国人都在受着思考的折磨。一群逃亡奴隶。警惕啊，美国！你们是诚恳而自我折磨的人民。没有主人的人。

咔，咔，凯列班找一个新主人，做一个新人。

那些祖先们为何要漂过可怕的绝望海洋来到这里呢？啊，那是一种绝望的精神。他们绝望地要摆脱欧洲，摆脱古老的欧洲权威，摆脱那些国王、主教和教皇们。当然，还有更多更多的东西，这需要你细细研究。他们是一些阴郁而优秀的人物，他们需要别的什么。不要什么国王，不要什么主教，甚至连上帝都不要。同时，也不要文艺复兴后的新"人类"。在欧洲，这种自由解放是不讨人喜欢的。这是件很郁悒的事业，远非轻而易举。

美国从未顺利过，今天仍不那么轻松。美国人总是处在某种紧张状态中。他们的自由解放纯属一种意志紧张：这是一种"你不许如何如何"的自由。从一开始就如是.。这是一片"你不许如何如何"的国土。他们的第一条训诫就是："你不许称王称霸。"这就是民主。

"我们是没有主子的人。"美洲之鹰这样喊到。这是一只雌鹰。

西班牙人拒绝接受文艺复兴后欧洲的自由解放。于是美洲的西班牙人最多。美国人同样拒绝接受文艺复兴后欧洲的人道主义。他们最忌恨的就是主子。再就是忌恨欧洲人中流行的那种轻松的幽默。在美国人的灵魂深处凝聚着阴郁的紧张，美洲的西班牙人也莫不如此。就是这种阴郁的紧张仇恨古老的欧洲本能，它目睹着这种欧洲本能的幻灭而为此幸灾乐祸。

每一个大陆都有其地域之灵。每一个人都被某一特定的地域所吸引，这就是家乡和祖国。地球上的不同地点放射着不同的生命力，不同的生命振幅，不同的化学气体，不同的星座放射着不同的磁力——你可以任意称呼它。但是地域之灵确是一种伟大的真实。尼罗河峡谷不仅出产谷物还造就了埃及国土那了不起的宗教。中国造就了一切中国的事物，将来也还是这样。但旧金山的中国人将在某一天不成其为中国人，因为美国是一个大熔炉，会熔化他们。

在意大利，在罗马城就有一股强大的磁力。可如今这磁力似乎逝去了。地域也是可以死的。

英伦三岛曾产生过妙不可言的地磁力，这是它自身的吸引力，这力量造就了英国的民众。眼下，这力量似乎垮了。英国会死吗？如果英国死了，其后果如何呢？

人不像自己所想象的那么自由，哦，差远了。最自由的人或许是最不自由的。

人自由的时候是当他生活在充满生机的祖国之时，而不是他漂泊浪游之时。人在服从于某种宗教信仰的深刻内在的声音时才是自由的。服从要出自内心。人从属于一个充满生机、健全的、有信仰的群体，这个群体为某种未完成甚至未实现的目标而积极奋斗，只有这样他才是自由的人。逃向荒蛮的西部时并非自由。那些最不自由的人们奔向西部去呼唤自由了。人只有在对自由毫无感知的情况下才是最自由的人。对于自由的呼唤其实是镣铐在哗哗作响，永远是这样。

当人做他喜爱做的事时他并非是自由人。一旦他能够做自己愿意做的事，他就不挑剔了。人只有做自我心灵深处想做的事时他才是自由人。

那就深刻地寻找自我吧！这需要走向纵深地带。

最深秘处的自我距人很远，而自觉的自我则是一个固执的顽童。但我们可以相信一件事，如果你想获得自由，你就得放弃你喜欢做什么事的幻想，而要寻觅"它"希望做的事。

可是你要做"它"喜欢做的事，你首先要击破旧的"它"的统治。

或许，文艺复兴时，当王权和父权破灭后，欧洲获得了某种似是而非而有害的真理：自由和平等。可能奔向美国的人都有所感，于是他们全盘否定旧的世界。他们去了一个比欧洲优越的地方。在美国，自由意味着与所有旧的统治决裂。而要获得真正的自由还需待美国人发现了"它"并实现"它"才行。"它"就是最隐秘处人完整的自我，是完整的自我而不是理想化的似是而非的自我。

当年的先驱就是为此才来美国的；这也是我们来美国的缘由。全受着"它"的驱使。我们无法看清那载我们而来的风，这风同样也载来了成群的蝗虫。这股看不见的磁力把我们吸引来，如同它把无数鸟儿吸到未知的目的地一样。这是真的。我们并非像自己想象的那样可以自行选择并作出决定。是"它"替我们作出选择和决定。当然，如果我们只是逃亡的奴隶，对注定的命运颇为自信到庸俗的地步，那又另当别论。可是，如果我们是生机勃勃的人，与生命源泉息息相关，就得听从"它"的驱使和决定。我们只有服从才能自由。一旦我们误入歧途，自以为在自行其是，我们就成了被复仇女神追逐着的奥列斯特了。

当美国人最终发现了美国，发现了他们完整的自我时，他们还要对付大批的对注定命运毫无信心的逃亡奴隶。

谁将在美国取胜呢？是逃亡的奴隶还是那些完整的新人？

真正的美国之日还未开始。至少可以说还不是朝阳初升之时，这黎明仍然是虚幻的。在美国人进步的意识中有着这样的重要欲望，那就是与旧事物决裂。与霸主决裂，让人民振奋精神。当你摆脱了霸主，你所拥有的就仅仅是人民的意志。然后你即可停下来自省，试图恢复你的完整性。

够了，不说美国人的动机和民主了。美国的民主不过是摧毁旧的欧洲霸主和欧洲精神的武器。欧洲摧毁了，美国的民主就烟消云散了，美国人得从头开始。

迄今为止的美国意识还是虚幻的。民主还是消极的理想。可这其中已孕育着"它"的一线启示之光。"它"就是美国完整的灵魂。

你应该剥掉美国人言论中的民主与理想的外衣，去观察内在的"它"的混沌躯体。"他就是这样没有主人的人。"

就是这样被统治的人。

艺术与道德。

人们爱哗众取宠说"艺术无行"。你看看吧，这世上的艺术家们，争先恐后地穿上爵士乐手短打，一副很无行的样子。这至少是要把他们自己与中产阶级区分开来。

中产阶级说自己是道德的神圣守护者。而我个人则发现艺术家们过于道德了。

说到底，一块皱皱巴巴的桌布上摆一只水罐子和六只摇摇欲坠的苹果，这与中产阶级的道德有何干系？但我注意到了，大多数不谙艺术之道的人面对这类塞尚的静物写生确会生出道德上的反感。他们认为他画得不对。

对他们来说，这不是画。

可凭什么就要说这画有点不道德呢？

同样的设计，如果把它弄得"合情合理"，桌布变成平平整整光光溜溜，水罐子也光光滑滑，那就十分道德了。为什么？

可能绘画比其他艺术形式更能让我们意识到，什么让人感到是道德的或不道德的，这种感觉的区别是很微妙的。这是普通人的道德本能。

但是，本能主要是一种习惯。普通人的道德主要是对一种旧习惯的情绪化护卫。

可是，塞尚的静物写生中哪一点激怒了普通人的道德本能？那六只苹果和水罐子，苹果也不像苹果，桌布更不像桌布，我可以画得比塞尚像！

可能！可你为什么不拿塞尚的画当成一个败笔看？哪儿来的这股怒气和敌视？哪儿来的这种可笑的反感情绪？

六只苹果、一只罐子和一块桌布是无法启发不合时宜的行为的，甚至无法启发一个弗洛伊德主义者。反之，如果它们有这等启发力，倒会使普通俗众们更心安理得地对待它们。

是否是在这节骨眼儿上闹出"不道德"来了？没错，是这样。

文明人在整个文明过程中形成了一种十分奇特的习惯，他已经让这习惯禁锢住了，这渐渐形成的习惯就是看什么都要像照相机一样准确无误。

你尽可以说，反射在视网膜上的东西总是像照片一样的呀。可能是吧，但我表示怀疑。不管视网膜上反射的是什么，它极难说就准是人所看到的那个东西。因为他并没有亲眼看见它，他看见的是"柯达"产品教他看的东西。而人，无论怎样努力，也不会成为一件"柯达"产品。

当一个孩子看见一个人，这个人给他的是什么印象？两只眼，一个鼻子，一张包着牙的嘴巴，两条腿和两只胳膊，像一幅象形文字画儿一样。小孩子们惯于用这形象来表示什么是人，至少我小时候是这么做的。

难道这就是孩子确实看到的吗？

如果你把看当作是意识的记录，可以说，这是孩子的所见。照相式的印象可能准确地反射在视网膜上了，可孩子却置视网膜于不顾。

多少年代以来，人类努力要记录下视网膜上的准确的印象，不要什么雕刻文字和象形文字，以为这样就能得到客观的真实了。

我们成功了。一经成功，就有"柯达"的诞生来证明我们的成功。谎言能从一只暗盒中出来吗？只需让光线进去就行吗？不可能！讲个谎言是需要付出生命的。

原始人看不见色彩，而我们现在看见了，还能把它们弄进光谱中去呢。

尤里卡！我们亲眼看到了。

见到一头红色的母牛，那就是红色。我们确信这一点，因为无懈可击的"柯达"看到的正是这种颜色。

可是，假如我们生来都是瞎子呢？我们不得不通过触摸、嗅觉、听觉和感觉来获得一头红牛的印象，那我们怎样认识这头牛呢？在我们那黑暗的头脑中它是什么样子？截然不同，的的确确不同！

视觉在向"柯达"发展，人对自己的认识也向快照发展了。原始人简直不知道他是什么样子，因为他总是一半在黑暗之中的。但我们学会了看自己，对自己有了一个全面的"柯达"式概念。

在花草丛中你给你的甜妞儿拍一张快照，照下她温柔地微笑着给红母牛和小牛犊递上一片白菜叶子。

这十分漂亮，而且绝对"真实"。照片上，你的情人很完整，正欣赏着一种绝对客观的真实。完整完美的环境让她看上去更为完美，她真的变成了"一幅画"。

这就是我们养成的习惯：让任何事物都变成可视的图像。每个人对自己来说都是一帧照片，这就是说他是一个小小的完整的客观真实，那个真实完全独立存在着，就存在于那帧照片中，其余的只是背景。对每个男人和女人来说，宇宙不过是他/她自己那帧小照的背景。

这是几千年来人之理性自我发展的结果。是希腊人最早冲破"黑暗"之魔力的，从那以后，人就学会了如此看自己。现在嘛，他就是他看到的自己那个样子，他是在他自己的图像中造就着自己。

以前，甚至在古埃及，人们也没学会如此直观地看。他们在黑暗中摸索，仍搞不清他们身处何方，他们是谁。正像人在黑暗的屋子里那样，他们只能在别人的黑暗存在中随之涌动，从而感觉到自己的存在。

可我们现在学会了看自己的模样，正像太阳看我们那样。"柯达"是一个见证。我们像万能之眼一样看自己，用的是全世界通用的眼光，从而我们是我们看到的自己：每个人在自己眼中都是一个与自己相同的人，一个孤独的整体，与一个孤独整体们的世界相呼应。一张照片！一张"柯达"快照，用的是通用的快照相纸。

我们终于获得了通用的眼光，甚至上帝的眼光都与我们的无所区别，我们的只能更广远，像望远镜，或更专注，像显微镜。但这目光是一样的，是图像的目光，是有限的。

我们似乎探到了口袋的底部，亲眼看到了柏拉图式的理想被照片完美地表达出来，躺在宇宙这条大麻袋的最下面，这就是我们的自我！

把我们自己与我们的照片相等同已经变成了一种本能，这种习惯已变得十分古老而成为本能。我的照片，被自己看到的我就是我。

就在我们对此十分满意的时候，偏偏有个人出来招人嫌，这就是塞尚。他画的什么水罐子和苹果，岂止是不像，简直就是活脱脱的谎言。"柯达"可以证明这一点。

"柯达"能拍各种快照，雾状的，气状的，强光的，跳跃状的，样样俱全。但是，照片毕竟只是或强或弱的光，或轻或重的雾，或深或浅的影子。

所谓全能的眼能看出各种强度来，能看出各种情绪来。乔托、提香、埃尔·格里科和泰纳，虽然各有千秋，但都属于长着"全能眼"的人。

但塞尚的静物写生则与"全能眼"相反。在全能的上帝眼中，苹果不是塞尚画的那个模样，桌布和水罐子亦非如此，所以说塞尚画得不对。

因为，人是由人化的上帝创造出来的，他继承了人化上帝的头脑，所谓"永恒的眼睛"与"全能眼"是一回事。

因此，如果在任何光线和情境中看，它们都不像苹果，那就不该画。

哦—哦—哦！塞尚发话了，他说在我眼中苹果就是那个模样！那就是苹果，管它看着像什么！

苹果就是苹果！大众的声音这样说。大众的声音就是上帝的声音。

有时苹果是一种罪孽，有时是往脑袋上的一击，有时是肚子痛，有时像一只饼的一角，有时是鹅食的调料。

可你看不见肚子痛，看不见罪孽，看不见往头上的一击。如果你把苹果照这个路子画，你可能——大约就会画出塞尚的静物写生来。

在刺猬眼中苹果是什么样？在画眉鸟眼里呢？在吃草的牛眼里？在牛顿先生眼里？在毛毛虫、大黄蜂和鲭鱼眼中呢？你们自己猜吧。但是，那种"全能眼"则应该既有人的眼光也有鲭鱼的眼光才行。

塞尚的不道德即在于此——他比人的"全能眼"看到的还多，比"柯达"还聪明。若是你能在苹果身上看出肚子痛和脑袋受到的一击并把这些画得惟妙惟肖，那等于宣布了"柯达"和电影的死亡。因此你必属"无行"类无疑。

你尽可以大谈什么装饰、图解、意蕴、形式、浑厚、质感、可塑性、动感空间构成及杂色关系等术语，你甚至还可以在吃完一顿饭后迫使你的客人吃下菜单呢。

但艺术要做的并且要继续做的，是在不同的关系中揭示事物。这就是说，你应该在苹果中看出腹痛来，看出牛顿敲脑壳的感觉来，看到昆虫产卵时要冲破的巨大而湿润的屏障，看出夏娃未曾尝过的禁果的味道。如果再加上鲭鱼浮出水面时看到的灰蓝色，那么，方汀·拉多笔下的苹果相形之下可就跟炸肉卷儿差不多了。

真正的艺术家是不会用不道德取代道德的。相反，他们总是用更美好的取代粗糙的。一旦你看到更美好的道德，那原先粗糙一些的就相对成为不道德了。

宇宙就如大海，百川终归大海。我们在动，岁月之石也在动。既然我们永不停息地在运动，向着某个并不明确的方向运动着，那也就没有什么运动中心这一说了。对我们来说，每动一下，中心就变动一次，甚至北极星也不在北极之上了。走吧！前面无路了。

没别的办法，只有同那些我们与之同行、身置于斯、与之作对的东西保持一种真正的关系。

那苹果，正如同月亮一样，有其未被识破的一面。大海的运动会教它转向我们或把我们甩到它的那一面去。

人没别的办法，只有与他周遭的世界保持真切的联系。一个古埃及的国王完全可坐着对一切视而不见，只在内心深处感受一切。米开朗琪罗的亚当能够首次睁开眼，客观地审视天上的这位老人。泰纳可以跌跌撞撞冲出光的客观世界之口，我们只能看到他的脚后跟儿。川流裹挟着每个关系各不相同的人，教人走过生命。

任何事物，有生命的还是没生命的，都在随川流而动，没有哪个人（甚至人的上帝）或哪个人自以为懂得的或有感触的事物是一成不变的。一切都在动。没什么是真、是善、是正确的，它们只是与周围世界及同流者活生生相连时才真、才善、才正确。

艺术上所谓设计，指的是对不同事物、创造性交流中不同成分之间关系的确认。你无法发明一种设计，你只能在第四维空间中确认它，这就是说用你的血肉去认知，而非你的眼睛。

埃及就与一种广大的活生生宇宙神奇地连在一起，其真实则是朦胧的。非洲黑人的视觉模糊，可血的感知却强烈。甚至在今天，这种感知和眼光给予我们的都是奇异的形象，而我们的目光却看不到这些奇景，我们深知那是我们无法企及的。古埃及国王那沉默的巨大塑像就像穿越世纪的一滴水珠，从来不是静止的。那非洲拜物神像并不会动，可这静止的小木头雕像却比巴台农神庙的中楣更令人浮想联翩。它静处一方，任何柯达产品都无法将它摄入其中。

至于我们，我们有着柯达式的眼光，星星点点地聚合或闪烁着，就如同电影，它颤动但不会移动。独立的图像在没完没了地变动晃悠，但其本身并不能运动和变化，这纯属惰性图像的万花筒，在机械地晃动。

这就是我们自以为是的"思想"，像摄影机那样是由惰性的图像组成的。

让塞尚的苹果滚下桌去吧。它们依照自身的规律而生存，生存在自己的氛围中，而不是按柯达或人的规则生存着。它们与人若即若离，而人对它们来说远非一成不变。

　　我们与宇宙间崭新的关系意味着一种崭新的道德。去尝尝塞尚那远非稳定的苹果吧。方汀·拉多的稳定的苹果则是索德姆之果。如果现状是个天堂，那么食禁果就是罪过了。可是，现状比监狱还坏，那我们只好去食塞尚之果了。

　　　　　　　　　　　　　　　　　　　　　　（毕冰宾　译）

庞德

艾兹拉·庞德（1885—1972），美国现代主义的重要诗人，意象派诗歌的主要代表。他的主要诗作有《诗章》《毛伯利》等。

※ 舞姿——为《加利利的卡纳的婚礼》而作

呵，黑眼珠的
我梦想的妇人，
穿着象牙舞鞋
在那些舞蹈的人们中，
没有人像你舞步如飞。

大师智慧书系

我没有在帐蓬中，

在破碎的黑暗中发现你。

我没有在井边，

在那些头顶水罐的妇女中发现你。

你的手臂像树皮下嫩绿的树苗；

你的面孔像闪光的河流。

你的肩白得像杏仁；

像刚剥掉壳的杏仁。

他们没有让太监护卫你；

没有用铜栅栏护卫你。

在你憩息的地方放着镀金的绿宝石和银子。

一件黄袍，用金丝织成图案，披在你身上，

呵，纳塔——伊卡奈，"河畔之树"。

像流经苍苔间的潺潺溪流，你的手按在我身上；

你的手指是寒冷的溪流。

你的女伴们白得像卵石，

她们围绕着你奏乐。

在那些舞蹈的人们中，

没有人像你舞步如飞。

（申奥 译）